女二

鄧九雲——著

suncolor 三采文化

我現在知道，也了解，我們的事業——

無論我們是在舞臺上表演或寫作，都一樣——

重要的不是榮耀，不是出名，

不是我所夢想過的那些東西，

而是要能~~忍受~~。

包容、承擔？

你要能扛起自己的十字架，並且要有信念。

我有了信念之後，就不那麼痛苦了，

當我想到自己的使命，就不再害怕生活了。

——契訶夫《海鷗》（四幕喜劇）

CONTENTS

Act I

替身

01／

她赤著腳，踩進姊姊的布鞋裡。鞋子寬寬鬆鬆的，根本穿不住。腳底的沙子扎著腳底板，她也不在乎。只要一跑起來，鞋就掉了。只好回頭抓著鞋再套上，拖著跑。

大概是因為這樣，長大後的黃澄，步伐總有個限度，只要一著急，感覺就有什麼東西會掉。她的不疾不徐，有幾分按捺，從繼承不合腳的鞋子開始。

在一切開始之前，是先有了黃茜。

黃澄很確定自己出生後看到的第一樣東西，就是姊姊的臉，或者至少記憶中是如此。黃茜會花一整天的時間趴在黃澄的嬰兒床前，伸著指頭跟她玩。姊妹倆相差十二歲，據說媽媽中間流掉過一個，以為不可能再有的時候，黃澄來了。

她的出現讓全家福的位置大風吹。小時候的她只讓黃茜抱，於是姊姊抱著妹妹與媽媽坐，爸爸一個人站在後方。媽媽每年要拍一張，四個人的眼睛總是沒有朝同一個方向看，媽媽看左，爸爸看右，黃茜往地下看，只有黃澄永遠是看著鏡頭的。六歲之後，那裡再也沒有爸爸的位置。

黃澄剛學會走路時，老是重心不穩撞上黃茜的屁股。她很快就願意上學，第一天上幼稚園，就是黃茜帶她去的。黃茜要離開的時候跟她說，我會在更大的學校等妳。於是黃澄從第一天上學就沒有哭過，某種渴望硬生生蓋過她初次體驗分離的恐懼。這些黃澄都記得，只是常想不起來。

自從她告訴姊姊想演戲後，黃茜說，那妳得開始挖東西，什麼都挖，碎碎的也沒關係，並且試著從「遠處」看自己。於是當黃澄此刻面著反光板，整個人被曬得昏散散時，黃茜說的那個故事竄進了她的腦袋——

有一位先生和妻子說了一個故事。

先生說，我跟妳說一個故事，妳就當故事聽聽就好。妻子聽。雙手優雅地放在桌上，維持過去三十年如一日的專心。先生的語調開始是平靜的，像平常交代自己午餐吃了些什麼一樣。然後，妻子的腦中竟然開始出現畫面。

她很少從先生吐出的話裡，看得見東西。可是從某一刻開始，她除了看見，好像還聽見，甚至聞到噁心的味道，皮膚開始浮起粗糙的疙瘩。妻子不自覺用食指摳著桌緣。

先生講著講著突然把句子停住了一下，眼球左盪右盪的。他伸出一隻手疊在妻子動作的手上。沒有握住。就只是疊在上面，更像壓著。他轉頭看著妻子，像個愚蠢的孩子為了得到安撫而紅了眼眶說，妳懂吧？那種感覺。

妻子發現桌子被自己摳出了一條鑿痕，指甲凹陷了一個小洞。先生繼續說，一下大聲一下小聲。妻子無法聽清楚每個字，但已足夠知道這是一個中年男人的失戀故事。

她輕輕抽出手，往男人臉上甩了過去。

第一次聽，黃澄沒懂為什麼妻子要打先生。黃茜沒回答，把故事從頭到尾又講一遍，沒改動一個字，沒改變語氣。黃澄點點頭，好像懂了。黃茜說，妳試著用自己的話，把故事再講一遍兩遍三遍，直到妳講的時候，再也不需要想著接下來要說什麼，直到妳的腦袋裡出現這先生與妻子的臉，眼睛鼻子嘴巴表情都清清楚楚的。

最後記得，黃茜說，故事，都開始於一句話。有人說，所有的故事都可以用一句話說完。不過——黃茜故意停頓了一下——開始的那句，決定了最後的這一句話。

名校女大生因神似日本女星，開啟了演藝事業。

黃澄為自己想了一句開始的話來分散現場高壓的氣氛。這是她第一次參與廣告拍攝。昨天拍了十八個小時，她發現自己頭頂都曬到脫皮了。今天早上起床時，整條手臂都是紅的。如果不是那個人在PTT表特板上詢問：誰知道下午出現在總圖神似○○女星的傳院生是誰？黃澄現在應該和黃茜在家裡喝綠豆湯才對。

她的名字被放上PTT後，引來了新聞採訪。新聞記者來學校拍她上課、吃飯、讀書、走路。給她冠上一個小○○的稱謂，做成新聞畫面下的標題。黃澄的名字，被打在自己的臉旁邊。

畫面出現她與日本女星的五官比較圖。

播出後，黃澄接到許多通電話。我在電視上看到妳，恭喜！黃澄心裡覺得莫名也只能回謝謝。她認為自己根本沒有神似，頂多在四十八度角透過鏡頭看來有一點像，但那也剛好是長髮遮住了一點太陽穴。要說的話，黃茜比較像。而且，還是黃茜自己發現的。有天日劇看到一半，她突然走到電視機前面說，這個女的是不是有點像我啊？但黃茜不准妹妹跟記者說。她絕對不要上電視。

幾週後，製作公司的電話來了。日本女星要來拍代言廣告，需要一位替身。黃澄問，替身要做什麼？主要就是打光的時候，站一下。兩天時數二十二小時，八千元。她立刻答應了，那可是咖啡店兼職一個月的薪水。黃茜想跟去玩，黃澄不答應。因為每次她們走在路上，大家都會看黃茜。她怕別人發現姊姊比她更像女明星。

第一天除了曬，一切新鮮。原來拍廣告一個鏡頭可以拍上三小時，三十八遍。第二天，就是現在。她喝完第五瓶水，遮陽的傘準備撤掉，要開始了。調整好光後，副導請黃澄伸出手。

打打看。

什麼？

這是一顆特寫，女明星要打男演員一巴掌。他們說只會帶到手，所以請替身打。

真打？

真打。

黃澄愣住了。她這輩子還沒打過人。而且所有人都在看著她，好不習慣。

男演員小聲對她說，沒關係，妳不要怕，就打。

他的額頭都是汗，可能因為太渴，說話的時候兩片嘴唇拉出口水絲。

啪。

黃澄有些驚恐地看著男演員。

再來。

啪。啪。

再來，打準一點，小心指甲。

啪。啪。

連打四下！遠方導演大吼。

啪。啪。啪。啪。

黃澄抿了抿嘴，傻笑了幾聲。

喂，打人不要笑！男演員的經紀人在一旁臭著臉，音量很大。

對不起。

黃澄眼睛酸了一下。原來目光落在身上的感覺那麼重。

我們再調一下光，你們原地不動。

黃澄望向遠方的遮陽大傘下，女明星戴著墨鏡大口喝著飲料，旁邊圍著一大群從日本帶來的工作人員。黃澄想到今天的影劇版頭版，說她喜歡吃小籠包配珍珠奶茶。**要從遠處看自己，說故事，說故事——**

女替身看著男演員的臉慢慢紅了起來，左邊的臉頰，比右邊的臉頰大了半號左右。每次她一揮完，就會有人把冰敷袋貼上男演員的左臉頰。男演員一邊敷著臉，一邊問女替身，妳的手還好嗎？還好，還好。女替身把還好說得像抱歉。男演員聽出來了，笑笑回說沒關係的。這樣有點搭不上的對話，只有對這兩人有意義。女替身發現男演員笑的時候，原本就很尖的下巴，會微微地往前彎，像很細的月亮。這麼熱的天，她竟然能想到月亮忘記太陽，是不是快中暑了？女替身的手其實也在慢慢變紅，臉頰也是，而且兩邊紅得很平均。但是沒有人會注意到，所有人都只看得見冰敷袋下面的那張左臉頰。就算只有半張臉，還是能看出人好看的程度。女大生變成一位女替身遇見一位男演員。一個故事就要開始了。

要一字不漏。

妳說什麼？

沒有沒有，你會不會很痛？

不會，別擔心。

他們的聲音，是說給彼此聽的。

好，正式來。副導大喊。

啪。啪。啪。啪。啪。啪……

黃澄不記得打了多少次，她額頭的汗流進眼睛裡，感覺自己的腋下全濕了。男演員的眼神依然充滿著鼓勵。

不要怕，再來。

只有黃澄聽得見。

02 ／

《失眠》舞臺劇演員徵選
女角三名，視覺年齡18～23歲。
纖細、空靈，有想像感。
＊請穿著白色洋裝試鏡。

從《破報》[1]剪下的這則徵選廣告，一直夾在黃澄傳播理論的課本裡，像一張折價券的方式，提醒著她在截止期限前要記得使用。黃澄每次翻到剪報，都會讀一遍那已經用螢光筆畫起來的四個字——有想像感。

黃茜說，那是需要具備性魅力的暗示，sex appeal，這劇團組成應該都是男人。黃澄一聽，心中打了一聲退堂鼓。黃茜又說，還要穿白色洋裝，這很符合直男的處女情結。當黃澄正準備把剪報揉掉時，黃茜卻突然抽走，收起了一點笑容說，如果妳真的想演戲，從舞臺劇去試試也好。有的沒的事，遲早都會遇到。

黃澄看的第一部舞臺劇，是黃茜高中戲劇社的期末公演。那年黃澄五歲，算是腦海中第一個清晰完整的記憶。位置在第一排，她不用坐在大人身上也能看得見。故事在講一個女孩與她各式各樣的幻想朋友。女孩患有妄想症，劇本用了童話與喜劇手法隱喻，黃澄年紀小不懂。隨著好友一個一個消失，女孩也漸漸被推回正常的世界。黃茜飾演其中一位朋友，能聽得見世界上所有的祕密。她的造型是一頂像大王花的超大帽子，用來阻隔祕密噪音。

黃澄一看到姊姊出場，就笑個不停，這笑場的毛病從小就在。黃茜是最後一個要離開女孩的朋友，她讓女孩選擇，要跟她走還是一個人留下來。在女孩思考時，燈光變幻。那一刻，黃澄覺得臺上的姊姊正望著自己。

女孩說，我要留下來。

黃茜說，一個人也沒關係嗎？

女孩用力地點點頭。黃茜把帽子脫下，幫女孩戴上後轉身離開。在消失之前，她停住，往觀眾席回望了一眼。黃澄覺得那一刻姊姊是看著她的。黃茜揮手，坐在觀眾席的黃澄也好想對姊姊揮手。當黃茜的剪影完全消失在舞臺深處時，黃澄竟然哭了。

雖然後來黃茜說根本不知道他們坐在哪裡，而且舞臺上的強光其實讓她看不見臺下的觀眾，黃澄還是相信姊姊是望著自己的。她們的眼睛和眼睛對上了。那一刻，她覺得自己被穿透了。

她看似無所缺，沒有明顯需要被補足的地方，卻也尚未滿盈，平平實實的與大多數人一樣。

但當時坐在臺下五歲的她，在某些神祕的瞬間被激活了。那是一種運氣，她被感受滲入，一邊長大一邊被驅動著。日後當她站上舞臺，就是在瘋狂追尋被那股力量侵入的一刻。在還不會掌握之前，拚了命地渴望複製那穿透的一刻。

《失眠》試鏡的那天，黃澄一個人去了。

現場來的人不多，大約五六個女孩，每個都有人陪。她最先注意到的是，別的女孩的白洋裝都不是完全的白。有的上面有黑色的點點，有的還有撞色的條紋，只有黃澄是全白的繡花格紋，一點汙漬都沒有。那是黃茜買給她的，某名牌的過季商品，原本計劃著在自己結婚時讓妹妹穿上，配一雙矮跟鞋拿著一束小巧的捧花，當個素雅的伴娘。但那天來得比預期晚了許久，誰都沒料到，黃澄第一次穿這件小禮服竟是赤著腳，站在排練室的黑膠地板上。

她走到臺中央，把眼前坐著的人用視線來回掃了一遍才說，我身高一百六十八公分，體重五十六公斤。微微一笑，往後退了幾步，黑膠地板上留下腳印的水氣。那天是迎接週末的夏日夜晚，颱風正在逼近。

妳的名字是？

一個戴著方形眼鏡，臉頰也方方的男人開口了。他叫小開，這部戲的導演，大學剛畢業比黃澄大兩歲而已。當黃澄站在那裡，他第一次覺得這個地下室的排練場好小，好擠，天花板快壓得他喘不過氣了。

啊。我叫黃澄。黃色的黃，澄清的澄。

三點水，一個登？

對。

問話的是小開身邊年紀比較大的男人，穿著襯衫，袖子整齊挽在手肘上。他的門牙中間有一條明顯的隙縫，黃澄在電視廣告裡看過他。

唸澄，不是陳。ㄥ，不是ㄣ。

黃澄用指甲掐了一下裙襬，點了點頭沒有重複。

小開起身走向黃澄，看了她一晌，嘴巴張開想說什麼又突然止住。他把兩隻食指伸進眼鏡下，用力揉了揉眼睛，很刻意嘆了一口氣。

妳演過戲嗎？

沒有。

會演戲嗎？

我小時候講過相聲——

聲，ㄥ。

聲。

小開走回原本的座位，拿著鉛筆在桌上潦草寫了什麼，又走向黃澄遞給她一張紙。穿著白色洋裝的黃澄，像一條驚嘆號杵在黑膠地板的中間，反覆看著紙上的臺詞。她知道有人在等她，有人不想等她。門牙分開的男人一直低頭整理著挽上去那已經非常整齊的袖口。

不要說愛還是恨，這問題我不要分明：
當我們提壺通飲時，可先問是酸酒還是芳醇？[2]

妳唸一下。
黃澄唸，小開打斷她。
再試一次。
黃澄再唸。
妳知道這是誰的詩嗎？
黃澄搖頭。
不重要，但妳看得懂吧？
看得懂。
意思懂吧？

懂。

妳現在用自己的話，把這段詩說出來。

黃澄對著紙條看了一晌。

是愛，還是恨，我不知道。

就像我們舉杯時，也不會問酒是酸的還是甜的。

妳會喝酒嗎？

我媽是賣酒的。

小開挑了一下眉。黃澄聽見笑聲。

是法國頂級酒莊的那種葡萄酒。但我不會喝。

頂級。

小開複誦了這兩個字，一邊用力搓了搓下巴，閉上眼思考。

妳現在，想像自己是一灘草莓果醬，再唸一次。

黃澄看著小開頓了一下，低頭，抬頭。又唸了一次。

是愛還是恨。我，不知道。
好像我們相遇時，也不會問，酒，是酸的，還是甜的。

小開皺了一下眉。妳為什麼要這樣亂斷句？
黃澄說，因為黏黏的果醬濺得到處都是。
好，謝謝妳。

一灘草莓果醬。

這是黃澄接收到的第一個演員指令。那種看似自己消化的處理方式，正是小開要的。她沒問問題是因為還不知道怎麼問，而且黃澄閱讀到小開的語氣，那並不是一個歡迎提問的狀態。小開不是真的清楚自己要什麼，只是做了他認為導演該做的事，給一個指令，看演員如何處理。他知道指令不能是形容詞，譬如悲傷一點、痛苦多一些、再更快樂——這些都不行，那會顯示他不是一個好導演，還會讓他看起來跟其他導演一樣。

當黃澄聽見指令時，腦中自然浮現出一罐草莓果醬的畫面，但小開說的是一灘。於是黃澄想像出兩種畫面——一種是把罐子倒扣果醬全被倒出來；另一種是罐子摔碎在地上，果醬濺得到處都是。她把第二種畫面留在腦中，再說了一遍。黃澄直覺地把詞語分開，因為她以為詩大概就是這樣拆解而成的，只要她能做出區別，再順著丟出一套說法，就能給對方留下印象。

在很短的一瞬間，她又思考起一件事，砸爛的草莓果醬和桃子果醬會有什麼不同呢？為什麼導演的指令是草莓？於是她直覺把「舉杯」換成「相遇」，讓吐出的臺詞更靠近自己。隨後莫名地突然一股熱騰騰的笑意從胸口湧上來，像是對當下的認真與緊張的一股反撲。她忍住了。表情有些扭曲，還出了一身汗。當她離開時，黑膠地板上的腳印過了好一下才消散掉。

三天後，黃澄接到電話，週末開始排戲。

---

1 《破報》：以週報形式免費發行的刊物，以報導臺灣的藝文活動及社會運動為主，現已停刊。

2 此詩摘自《戴望舒卷》一書中的詩作〈Fragments〉。

03／

一共只有三位女演員參與《失眠》，小小、天亦、與黃澄。

小小是女主角，還在讀高中，不笑時臉都是臭的，一笑就會在右臉頰擠出一個小梨渦。排練只要一休息，她就會去抽菸。天亦是戲劇專科的畢業生，肉肉白白的，只比黃澄大一歲，卻得飾演小小的媽媽。

團長提出質疑，建議小開乾脆把天亦的角色改為姊姊。小開搖搖頭說，劇場的魔力就是能讓人相信非現實，演技、走位、服裝燈光，都能輔助想像。團長撇一撇嘴，說做戲要誠實，別自欺欺人就好。聽不出來究竟是支持，還是放任。

小開一下要天亦扮老，一下又叫她做自己。天亦都說好。最後小開決定，讓觀眾猜測媽媽其實是姊姊，是為了暗示角色全部都處在精神混亂的狀態中。

天亦又問，那以演員立場來說，我究竟是姊姊還是媽媽？

小開說，情感相依相絆才是重點，妳不能兩個都是嗎？

角色都沒有名字。小小就叫女孩，天亦就叫媽媽（或姊姊），黃澄是「她」。女孩照鏡子的時候看不到自己，只看得到幻象「她」。幻象有自己的生命，將從鏡子裡的反射走出來，變成女孩的影子，甚至企圖覆蓋過真身。女孩為了擺脫控制想殺死「她」，最後卻殺死了自己。

每次排練一開始，小開就要求三位做「鏡子練習」來暖身。

兩個人面對面，一個照鏡子，另一個扮演鏡像。動作、表情、姿態、手勢都要一致，三個人輪流配對。黃澄和天亦很快培養起默契，她們能在彼此動作前感覺到對方，有什麼要發生了，要改變方向了，要舉起手臂了。帶領的那一方總是能覺察到模仿的那一方的節奏，慢了點，亂了點，或是過了頭。有時幾乎無法辨認究竟誰在照鏡子，誰是投射。她們的動作從臉部延展到整個身體，遠看甚至像是一支即興的雙人舞。

到了這個時候，黃澄總希望在一旁觀看的小小能有些自覺。因為當她倆一組練習時，小小總是在當領導。就算一開始領導的是黃澄，也會為了讓小小跟上而改變自己的節奏，很快就失去主導性。好像新手媽媽為了讓剛學會走路的孩子跟上腳步而走走停停，永遠到不了目的地。小小嘴巴呼出的菸味，讓黃澄越來越反胃。小開只是在一旁皺著眉頭看，時間到了就喊著交換。

奇怪的是，小小與天亦練習時卻是另一種景象。雖然她們不會達到無法分辨主被動的境界，但該跟隨的人跟著，主導的人從來不會失去掌控。一切就像說好的一樣，兩個人的呼吸呈現平穩的波動。

黃澄在一旁越看越覺得不對勁，她本來認為是小小不懂配合，後來開始覺得小小是在針對她。她們雖然互動不多，卻也沒有什麼過節。又或許是角色設定的差異，因為小小必須反抗這個「她」。黃澄想不透，有一天她私下問天亦。

暖身的時候也要在角色裡嗎？

怎麼說？

我發現每次在做「鏡子練習」的時候，小小就真的像妳的女兒或妹妹，時而她跟隨著妳，時而妳讓著她。但和我練習時，她總是在扭轉主導權。她會緊抓著關係的連結，主動的時候非常霸道，完全不在乎對方是否跟上。被動的時候以不配合的方式反而成了引導的主動，於是本來該主動的我就被牽制成了被動。

因為她知道怎麼用被動化成主動。

那為什麼妳不會被她影響？

我不會上鉤，但妳會。而且她知道。

是因為我比較沒有經驗嗎？

這跟個性比較有關。可能小小覺得我和她的角色不需要玩角力。

所以暖身的時候就要進入角色了嗎？

當然不用，不過有些人一旦拿到角色，連在日常生活都在扮演，一進排練室更是殺氣騰騰。

這種算是好演員嗎？

天亦聳聳肩，並不是很熱衷和黃澄討論這些，但每次都還是會禮貌性一一回答黃澄的問題。她不熱情，更不喜歡多管閒事，習慣顧好自己就到終點。

只能說有些導演喜歡這種，也有些演員喜歡這樣被看見。她說。

小小的狀態天亦都看在眼裡，小開並不是想放任小小，而是不知道該怎麼對付她。他覺得女演員都是脆弱危險的，尤其那些看起來什麼都不在乎的。而且高中女生的人選，他沒有了。對天亦來說，演員之間的任何意見都是多的，但她多少是有點同情完全沒有經驗的黃澄，忍不住又說了一點——

鏡子練習很像人與人之間的關係。妳也可以試著用一樣的方式對小小，而且不會是高中生的程度。

黃澄努力試著消化天亦說的。她沒想到小小的選擇其實不是一種心機，是青春問題。為了表現自己，她讓自己愛上一個習慣始亂終棄的熱舞社學長。至於成為別人眼中的好演員，小小沒有太大的興趣。站上舞臺只是為了讓男友在臺下欣賞自己，就像她在臺下看他和別的女生親熱地跳舞。他們的關係不太穩定，跟所有熱衷戀愛的青少年一樣。只要一跟男朋友吵架，小小就會趕不上七點的排練。所以她總是遲到，來了也先吃飽再說。對她而言，《失眠》不過是校外的社團活動，能正大光明地在臺上抽菸，化濃妝，哭哭笑笑當個迷人的瘋子。

有次排練，小小拿著便當姍姍來遲。小開讓她吃，自己埋頭改劇本。天亦和黃澄在拉筋，兩人雙腳張開，抵著對方的腳踝，互抓手臂往前伸展。小小咬了一大口排骨，邊嚼邊說——

誒，妳們男朋友做愛的時候會戴保險套嗎？

小開頭都沒抬，像接臺詞一樣說，不戴套就不是男人。

天亦對黃澄使了個眼色，用嘴形說，他一定都沒戴。

我男友說我對保險套過敏。小小說。

天亦抬起頭問，是妳過敏，還是妳男朋友過敏？

他說我不舒服是因為保險套，很多人會對橡膠過敏。

小開聽了大笑，到底是誰不舒服？說完依然埋首在劇本裡，好像在找下一句臺詞。

天亦又往前伸展了一點。她說，要戴吧，不然懷孕怎麼辦？

黃澄沒說話，把天亦往後拉。

天亦說，而且懷孕是一回事，生病又是另一回事喔。她的額頭已經碰到地板了，還能輕鬆地說話。

小小把最後一口排骨塞進嘴裡，問，那妳們會逼他們戴嗎？

我不需要。天亦笑著起身，用了一種熟練的語氣輕巧帶過，像偷偷叼走土裡藏著的骨頭的小狗。換黃澄被往前拉。

我沒經驗。啊，不行了好痛——黃澄低著頭背拱成一個弧形。她說了個謊，卻不知道為什麼要說謊。

這時團長突然進來，沒打招呼脫了鞋就說，記不記得那個聲音很好聽，眼睛瞇瞇的方雨彤？很明顯他的問題是對著小開的，但他的視線卻來回踏在三個女生身上。小開知道不需要回答，團長馬上就往下接話——

就是你本來要找她，但她時間不行。**後來才用黃澄**。

團長即使在日常對話中，咬字也非常用力，但只要對象是黃澄，那些字就會在他嘴巴裡像沒嚼爛的飯菜一口吐了出來。天亦本來正在輕輕鬆開黃澄體前彎的手，但黃澄不放，忍著痛硬是朝著地板又埋低了一點，天亦順著她，輕輕拉深。

喔。你說那個臨陣脫逃的？小開說。

我拍戲遇到她。之前說什麼無法兼顧課業，結果是去演偶像劇啦。哎呦，人家怎稀罕我們這個小劇場呢。好，不打擾你們，小小下課趕來有吃飯吧？

小小點點頭，一副好女孩順從的樣子。團長露出有縫的門牙，慣性地捲著已完美摺好的袖子走進辦公室。排練場沾染上尷尬的氣氛，黏黏稠稠的，搞得大家不自在好一會。現在所有人都知道黃澄不是這齣戲的第一人選了。小開覺得自己身為導演，有責任需要說幾句話——

這是創作層面的認知問題。團長覺得黃澄跟小小的身高落差太大，不像是一種反射。但我就是要大反差，那才是內在陰影的投射。而且方雨彤是有經紀公司的，試鏡還瞞著公司。

黃澄尷尬地點點頭，不知該放什麼表情回應，但清楚記下了她的名字，方雨彤。她呆呆望著後方的黑幕，試著看見自己美好明確的將來，彷彿那裡才會有好事會發生。在黑幕後面，有更高更大的舞臺，多樣的燈光，一片像海的觀眾。

04

黃澄在側臺用黑幕包裹著自己，只要一動，觀眾就會看到一身白的她。試鏡穿的那套伴娘洋裝，最後成了演出的戲服。裙子在腰部的地方抓皺，像圓蓬蓬裙，長度不到膝蓋。

相較於小開設定的幻影，黃澄覺得自己看起來更像一個巨型洋娃娃，沒有什麼仙氣。《失眠》只演出三場，地點就在平常排練的地下空間，二十坪。開放三十個觀眾坐在地上。最後一場演出時，黃澄特別緊張。因為臺下的觀眾一半以上都是黃茜找來的，是她以前戲劇社的同學。黃澄自己沒有邀請任何朋友。

這情況就像她九歲那年的生日。黃澄想要學別人辦生日會，和媽媽逛了好幾家麵包店，才如願買到一個夠黑的巧克力蛋糕。沒想到當天等了一下午，沒有一個人來。黃茜那時剛開始工作，硬著頭皮找來公司不熟的同事，來家裡幫她妹妹慶生。那絕對是黃澄這輩子聽過最響亮的生日快樂歌。

其實黃澄根本沒有開口邀請任何人，因為她怕被拒絕。甚至，她突然擔心起那顆超黑的巧克力蛋糕會太苦。她的恐懼，是出於極度渴望被喜歡的反作用力。只要她不開口，就不會有人拒絕她。這種情緒，是怎麼突然在妹妹心裡膨脹起來的，一直讓黃茜感到困惑。

謝幕的時候，朋友們鼓掌叫好，黃茜手裡抓著衛生紙對臺上揮手。黃澄發現姊姊把整張臉都哭花時，自己也突然紅了眼。黃茜轉頭向身旁的男人說了幾句話。男人坐得筆直，明顯高過其他人。他點點頭，輕輕拍掌。

黃澄在後臺迅速收著東西，天亦牽著一個人的手進入後臺，跟大家介紹這位是她的女朋友。黃澄向她們點點頭，努力克制自己不要流露出大驚小怪的表情。她跟大家道別，團長抽著菸，連頭都懶得轉，透過鏡子望向她。吐了一口煙說，今天是黃澄的主場呦。黃澄說，謝謝。聽起來像喵叫。

她一出現，一陣歡呼。

我們都覺得妳演得很好，雖然沒有什麼臺詞。黃茜說。

本來就是一句臺詞都沒有。

妳不是有說了一句？

因為女主角忘詞了。

妳才是女主角！黃茜大叫。

大家紛紛應和著，黃澄想到還站在劇團門口，拉著姊姊提議去附近的泡沫紅茶店坐一下。黃茜把那個男人的手拉過來對她說，這是小康，男朋友。黃澄跟他點點頭，讓黃茜勾著她的手出發，一行人跟著。小康一個人走在隊伍的最後。

二十歲的黃澄比姊姊高了半個頭，她已經隱隱約約可以看見黃茜頭頂上幾根白髮。她們家的頭髮白得很早，以前黃茜還住在家裡時，她喜歡看著姊姊幫媽媽染頭髮。黃茜搬出去後，媽媽似乎就忘了染頭髮，現在已是一片銀白。黃澄偶爾也會找到自己幾根金色的頭髮，想著沒幾年後它們就會變成銀白色的。

妳口紅畫得太大、太紅，觀眾那麼近，看起來很可怕。黃茜說。

為了讓嘴唇看起來對稱，我把下唇的唇線都擴充出去了一些。

誰教妳的？黃茜輕蔑的口氣中帶著疼愛的責備。

她嘟著嘴繼續問，會很明顯嗎？

血盆大口，很像女鬼啊。

我才不是演鬼。

黃茜懶得一天到晚陪黃澄討論嘴巴對稱的問題。這邊人多，黃茜知道她不會再問下去。

到了師大路的紅茶店，大夥一下就把焦點從演出，轉移到黃茜哭的事上。小康說，黃澄一出場，黃茜就開始哭。黃茜越哭越誇張，七十分鐘沒有停過，手上那包衛生紙還是別的觀眾遞給她的。黃澄問，到底在哭什麼？黃茜不是一個很會表達的人，只說黃澄穿著那件伴娘服，她好像看妹妹嫁了出去，感動又傷心。黃澄嚷著，拜託我大學都還沒畢業呢。

其實，黃茜看到一樣東西，是黃澄站上舞臺後多出來的。儘管她披了角色在身上，但那多出的，不是覆蓋上的，而是延伸擴散沒有極限的樣子。她還是能辨認出妹妹熟悉的神情，可是在那前後都有些陌生的瞬間，黃茜第一次覺得沒有資格或動力，去參與黃澄的生命。因為她的位置就是坐在臺下，一個在場，卻無法上場的人。

小康把珍珠奶茶遞給黃澄時，黃茜向他抱怨自己的桂圓紅棗茶太甜了。於是小康端著那壺茶去吧檯，等了許久不見服務生只好又端回去。黃澄說自助吧檯有壺熱水，小康把熱水提來添到黃茜的茶裡。走來走去，椅子都還沒坐熱過。

黃茜的茶味道被沖淡了，只喝了一小杯就再也沒動過。後來跟黃澄分著喝一杯珍珠奶茶。這兩姊妹用一根吸管，黃澄往底部插吸著珍珠，黃茜把吸管拉高只吸奶茶，不小心吃到珍珠還會吐回去。小康在一旁看得覺得新奇又噁心。他是獨子，手足情感的世界對他而言是完全陌生的。

小康與黃茜剛交往不久，現場的朋友都不熟識，大家忙著敘舊他無法融入，自然而然就和坐一旁的黃澄聊了起來。他聽黃茜說過很多關於妹妹的事，那聽起來更像在說一個女兒。

為什麼妳會想要去演一個沒有臺詞的角色？他問。

我去試鏡的時候什麼都不知道。

妳覺得演戲好玩嗎？

好玩。我們排練的時候常常都在講自己做了什麼夢，然後一邊記錄。大家試著用不同的聲音讀一些詩句。導演給我們很多奇怪的指令，有時我們反覆唸到自己都快認不出自己的聲音了。

黃澄一直在嚼嘴裡那幾顆的珍珠。

他問，什麼奇怪的指令？

譬如，把句子唸得像是要擠進牆上的水泥裂縫，想像自己是一頭黃鼠狼被獵人追趕著，或是一片烤得焦黑冒煙的吐司之類的——還有，一灘草莓果醬。

聽起來好難啊。

黃澄終於把那顆珍珠吞了下去，眼睛打量了小康一番。

你跟我姊一樣大嗎？

我比她大三歲。

你沒有白頭髮。

有幾根藏在裡面——

這跟我想像的不一樣。

小康不知道是在說白頭髮，還是原本在談的演戲。

黃澄的眼睛在翻找著一些東西，她算了小康的年紀，三十五歲。然後突然腦袋又浮現，那隻**大象撲滿**。可能剛好因為她正對著他的耳朵，小康的耳垂像一顆快掉下來的水滴。她還發現他的下頷是凹進去的，思考的時候，他會輕輕掐著那個凹陷，用食指來回摸著。

我不知道舞臺劇是這樣的，以為是像我姊以前演的那種。

妳姊以前也演戲？

你不知道？

沒聽她說過。

我覺得她演得很好，看起來就像另外一個人。

那是哪種戲？

比較寫實的，有現實生活的樣本可以直接揣摩。

小康稍微挺直了身，摸著下頷的凹處。

那不是很無聊嗎？

黃茜在這時靠了過來，和小康說了些什麼聽不清楚。兩人同時笑了起來。黃澄突然覺得眼前這杯快見底的珍珠奶茶不是她的飲料，輕輕將它推到姊姊面前，起身去洗手間。當她離桌的時候，只有小康看了她一眼。

無聊。

黃澄在廁所對著鏡子裡的自己喃喃自語，演戲怎麼可能會無聊？

第一次披上角色後，她才發現被蓋住的那個自己，原來沒有形狀。劇場經驗，像某種強力的拭塵布，將她的感官全擦亮了。那或許可以稱為是一種身體快感，也是一種甜頭。並在完成演出後還能持續一陣子，至少在剛開始的時候可以。那濃度也足夠稀釋掉排練過程的不愉快，譬如團長的不友善與小小的冷漠。就算有一天這些都不存在，也一定還有更意想不到的事情會發生。

黃澄一出廁所，就聽見黃茜那桌傳來一陣爆笑。小康在一旁低頭喝了一口咖啡，在笑容收掉前剛好轉頭看到黃澄。

黃澄覺得自己像從翼幕走上舞臺，準備被丟進一個已經開場的戲。雖然她不知道自己的臺詞，卻一點都不害怕。即興是無限的。

05 ／

那股熟悉感，黃澄一眼就知道小康像誰。

黃茜大學時期要好過一個男朋友。一開始是祕密的，只有黃澄知道。他們約會的時候，媽媽以為是姊姊帶妹妹出去玩。姊妹玩得勤，每週不是看電影就是逛街打保齡球，三五不時還看戲逛美術館吃大餐。黃澄那時才十歲，覺得肩負重任守著姊姊的祕密，好像自己就跟別的小孩不一樣了。黃茜的個性是那樣的，許多跟自己密切相關的事，她就是不喜歡說，有種膨脹且不均勻的自信，不用其他人說三道四。

黃澄喚那個男人，林叔叔。

林叔叔長得乾淨，身材高大。有時穿著西裝，有時穿襯衫配牛仔褲，身上總是香的，唯獨他的頭。黃澄不喜歡那味道，後來才知道那是髮油。與黃澄第一次見面，林就把一個綁好緞帶的方盒送給黃澄。那是黃澄記憶中，第一次那麼慎重地拆禮物。裡面裝了一個白色陶瓷的大象撲滿，鼻子短短的，耳朵卻特大，造型很獨特。黃澄一直都喜歡大象，但她會因為這個開禮物的過程而更喜歡大象。

後來黃茜不准林再送禮物，林只好用吃的來哄黃澄。每次約會結束前，仨人就會到二十四小時的冰淇淋店。一人握著一個甜筒上林的車。黃澄第一次坐上那麼小的車，上車時得要從副駕駛座爬到後座，像小狗一樣。車上總放著林叔叔喜歡的爵士樂。

有次冰淇淋不小心沾到椅子上，黃茜唸她，林說沒關係，隨後用手指一抹放進嘴裡吃了。有時黃茜和林會共享一個冰淇淋，黃澄望著他們你一口我一口，倒是希望自己一輩子都不用跟別人分享。她舔著冰淇淋，看看這，看看那，天真得有點茫然，車子以外的世界都與她無關，全在車裡了。長大後，黃澄只要一吃冰淇淋整個人就會空掉。別人叫她，她回神就想發笑。那些無法細說、黏稠的過去，像冰淇淋般一點一滴地融化，等著被某人的口水抹掉。

是林告訴姊妹倆，她們的名字有顏色。原來以為就像媽媽說的，一個水，一個草，生生不息互相依附。林說不止，澄是透明色，茜是紅揉著橘，像颱風靠近前的晴天傍晚。

黃澄一聽，覺得姊姊的名字複雜多了，自己的怎麼那麼簡單。

有次黃昏，他們把車開到松山機場附近看飛機，大聲放著Frank Sinatra的〈My Way〉。林扯開嗓子指著天空說，妳姊姊的茜色，就是那樣。一天只有幾分鐘，還不是天天都有。黃茜聽了嘴往林的右臉頰點了一下，轉回頭對妹妹笑。黃澄還在疑惑著，自己的透明色算不算一種顏色。這畫面讓她突然想起已經離開她們的爸爸。她對爸爸的印象很淡，只記得自己也曾這樣像小鳥一樣啄過他的臉頰。她記得那股奇怪的味道，後來才知道那是酒氣。爸媽離婚的時候她才六歲，之後沒有人再提起他，好像他從來沒存在過。黃茜只說過一次，他走了也好，家裡不需要有男人。黃澄從來不覺得自己缺少過什麼。

有林叔叔開開心心的日子，維持不到一年。

早在黃茜把頭髮燙成大波浪的時候，媽媽就知道有事在發生。黃茜多了一個習慣，沒事喜歡用食指捲著自己髮尾，把頭髮攏到一邊的肩膀，頭微歪著傻笑。大女兒二十歲談個戀愛，是正常的，只是為什麼要瞞著，還抓著妹妹當煙霧彈，媽媽不解。

有一天，媽媽帶剛放學的黃澄在冰店吃豆花。隔壁桌坐了一個年紀跟黃澄差不多的小女孩。過不久，洗手間走出一名穿西裝的男子。

媽媽輕聲叫喚男子，男子一看到母女倆，臉上立刻閃過一絲驚惶，但很快又保持紳士般的笑容點頭寒暄。

媽媽說，哎呦怎麼那麼巧。言語藏不住一股熱切，根本沒注意到一旁黃澄的表情。

男子從口袋拿出手帕擦手，在小女孩的對面坐下。

媽媽說，你女兒啊，真漂亮。跟你介紹一下這是我的小女兒，大女兒你上次見過了。黃澄，跟林叔叔問好。

男子對著黃澄點點頭，眼神溫柔不壓迫，像是在告訴她沒關係，一切都沒什麼大不了的。

黃澄說，林叔叔好。

妳好。

林說完後立刻把專注力拉回女兒身上，完全沒有要求女兒也要打招呼的意思。黃澄的媽媽等了一下，再次主動攀談起來，誇張地不斷強調能遇見真是好巧又好巧。沒一會兒，她發現對方的回應有些淡漠就尷尬了起來，只好假裝看著埋頭猛吃豆花的黃澄。

那短短的幾分鐘，比黃澄的一天還長。

過了一晌林對女兒說，吃不完沒關係。

黃澄忍不住抬起頭，往旁邊瞄了一眼。林對黃澄露出微笑，黃澄傻傻笑了回去，卻又驚慌失措地看回媽媽，才趕緊心虛地低下頭。這一切全被媽媽看在眼裡。

爸爸，我吃不下了。女孩說。

林若無其事地把吃剩的豆花拿過來。

黃澄不小心吞進好幾顆粉圓，咳了幾聲。直到林和女兒離開後，媽媽才開口問。黃澄一被問，就不爭氣哭了起來。

後來家裡鬧成一片，黃澄聽見媽媽吼著說，我怎麼生出一個這麼犯賤的女兒。黃茜吼回去，有其母必有其女。

直到有一天媽媽拿起一把剪刀，把黃茜波浪的髮尾一刀剪斷。黃茜沒有叫，只是狠狠瞪著前方，像什麼也看不見。

一切安靜下來了。

之後好幾個月黃茜什麼都不做，一直睡。黃澄會在半夜爬上黃茜的床，摸姊姊的臉。如果是乾的，她就再爬回自己的床安心睡去。如果是濕的，她就學著難過時黃茜安慰她的樣子輕輕拍著姊姊，露出一臉模仿般的心疼貌。

有一天，黃茜把眼睛從棉被裡探出來，溫柔地摸著黃澄的頭。她好久沒跟姊姊說話，都快憋不住了——黃茜卻先開口了。

我也幫妳把頭髮剪掉好不好？

這句話轟得黃澄腦袋一片空白。她反射性地點點頭，乖乖坐起，本能地望進黃茜的眼睛，找尋某種能幫她理解什麼的東西，但那裡什麼都沒有。

去拿剪刀來。黃茜命令著。

剪刀好重。黃澄抓著握把小心地放下。黃茜把棉被攤平盤腿坐在床上，示意黃澄過來。黃澄坐下，背對著姊姊，看著窗戶玻璃反射她們的倒影。黃茜零零落落的微笑，配上亂七八糟及肩的短髮。黃澄有一種奇怪的感覺，姊姊變得更漂亮了。

喀擦喀擦。

她們剛養的比熊犬多多，在床角窩成一坨圓球，嗚嗚地低鳴。牠在做夢，總是能感覺到姊妹們的情緒。黃澄幻想著頭髮墜落在棉被的聲音，可能就像下雪。林叔叔之前說過，有機會要帶她們去北海道滑雪。她們都沒有看過雪，林叔叔說，雪其實很髒，只能遠遠看著，越遠越美。

過了大半年，黃茜依然病懨懨窩在房裡。

她們以前還會玩一種遊戲，把流行歌的歌詞背出來。黃澄的記憶力好，腦子和嘴巴可以同時行動。黃茜總需要邊唱才背得出來，有時字的四聲還會被腦裡的曲調弄亂。遊戲的規則是一人背一句，像接龍一樣，接不下去的就輸了。

那次黃澄吵著要玩，以為可以讓姊姊開心點。

她放著新買的卡帶，要黃茜一起學新歌。她們喜歡把一卷卡帶聽到爛，前奏的第一個音響起就知道第一句歌詞的程度。放了兩首後，黃澄把錄音機關掉，開始唸歌讓黃茜接。黃茜覺得煩，直接用唱的接。黃澄說不對不對，唱了就輸了。黃茜不管，繼續唱，唱得更大聲。過了一下，黃澄不出聲了，垮著臉反覆按著錄音機的倒轉鍵。

黃茜望著妹妹的後腦勺，胸口一緊。黃澄的頭髮，被她亂剪後，花了幾個月才長到能蓋過脖子。她有哭嗎？黃茜不知道，但此刻這張氣嘟嘟的臉，還有弄卡帶的聲響，讓她又反感了起來。她希望黃澄立刻從她的視線消失，但這是姊妹倆的房間，她能去哪？於是黃茜的視線，停留在書桌上那隻陶瓷大象撲滿。她記得林把禮物送給黃澄時，對她勾著嘴笑的表情。

大象給我。

黃澄對這打破沉默的方式有些不確定。但她還是拿起大象，遞給姊姊。裡面存了很多零錢，有點沉——

鏘——

大象掉到地上的時候，她驚叫了一聲，但黃茜沒有。

大象的鼻子斷了，耳朵裂了，身體碎成兩半，零錢內臟散了一地。黃澄不知道究竟是自己提早先放手，還是姊姊出手慢了。

哇，妳好有錢啊。黃茜笑著說。

黃澄張著嘴望向姊姊，眼睛開始積起水。

黃茜變臉，垂下眼睛。

出去。

黃澄頓了頓，起身走出房間時，腦中不合時宜地浮現一句旋律歌詞，她動了動嘴巴，沒有發出任何聲音，杵在房門口不知所措哭了起來。她一直以為自己的哭是因為恨，但時間過去，她漸漸明白那是因為愛。女孩總是能意識到自己的周圍發生了什麼事。就算年紀很小也不例外。

沒多久，黃茜就搬出去住了。

06／

她坐在社區的中庭，在太陽底下皺著眉頭看劇本。天氣難得放晴，家裡卻照不到陽光，於是黃澄帶著多多到樓下曬太陽。多多身體兩側的毛，因為上了年紀開始泛黃，眼睛也變得灰藍，但胃口還是很好。黃澄時不時會摸多多的肉墊，確定地板不會燙傷牠。

這座中庭由三棟公寓共享，每一棟只有五戶。公寓後面是山，沒有都市的車潮喧囂。黃茜搬過一次家，而黃澄則是從出生就住在這裡。她聽著午後兩點的各種聲音——有人開著電視，傳來財經節目的股票分析。有嬰兒在哭，有男人呼喚著狗的名字，有鋼琴聲，總是在彈奏著《郭德堡變奏曲》。這個人大約每週會彈兩次，每次都只彈同樣的段落。多多的耳朵在動，像被送出窗外的音符打到。旋律沒感情，枯燥又不耐煩，熟練的部分加速，錯的就一直用力反覆按。黃澄抬起頭，想找出究竟是哪戶人家。一片落葉擦過她的臉。

《失眠》結束四個月後，小開又來邀演。這次是藝穗節的戲《夢遊》。接到消息時，黃澄是意外大於開心，她不覺得自己在那是被喜歡的。演員是原班人馬，多加入雜克。

雜克是一位男同志，平常的動作比女生還輕。每次排練前，他得花五分鐘做發聲練習，把音頻壓低，找到胸口的共鳴點，才能發出小開所謂的「男人的聲音」。他的話特別多，休息時間要逼在場的每一個人都聽他的戀愛故事。大多是單戀，或被甩，不過聽起來都差不多。雜克總挑異男，他說都是愛上了才知道，是自己犯賤。口氣不是真的那麼無奈，甚至聽起來有點得意。黃澄發現這世界很多人是因為感到難受，才覺得快樂。

前兩場演出一結束後，小開衝到後臺，抓著自己的頭髮，唉叫著——

不對不對不對！妳只有在扮演五歲小女孩，不止。我要妳代表**童年**，代表的是一**種狀態**。利用小開那一貫抽象的借代方式，黃澄已經大概抓到待在某狀態的感覺。但「代表狀態」絕對是另一回事。

這次她飾演一位植物人，當她醒來時就表示進入幻境，而角色的狀態就是一個被關在五歲小女孩靈魂裡的女人。她在劇本上寫下一些聯想的單詞：純真、單純、童趣、玩耍、懵懂、無知。全都太表面了——雜克細細黏黏的聲音迴盪過來，黃澄真是幸福的小公主。她聽了不舒服，用筆在那些單詞上來回畫著，直到看不清楚原本的字。

她不確定自己童年的時間軸是哪一段，因為那裡疊上了黃茜的青春期。一不小心就滑進姊姊的軌道上。若要說，在某個時間點確實有個突兀的卡榫，喀啦一聲，童年結束了。或許是頭髮被剪時，或大象撲滿碎落時。也可能是最後黃茜的沉默。

黃澄這次有一段完整的獨白，在講述藍鬍子的童話故事，小開要她說出一種幼童的血腥味。

黃澄將每個句子重新斷句，甚至錯置單詞，打亂呼吸，讓自己聽起來像是一個講話上氣不接下氣的小孩。臺詞已經背得滾瓜爛熟了。但只要一聽見自己做出的娃娃音，黃澄就開始不相信自己。**出戲**了。她總是馬上評斷自己，然後她的表情就會跟著出戲。排練一天天地過去，挫敗感像汙水一樣不停地累積著，演出時已瀕臨滿水位了。

還有，她哭不出來。

當女孩發現自己無法醒來，將永遠困在床上的那副軀殼裡時，小開希望黃澄能淚流滿面。這次黃澄是女孩（依然沒有名字），她的戲集中在下半場，從觀眾進場到整個上半場結束，黃澄都必須在舞臺中央那張病床上躺著不動。她要閉著眼睛，同時保持完全清醒的狀態。

黃澄得讓腦中不停思考一些事，以免自己睡著。她想著回家要製作期末分組報告的簡報，那是沒有出席討論的補償。檢驗著減肥計劃還能如何降低更多澱粉。是否需要認真找一個經紀公司。還有哪裡可以學表演……很快她就迷失在這些雜亂的思緒中沒有想通任何事。

昨天第二場演出當她專注聽著臺上的表演時，竟然不小心睡著了。她的身體大力抖動了一下，然後驚醒。醒來的瞬間，她努力想著絕對不能張開眼睛。好在剛好發生在換場的黑暗中，除了一旁準備的小小，沒有人發現。黃澄以為小小會向小開告狀，結果沒有。後來她覺得自己必須道歉，向大家承認自己不小心睡著了。不過小開顯然更在意下半場她沒有眼淚。

哭還不簡單，眼睛張著就哭出來了。團長說。

黃澄試過，最後因為眼睛太乾，隱形眼鏡掉了出來。妳再也無法靠近所愛的人了，想像妳永遠無法跟他們說話。小開試著幫她進入狀況。黃澄想像，一直在想。有一次她想像媽媽和黃茜都死了，上半場還躺著就開始哭。但她不能動，只能讓眼淚滑進耳朵裡。只是好不容易培養的難受都無法延續到最後。越接近尾聲，她越意識到自己要準備哭，整個人就空掉了。

隔壁棟一位年輕的媽媽，剛好推著嬰兒車回來。裡面坐著一個兩三歲的小女孩，手裡還握著吃了一半的米餅。狗ㄍㄡ，小女孩叫。狗ㄍㄡˇ，Dog，媽媽回應著。多多抬起頭看了她們一眼，又趴回去，挪動了一下屁股。黃澄仔細盯著小女孩好一陣子，她也好奇回望著她。年輕媽媽對黃澄禮貌地點了點頭。

小女孩沒有眨眼睛。

她盯著黃澄的眼睛，捨不得錯過任何一秒。孩子受制於他們的眼睛，而不是語言。得用眼睛說話，才能像個孩子。黃澄趕緊在劇本上筆記，提醒自己演戲時可以使用。嬰兒車被推進大門後，她才發現多多沒在太陽光下了。她摸了摸自己溫熱的頭頂，伸展了一下雙腿，拍拍多多，把滾瓜爛熟的獨白又默唸了一遍。

……姊妹們決定找出每支鑰匙可以打開的門。／這像是一場遊戲，／她們一扇接著一扇開，每開啟一扇門她們都會大聲歡呼。／／看盡一切新奇的東西後，只剩一道在長廊尾端，沿著一片完全無光的牆。／那是一道通往地下的門。／／當她把最小的那只鑰匙插進去並轉動著，鑰匙孔滲出鮮紅色的血。（尖叫）／。她們只看見一片黑色的屍骨，／一陣腐爛的刺鼻味。／／有人把門關上，把鑰匙拔出來，／沾了一手的鮮血，無論怎麼洗，怎麼擦都弄不掉。／而一滴滴的血依然從那只鑰匙滲出，／滴答、滴答、滴答……

黃茜聽黃澄練習這段獨白時，頗不以為然。她覺得只要文字涉及所有神話或童話，都是老套過時的。對觀眾和演員都相當疏遠。黃澄確實感到一種距離，不只走不進故事的臨場感，連想哭、恐懼的感覺都沒有。黃茜建議她把玩聲音，單純用聽的就好，這是她學習過另一種獨白的處理方式。

《郭德堡變奏曲》彈到一半突然停了。黃澄望向前方花圃裡的一片葉子，正不斷旋轉著。如果看得夠久，葉子會發現有人在注視自己，便會慢慢停止擺動。

小開也說過像一片葉子被風吹動的比喻，在「影子練習」時隨著對方前後擺動。那是「鏡子練習」的延伸。一樣兩人一組，一前一後，後者是前者的影子。也有影子在主體前面的時候，一轉身就會發生。

但黃澄對這種肢體練習開始失去耐性。專注在控制彼此身體的方式，根本無法幫助她發展角色。她開始看什麼都不順眼——衣服不對，白睡衣很醜，燈光一打根本是透明的。又是不穿鞋的角色，但地板根本沒有人清。最後躺回去時，所有的觀眾都會注意到她的腳。就算哭得出來，他們也會因為女演員的腳太髒而出戲。小小上半場結束的時候哭得好慘，她仰著頭，滿臉淚水一清二楚，連鼻涕都流到嘴巴裡了。她怎麼可能那麼傷心？這劇本寫得一點都不完整，演員根本沒有完整的角色。可能是因為和男朋友分手了才那麼傷心吧。但這樣會顯得自己沒有眼淚的哭，更假。不行，不能假，一假就輸了。黃澄覺得不被舞臺需要，而且天分離她很遠。

小開會說，妳把頭埋在手裡，裝出哭泣的聲音吧。

不專業的導演，放棄了一位不專業的演員。

多多起身，甩了甩耳朵，逕自走回家門口等著。黃澄跟著起身，嘴裡又把獨白喃喃從頭開始背起。還剩兩場的機會，她一定要哭出來。

07

銀粉扣進牙齒的那種感覺，黃澄覺得很舒服。和所有小孩不同，黃澄小時候特別喜歡去看牙齒。看完牙，不能吃東西，她就吵著黃茜買霜淇淋給她吃。小時候姊妹倆有次一起發燒，媽媽給她們吃霜淇淋，從此只要身體不舒服，霜淇淋就是唯一的安慰。一想到冰，就想到生病。當然那是在林叔叔出現前的事了。

有次林叔叔看見黃澄張嘴大笑，說小嘴巴裝了這麼多黑黑的蛀牙。黃澄趕緊把嘴閉上問，你怎麼知道。從那次她才理解磨掉的蛀牙不會長回來。黃茜說，我們家衛生常識實在不行，我認識林才知道早上晚上都要刷牙，他還教我怎麼用牙線呢，媽媽什麼都不會。後來只要想到和林叔叔吃一碗豆花的那個女孩子，黃澄心裡就吃味，想著她肯定有一口漂亮的牙齒。

黃澄再也不敢大笑，跟別人說話的時候，老是盯著對方的嘴。她頂著短髮預習了髮禁，一年後才上國中。再也見不到林叔叔了。

國中有個不太熟的同學，有天突然對黃澄說，我也想要嘴巴歪歪的，歪嘴的都是美女。

黃澄到現在都無法明白這句話的動機。這同學——她甚至連名字都想不起來了，對著黃澄把嘴巴誇張地歪向一邊。黃澄的臉立刻垮了下來，整天都緊緊抿著嘴。

有天黃茜回家時，黃澄問她，我的嘴很歪嗎？

黃茜眼珠在黃澄臉上滾了一圈。妳不說，我還從來沒發現過。

黃澄把小時候的照片翻出來，仔細研究自己的嘴巴是何時開始歪掉的。她以前拍照總是在做怪表情，看不出所以然，上了小學後不愛拍照，照片不多。黃茜在一旁感慨地說，妳小時候跟我長得真像。黃澄逼著黃茜一起站在鏡子前，互相研究彼此的臉。

黃茜說，真的不明顯，哪有人的臉是完全對稱的。五官就像國字一樣，死盯著，就越看越不對勁。用認的，看懂就好。過了一會兒，黃茜仔細研究起黃澄掛在牆上的幼稚園畢業照說，好像從小就有一點歪吧。

因為這理由，黃澄在高中時打消想當主播的念頭。她可不想讓人每天盯著她的嘴看，冠上一個歪嘴主播的稱號。於是廣播社、戲劇社、說唱藝術社，她選了最後一個參加。就是講相聲，還要自己寫段子。黃澄當時倒是沒想參加過戲劇社，她覺得穿不是自己的衣服很彆扭，臺上的人看起來都很做作。記憶中黃茜那頂大花帽就是經典。青春期在乎的是能看見的東西，短薄又苛刻，像一把不利的美工刀。

高中忍著就過完了。

一考完大學，黃澄就去打耳洞。西門町路邊的一個外國人，很多同學都去那打洞。他幫黃澄打之前，揉了揉她的耳朵，黃澄縮了一下，全身起了雞皮疙瘩。她後來才知道耳垂是自己的敏感帶。先打右邊，不會痛。打左邊時，砰。路邊有輛機車撞到了什麼。黃澄動了一下頭，左邊那根針剛好戳下。

一個禮拜不能拿下來喔。黃澄離開後，和同學逛著街，給自己買了一件黑色平口低胸的小洋裝，當天晚上穿。黃茜說要帶她見一個很久不見的人。

他們約在遠企飯店的高級牛排館裡。林先到了，桌上開了一瓶紅酒。他的頭髮依然整齊茂密，唯一不同的就是白了。那次黃澄才搞清楚，原來林叔叔比自己大了將近三十歲。林看到黃澄也是驚訝，女孩變女人了，比當年的黃茜多了點陰，輕一些。

黃澄慢慢意識到，這些年黃茜即使男友不斷，還是在跟林見面。

黃澄吵著也要喝一杯，儘管她每次聞到紅酒就會反胃，那是在一次清過媽媽的嘔吐物之後。林幫她多要了一個酒杯，倒了半滿。

慢慢喝，林說。

黃茜嘴巴沾著酒，微笑輕淺看著黃澄。黃澄感覺有小小黑黑的東西準備從姊姊那發亮、熱滾滾的眼球竄出來。那是醉了的神情嗎？她從未見黃茜醉過，也不清楚一個人喝多少才會醉。黃澄假裝自在地把杯裡剩下的紅酒一飲而盡，努力嚥著口水抑制喉嚨深處不適的躁動。林又叫了一瓶白酒，把甜點單遞給黃澄。

餐後要吃冰淇淋嗎？林說。黃澄點點頭，喝了一口水。

她今天剛打了耳洞呦。黃茜說。

痛嗎？林問。

不痛，但左邊這個好像打歪了。黃澄說。

有嗎？我看。黃茜端了端黃澄的下巴，眼神迷濛。

我發現妳兩個耳朵不一樣高耶。

林也觀察起黃澄來。

和她的嘴巴歪向同一邊。黃茜說。

黃澄的臉開始紅，慢慢擴散到胸口、耳朵、額頭中間。

妳醉啦？林笑笑地問黃茜。

沒有，今天有妹妹陪喝，開心死了。

黃澄把視線移到那瓶新的白酒，林看到，順手拿起幫她添上。

布朗尼配冰淇淋來了。黃澄很專心地一口蛋糕配一點冰淇淋，平均吃完了眼前的甜點，第二杯酒也見底了。

還好那不是以前在很小的車子裡吃的甜筒冰淇淋，她沒有發燒也沒有牙痛，有純銀的耳針插肉裡，穿著有鋼圈襯墊的胸罩，套著不是非常合身的黑色小洋裝，但至少通通都是新的。黃澄知道一切都不一樣了，有些人會老，有些人會長大，許多事情她慢慢懂了。後來林和黃茜閒聊著，她不怎麼搭話，甚至根本沒在聽。不時想著自己整張臉都很不對稱。

離開餐廳的時候，黃茜拽了一下黃澄的裙腳，在她耳邊小聲說了一句，這種衣服要配高跟鞋才好看。

黃澄低頭看著自己腳上的粉色平底鞋，那麼舊，那麼幼稚。

她們上了林的車，這次黃澄不用爬到後面了，開了門坐上後座。林把黃澄放在家附近下車，載著黃茜離開。她盯著車屁股開走，意識到又要保守祕密了。只是這次不像小時候覺得自己有多特別。

她想，人是因為守著這樣的東西才長大的。

08／

王導請她卸掉一點臉上的妝。

黃澄走進廁所，用衛生紙沾水抹掉臉頰上的腮紅。底妝花了，她索性用清水洗了把臉，最後把沾到臥蠶的睫毛膏擦乾淨。她拍了拍裙面，讓皺褶不會太明顯。自從五年前和林叔叔吃飯那次穿，就再也沒穿過了。不知道是洗縮水了，還是長高了，裙子好像比以前還短。她把平口再往手臂兩處拉，清楚露出了漂亮的鎖骨。

從廁所出來時，黃澄與王導在走廊錯身。當他看見黃澄額頭髮際還沾著水珠時，感覺到「可能性」。一部分是關於演員，一部分是關於女人。

黃澄蹬著高跟鞋回座，小腿肚用力踩出一條曲線。

王導回座時，感覺也洗了一把臉。

妳多高？王導問。

一六八。

那麼高還穿高跟鞋？

這樣比較配這件小洋裝。

為什麼現在的女生試鏡都像要去喝喜酒？王導對著旁邊一位中年女人說，女人鼻子冷吐了一口氣，沒有搭話。

為什麼想演戲？王導又問。

之前演舞臺劇感覺很特別。好像成為另一個人一樣。

妳演過舞臺劇啊，怎樣的？

比較，抽象一點——

搞小劇場的那種？

滿小的，觀眾只能坐三十個而已。

妳演什麼？

演了兩齣，第一齣沒有臺詞，是鏡子裡的幻象。第二齣有一段獨白，演一個醒來的植物人，心智年齡只有五歲。

好玩嗎？

好玩。但我的角色都沒有名字。

為什麼？

因為導演說名字代表單一個體，角色才能代表人。

有什麼不一樣？
黃澄無言。
我也是從劇場出來的。
真的嗎？
我以前在貝克劇團。
貝克！好厲害喔。那是大團耶。
比較商業，就是逗妳哭，騙妳笑。
黃澄笑。國中的時候，我姊有帶我看過幾部。
妳姊多大？
比我大一輪，今年三十五了。
跟我同年，巧。
黃澄又笑。
妳和姊姊感情好嗎？
她超疼我的。但我們個性不太一樣，她比較倔強。跟家裡吵架，好幾年不回家過年。她知道自己要什麼，不要什麼。我覺得她可能比我更適合當演員，她高中的時候參加戲劇社。
妳姊叫什麼？

黃茜。

妳們家都單名。一個草，一個水。

她比較像水，我比較像草。黃澄笑。

黃澄明白，試鏡時的問題不過是為了推敲出她是一個什麼樣個性的人，有更多問題，對方不在乎答案，只是在觀察她說話的樣子。如此刻的王導正在細讀她。王導覺得她的臉，若把五官分開來看的話，長得其實不怎麼好。但擺在一起，就有種個性。大概是因為她的嘴巴，講話的時候總往一邊歪，笑的時候有種嘴角被扯著的喜感。所以只要黃澄講著講著一笑，王導也跟著笑。兩人都以為自己的幽默找到了對象。

妳參加的劇團叫什麼？

聚聚場，聚在一起的聚和聚。就在牯嶺街。

王導笑。黃澄也笑。

你們團長我拍過，常常來當臨演。

黃澄沒回。

他也當導演？

有，但我演的不是他導，偶爾會來看排給一點意見。

什麼意見？

就是，表演上的意見。
妳有看過他的表演嗎？
有看過廣告。
妳覺得怎麼樣？
黃澄一頓，說，廣告看不出來。
王導笑。他的戲不行，喜歡打點。
什麼意思？
就是很刻意要搞笑，所有的東西都是計算好的。觀眾知道你要逗他笑，就什麼都不好笑了。
企圖心太強。
他好像不太喜歡我。
他欺負妳啊？
聽說是因為我太高了。
王導笑。他沒眼光。
黃澄沒回。
他的臉，只能演喜劇。但喜劇是最難的，他只會搞笑。
黃澄沒回。

妳有看過國外東尼獎的戲嗎？

沒有。

去看看。該看。做表演從舞臺劇開始是對的，但跟演影像不一樣。

怎麼不一樣？

投射不同。舞臺劇是全身都在演，影像都只有看得到的地方才算在演。但我很受不了上半身演員，手都是廢的，一入鏡就穿幫。不過有些科班的舞臺劇演員也很難用，太匠氣很難調。

黃澄點點頭，好像聽懂了什麼。

旁邊的女人打斷。導演，時間差不多了需要讓她試一下戲嗎？

王導看著黃澄，想了一下。

妳站起來。

黃澄站。

妳剛剛說妳多高？

一六八。

把高跟鞋脫掉。

黃澄照做。

王導站起，走到她旁邊，比劃了一下。

知道了。妳沒有經紀人對嘛？

黃澄搖頭。

妳有什麼問題要問我嗎？

請問這是一個什麼戲？

是電影。

黃澄點頭。

中年女人看了王導一眼。

妳來了就知道。

09

一到片場，造型師就把黃澄帶到附近指甲彩繪的工作室，那是當天劇組臨時租借用來當成梳化的地方。黃澄突然想到很多天沒有剪指甲，低頭看了一下自己的手指。造型師食指上的寶石隔著黃澄的頭髮，輕壓在她的脖子上。她對著旁邊金髮的男人說，大概要到這裡。金髮男人對著鏡子，抓著黃澄的頭髮比了幾下，點點頭。拿出理髮罩為她披上。

黃澄忍不住開口問，請問要剪多短？

金髮男人努了一下鼻子，指了指遠方坐在路邊發呆的女孩。

黃澄不懂意思，不敢再問。靜靜地伸手把一撮髮尾抓到胸前。她一年只修一次頭髮，大多時候都是紮著長馬尾。一談到短髮，她就會想到黃茜和林叔叔。

當金髮男人收起剪刀時，黃澄幾乎以為自己看到了當年的黃茜。服裝妹妹拿了一套整燙好的戲服請她換上。白衣藍裙，典型的學生制服。黃澄到路邊的小帳篷換好後，忍不住含起胸來。襯衫很薄，她的黑色內衣若隱若現。一位不知頭銜的工作人員匆匆跑來說，導演說不用化妝，換好衣服就過來。黃澄被從頭到尾打量一番後，帶到了拍攝現場。

王導一副不認識她的樣子。

他戴著墨鏡，黃澄看不見他的眼睛，不知道怎麼跟他說話。王導示意工作人員放一把凳子在導演椅旁邊，黃澄坐下，跟著大家一起看著監控螢幕，王導的殘影有一半壓在黃澄身上。

王導對著前方喊，跟機器再試一次，叫方雨彤從斜坡轉角跑出來。

黃澄一聽，抖了一下。方雨彤。一個小小的人影，從螢幕的左上角出現，慢慢往鏡頭跑來。她看見一樣的白衣藍裙，一樣的短髮，連身形都跟她幾乎一模一樣。

就算幾年後當黃澄在銀幕上看到自己時，還是會想到這一刻。那是她，又不是她。和之前在《失眠》裡扮演幻影不一樣，此刻是一個潦草的複製，可以是她，但不是。剩下的人全變成了陪襯的布景。

這顆鏡頭拍了很多遍王導都不滿意。

他轉向黃澄說，妳都看到了吧？去照著做一遍。黃澄起身走向遠方，方雨彤還站在原地，微微喘著氣，看著黃澄向她走來。黃澄立刻認出她們相像的不過只是打扮，五官一點都不像。方雨彤的眼睛比較小，雙眼皮的摺痕若隱若現，嘴唇飽滿，鼻骨有一個稜角，整張臉看起來很對稱。兩人對視的時候，一股茫然與雜亂在空氣中亂竄。

副導說，雨彤休息一下。導演要她試一遍。妳就照剛剛的，Action後從斜坡跑向鏡頭。

黃澄不知道大家都注意到白襯衫裡陰暗的腫脹物，正隨著她的腳步晃動著。她也不知道當方雨彤走向導演椅的時候，頭異常的低，像糖果屋故事裡為自己留下足跡的小孩，把眼淚滴在地上當標記。她更不知道，王導墨鏡底下的眼睛滿漲著興奮。

很好。她聽見遠方王導的聲音。

現場沒有人知道黃澄的跑和方雨彤的跑有什麼不同。但沒有人說話。當黃澄跑了幾次，氣喘吁吁地回導演椅旁邊時，方雨彤立刻從板凳上站起來讓位給她。方雨彤緊閉著嘴，眼睛不自在眨著，傳進她耳朵的聲音全是悶住的。

我們再給方雨彤最後一次機會吧，不然這邊還有一個女主角。王導說。

黃澄坐回板凳，下意識拉了一下黏在皮膚上汗濕的襯衫。在監視器上的方雨彤，小得像一隻甲蟲緩緩爬上斜坡。全場都盯著那小小的身影，等她從遠方再次滑落。

走——副導大喊。

方雨彤開始跑。有一刻黃澄覺得自己和銀幕裡的人眼神對上了，她倒吸了一口氣，下一刻方雨彤摔倒了。現場工作人員全僵住了，不敢發出聲音。副導看向王導，王導用手指頭在空中劃圈，示意繼續。方雨彤有些驚恐，趕緊爬了起來，腳步不協調地繼續跑。她膝蓋擦紅了一片，攝影機讓所有人都看得一清二楚。

很好。換鏡位。

王導一說，凝結的空氣立刻散了。

黃澄在《一位女學生的消失》劇組，待了十五天，領了一萬塊紅包。只要方雨彤一上戲，她就得坐回導演椅旁的凳子，讓各式各樣的人擠在她身後。其他時間她就是到處晃，看看這，看看那，和別人也說不上幾句話。她開心自己能待在片場，但那開心是茫然，有些空洞的輕浮。

每天一到現場，黃澄就自己拿著白襯衫藍裙子去換。有次她一套上襯衫，聞到一股嬰兒的乳香味，裙邊有些破損，裙面還有一小塊暗紅色的汙漬。黃澄把髒汙轉到正面，直接掀起就著洗手槽用肥皂清洗。當她正低頭用紙巾蔭乾裙子走出更衣間時，方雨彤擋在她面前。她們一般高，額頭都快碰到了。黃澄下意識往後退了一步。

妳穿到我的了。方雨彤說。

黃澄有些慌。我馬上換下來。

正要關門時方雨彤也擠了進去。來不及了，一起換吧。

方雨彤轉身背對黃澄，開始脫衣服。黃澄也趕緊背對她，把襯衫鈕子全解開脫下。她們小心不要碰觸到彼此，空氣中開始瀰漫著那股淡淡的乳香味。正要脫裙子時黃澄說，裙子髒了我剛剛洗了一下，還沒乾，妳先穿我的吧。方雨彤一聽把脫到一半的裙子又拉回腰上。

黃澄問，妳那個來嗎？

方雨彤看了她一眼，沒說話。

小心不要又沾到了。

方雨彤轉頭檢查自己的裙子。

沒有，很乾淨。黃澄說。

誒。

嗯？

妳知道止汗劑嗎？方雨彤問。

黃澄搖搖頭。

塗在腋下，流汗的時候就不會臭。

黃澄的臉開始微微漲紅。

在制服裡的兩具身體都是熱騰騰的。她們一起走出更衣室的那一幕，許多人都看見了，那像是青春電影裡的一個日常的片段。女學生一前一後進去，門關，門開，一起出來。微不足道的瞬間。尷尬，妒忌，無語，充斥在擁擠的四方格裡，要拔高的鏡頭才可能看見。旁人眼裡看到的，沒有聲音，看不清楚表情，只撩動起一股八卦的好奇。

只有錄音師軒哥跟黃澄開玩笑說，妳們變成好朋友了啦。軒哥是這劇組唯一會和黃澄聊天的人。他很瘦，露出的皮膚全是刺青，總是用深綠色的頭巾包住他凌亂的長髮。他說自己年輕時是玩搖滾樂的。

在拍攝第五天的時候，軒哥給了黃澄一組監聽器。這樣妳就不會無聊啦。換鏡位的時候，黃澄常常透過監聽在聽軒哥和助理聊天，有時他們會聊球賽的進度，有時聊等等放飯時要拿什麼便當。拍攝時，她喜歡聽臺詞以外的那些雜音，尤其是演員吞口水的聲音。黃澄總會不自覺跟著一起吞嚥。

還有呼吸聲。

她發現方雨彤每次上戲的時候習慣憋著氣，直到喊卡她才會吐出一口長氣。準備的時候，她總是喃喃唸著臺詞，反覆又反覆。一開始黃澄會在心裡跟著她一起唸，到後來她開始幻想，如果是她的話，她會怎麼演。

有天放飯時，軒哥與助理蹲在路邊抽菸，黃澄經過，軒哥問她抽不抽菸。黃澄搖搖頭。軒哥說，演戲怎麼可以不會抽菸，先學著很快就會派上用場。助理在一旁笑。黃澄猶豫了一下，接過菸，讓軒哥幫她點火。

妳要吸才點得著。輕輕吸，不然會嗆到。

吸。吐。一口煙從黃澄嘴巴出來。

一抹隱約的酸痛感，流向她的腳底。奇怪的是，黃澄第一次感覺到身體有一種接近力氣的東西。不過她還不會使力，一想用力，那東西就會像嘴巴吐出的煙那樣融散在空氣裡。當方雨彤從他們面前經過時，黃澄知道他們三個人都在看她。只是每個人心裡想的東西並不一樣。

助理說，她都躲起來抽，有玉女包袱。

軒哥轉頭瞪了他一眼，然後轉向黃澄。

小妹妹有天分喔，沒嗆到，有模有樣的。

副導喊著五分鐘後開工，黃澄慢慢感到一股暈眩。王導在遠方靜靜看著這一切，鼻子發出只有他自己能聽見的嗤笑。

《一位女學生的消失》之後，不好的消息傳開。王導雖是電視劇收視率的掛牌保證，首次跨足電影，對鏡頭語言的陌生與故事的節奏掌握失去準頭，票房慘淡無比。投入大筆資金的金主們，把王導列為拒絕往來戶。這裡的遊戲規則很簡單，導演只要不賠錢，永遠都有下一部片可以拍。一旦賠錢，只能靠自己翻身。

不過，有很多人在打聽這位女主角是誰，卻沒有人找到她。

當黃澄在戲院觀看最後成品的時候，是震驚的。大銀幕上的方雨彤，完整調動出黃澄心中屬於青春的澀感。那驚恐又倔強的神情，哭到收不住地抽噎，還有一種壓縮到密扁的聲音。似乎濃縮了千千萬萬女孩的囁嚅。

黃澄熟悉方雨彤的每一個呼吸，一邊看一邊感覺自己的呼吸完全覆蓋上角色的節奏，嘴裡同步喃喃說著臺詞，甚至幾度跟著喘不過氣。到片尾的最後一個回望，女主角留下了一抹赤裸、乾枯的笑對觀眾道別，同時更像是方雨彤在告別。

黃澄把自己的臉慢慢疊在方雨彤的臉上。想像整個電影院裡的觀眾都會因她笑而快樂，為她哭而跟著心痛。散場時，他們會討論起她，就算還沒有人能立刻說出她的名字也沒有關係，很快的，終究整個演藝圈都會知道「黃澄」。

她得要想出一種方式，成為作品的一部分。

Act II

新人

10 ／

美少女選拔報名時，要填寫簡單的資歷，附上兩張照片，一張全身，一張半身。選拔比賽由百貨公司主辦，星彩經紀公司承辦。最後的得獎者，可以獲得百貨公司五萬元的禮券，成為西門町商場的年度代言人，還有機會成為星彩旗下的藝人。據說共有四十多位報名，最後只選出十名成為正式參賽者。黃澄是裡面身高最高，年紀第二長的。

年紀最大的，是二十四歲的林姿儀。

林姿儀兩顆眼睛又圓又亮的，靠得很近，看起來像隻好奇的金魚。她的脖子右側有一片非常明顯的疤痕，延伸到右臉頰的下方。所以她習慣把身體的重心放在右邊，用四十五度左臉面向前方。林姿儀的牙齒好看，愛笑。但如果她笑得太開心或是太久，那片疤痕的顏色就會變深。她總是認真地問候每一個人，語氣急迫中帶點自然的害羞。第一次集合時，她就記住了所有人的名字，然後馬上去掉姓氏稱呼對方。她要大家叫她姿姿就好。她自作主張叫黃澄，澄澄。

星彩派出一位秀導和一位經紀人，在比賽前幫女孩們上課。秀導教她們美姿美儀，經紀人指導她們如何自我介紹，以及協助決賽需要的才藝表演。

第一天的課程在學走臺步。

秀導要求女孩穿著短褲與高跟鞋來上課。黃澄從家裡挖了一雙黃茜的細跟舊涼鞋，人工皮革因為放太久，一直掉屑。涼鞋雖然可以穿，不過黃澄的腳趾比較長，趾頭會突出來碰到地面。還是好過其他女孩的厚底楔形鞋。

秀導搖搖頭說，只有姿姿的鞋是合格的。請問妳們比賽當天要穿這些鞋上臺嗎？

女孩們困惑，眼睛飄向彼此。

妳們沒有搞清楚狀況。廠商不會提供鞋子，妳們必須穿自己的鞋子。所有的模特兒都是這樣的。所以記好了，工欲善其事，必先利其器。妳如果要賽馬，總不能練習的時候騎狗吧。

幾個女生笑了，林姿儀精神奕奕地看著秀導，黃澄只是低頭望著自己的腳趾。

走臺步的要訣很簡單，就是踮著腳走路，重心集中在前腳掌，所以腳掌先落地，膝蓋摩擦膝蓋，踏在一直線上。我示範一次。

秀導的高跟鞋，大概有三吋半。她來回走了兩趟，像一隻驕傲的波斯貓。

走的時候保持笑容，提氣，hold在腹部，整條腿用力。分成兩組輪流練習，互相觀察。

試了幾遍後，秀導讓她們一個一個來。輪到黃澄時，她有點緊張，腳拐了幾下。

澄澄，我覺得妳好重喔。

黃澄愣了一下。

這雙涼鞋很不好走。她說。

我現在不是在說鞋的問題，是妳。妳會不覺得自己有點——笨重？

秀導做了個手勢，比劃了一下身體。黃澄立刻懂了，下意識摸著短褲下擠出的肉。秀導發出一個嗯的悶聲，在她耳邊說，瘦了妳會更有自信的。

好，所有人排成一列，我們一起走。

她把音樂調到最大，扯著嗓子吼——踩在節奏上！

走了兩個小時，黃澄的腳背磨出了幾道紅線。扣帶的地方，也擦出了小水泡。每個女生都露出疲態，秀導用力拍手，數著節拍。跟上節奏！跟上，再來！眼睛看前面，穿過鏡子的自己看到更遠，覺得自己最正最美，打趴所有人——

黃澄在休息室把涼鞋脫掉，用手指搓揉著痛處。林姿儀把高跟鞋甩掉，在她旁邊坐下。

早知道就不要買新的，痛死我了。

黃澄把掉漆的鞋子推到自己椅子下面，像用腳擋著在低鳴的多多那樣。

林姿儀從包包拿出一罐藥膏，塗抹在腳後跟。

妳要嗎？

黃澄接過藥膏，跟她道謝。

誰要擦藥，自己用喔。

幾位女孩赤著腳跳過來，傳遞著藥膏。休息室裡蔓延開一股薄荷味。

我覺得今天回家一定會很好睡。

黃澄笑。

林姿儀問，澄澄，妳為什麼想要來選美？

黃澄被問得太突然，一時不知怎麼回答。她伸手拿起紙杯喝了一口水，鼻子被手上殘留的藥膏熏了一下。

我想要禮券，我姊想買東西。黃澄習慣什麼都推給姊姊。

林姿儀笑，露出整齊潔白的牙齒。

妳呢？黃澄問。

我想要當**代言人**，到時候西門町整棟百貨公司都會貼上代言人的照片，有五層樓那麼大，會貼一整年喔。

林姿儀脖子的疤痕，跟著她的呼吸像浪潮般起伏著。黃澄不小心把眼神留在上面，林姿儀感覺到了，順手摸了摸脖子。黃澄覺得自己這樣有些沒禮貌，乾脆直接開口問。

妳這個疤，是怎麼來的？

原本七嘴八舌的休息室，聲音瞬間收束，關注全停在她們身上。林姿儀大方地轉頭把所有人看了一圈，擠了個非常熟練的苦笑。

有一天，我走出學校，就被一個神經病潑硫酸。

黃澄一時無法分辨她是不是在開玩笑。

但妳知道嗎？還好我有閃，不然我應該會瞎掉，右臉整個都會爛掉。

她用手掌在臉頰上比劃幾下。黃澄真心覺得那片疤並沒有破壞她的好看，只是改變了其他人說她漂亮的動機。漂亮對林姿儀來說，變成可憐的同情好話。林姿儀拿起高跟鞋，用兩隻手用力拗來拗去。

新鞋要弄軟一點，不然我可憐的腳比賽當天也走不了。

黃澄低頭重新把涼鞋穿上。

這雙鞋是妳媽的嗎？

不是，是我姊的。

妳最好再去找一雙，這種鞋放久了帶子很容易斷，鞋跟也會掉。如果在臺上發生就糗大了。但是千萬不要比賽當天穿新鞋喔。

林姿儀又折了幾次高跟鞋，再從包包裡拿出一卷透氣膠帶，貼在後腳跟。

妳感覺好有經驗。黃澄說。

我不是第一次參加選美啊。她帶著微笑慢條斯理地把高跟鞋穿好。等到大家陸陸續續地走出休息室後，她才又開口。

妳知道星彩是全臺灣最大的經紀公司嗎？

黃澄搖搖頭。

我想要星彩簽我。

說完她立刻去挽黃澄的手，拉著她走出休息室。黃澄有種回到中學的錯覺，兩兩一對，成為彼此最好的朋友。

準備比賽的那一陣子，黃澄吃得很少。早餐一顆地瓜，中午一大杯豆漿和水煮雞胸肉。晚上只吃一盤燙青菜。她脾氣變得很差，也睡不好，一天睡不滿五個小時。最後幾天，她採取一種極端的偏方，每天只吃牛番茄。雖然餓得頭昏眼花，她只後悔沒有更早開始節食。

除了擔心廠商提供的衣服穿不下之外，黃澄更苦惱的是才藝表演。她不會樂器，沒學過跳舞，又不想唱歌。不知道能表演什麼。

有天，黃西下班後陪妹妹買鞋。百貨公司繞了一圈，實在太貴買不下手，最後她們到了通化街夜市。吃了點東西後，在夜市的盡頭，終於找到一雙黑色基本款的包鞋，很穩，三吋左右。黃澄小小鬆了一口氣。

小康前來跟她們會合，黃茜提議去吃湯圓。三人點了兩碗酒釀芝麻湯圓，黃澄說她不吃。姊妹倆繼續討論才藝表演的事，黃澄還是不知道要表演什麼，黃茜問起其他參賽者。
幾個人要唱歌，兩個要跳舞，一個吹樂器，有一個好像會扯鈴。
妳以前不是會講相聲？
一個人怎麼講？
單口相聲啊，或是說個笑話。
太難了吧？
也是，而且妳會還沒講到笑點自己就會先笑場。
小康在一旁聽著沒開過口，他注意到黃澄的臉已經慢慢垮了下來。
黃茜又說，不然，妳記性好，表演背圓周率？
黃澄拿起黃茜碗裡的湯匙，攪來攪去，不說話。
嗯，黃澄會演戲。小康說。
演戲算才藝嗎？黃澄問。
當然啊，我就不會。他說。
這樣他們就會叫妳表演喜怒哀樂，或是三秒掉淚。黃茜說。
平常演員的選拔也有才藝表演嗎？小康問。
有啊，有些演員會雜耍，不然多半就是唱歌跳舞。黃茜說。

我也不算會演戲。黃澄小小聲地說。

還是，去學一個魔術？小康說。

黃茜原本以為小康也在開玩笑，但他的臉看起來很正經。

妳們不要一直想才藝，想表演。魔術就是一種表演，有道具輔助，有技巧可以練，跟演戲比較像。

黃澄一聽，被注入一股信心。

黃茜卻說，魔術都是騙人的，所以你覺得演戲也是？

小康聽出她的口氣，笑了。

妳不要挖洞給我跳，我要說的是如果魔術變得好，會牢牢吸住觀眾的眼球，跟演戲一樣。不對不對。這要分開來說，戲劇和魔術雖然都是設計好的，但演員是真的，得詮釋真實情感。而魔術師是騙人的，純粹使用技巧，所以每次只要知道魔術是怎麼變的，都會立刻感到失望。黃茜說。

妳這樣會得罪魔術師吧。他轉頭對黃澄說，反正妳就不要讓人知道，想成一種特異功能。

他一說完，自己又認真思考起來。

黃澄想接話，卻不知道要說什麼。她真希望自己有一天也能說出那種有人附和，也有人極力反駁的觀點。

妳真的不吃嗎？黃茜問。

黃澄搖頭。

黃茜一口氣把剩下的湯圓吃光了，只剩下酒釀湯。黃澄嚥了一口口水，實在忍不住。她端起碗，咕嚕咕嚕喝得一乾二淨。

11 ／

林姿儀從臺上下來，一回到休息室就開始哭。她邊哭，邊用指甲抓著脖子的那片疤。大家問怎麼了，她說聽不清楚音樂，最後幾個八拍完全是在空跳。幾個女孩也附和起來，說剛剛唱歌的時候，音樂超大聲，根本聽不見自己的聲音。

黃澄是倒數第二個，馬上就要輪到她上臺了。她只有時間拍拍林姿儀的肩膀。林姿儀抬起頭，淚水加上亮粉，整個臉都在閃，疤痕上有紅紅的抓痕，她對黃澄做了個嘴形：（加油）。

讓我們歡迎第九位參賽者，黃澄澄——

黃澄聽到自己的名字，頓了一步才踏出去。她以為秀導不小心叫錯了。舞臺就設在西門町百貨公司的大門口，週末下午，許多路人駐足觀看。黃澄一眼就看到黃茜和小康站在群眾的第一排，向她揮著手，兩人臉上的笑容都有些保留。

黃澄走到臺前，燦爛一笑，回身。

黃澄澄，身高一百六十八公分，體重五十四公斤，目前就讀大學傳播學系四年級。

興趣是看電影，游泳。專長為——演戲。

她站到秀導身旁，接過麥克風。

來跟臺下的觀眾朋友介紹一下妳自己。

大家好，我是，黃澄澄。很高興能參加這次的美少女選拔。

黃澄澄是所有候選者裡面最高䠷的，換上這一身牛仔裝搭配高跟鞋，已經看不出來是大學生，臺步也走得非常有名模的架勢。這次參選的過程有什麼特別的經驗嗎？

我已經好久沒有吃飽了。

觀眾笑。主持人也笑。

美麗都是要付出代價的。那妳為這比賽瘦了多少公斤？

五公斤。黃澄撒了一個謊，其實只瘦了兩公斤。

才一週？實在太厲害了。能跟觀眾分享一下祕訣嗎？

就是要做很多運動，少吃澱粉。

她雖然沒有看向姊姊，但餘光感覺到黃茜轉頭跟小康說了什麼。

我們的黃澄澄非常陽光，真是人如其名。今天要為我們帶來什麼表演呢？

我今天要表演一個特異功能。

特異功能？哇。是什麼樣的特異功能？

我可以讓一個人，清楚感覺到在別人身上發生的事。

這不就是演員在做的事嗎？我們馬上就來親眼目睹一下。

黃澄從口袋拿出一張撲克牌。現場的音效開始，搭著觀眾七零八落的笑聲。黃澄不敢再看向黃茜與小康。這個演出，他倆陪著她反覆排練了好幾個晚上。

這是我的魔法卡。我需要兩位觀眾上來，最好是有血緣關係的兄弟姊妹。

現場是否有兄弟姊妹願意上來？秀導問。

觀眾彼此張望，兩位男學生舉手。

黃澄讓兩位男生面對面站在臺中央，一位閉眼，一位睜眼。她在閉眼的人面前，手輕揮幾下確認後，再用一張撲克牌輕輕碰觸睜眼那位的肩膀。黃澄請閉眼的人張開眼睛。

她問，我剛剛看到你身體有一個小小的反應，能具體跟大家說你剛才眼睛閉起來的時候，有感覺到什麼嗎？

我感覺到有人碰我的肩膀。

觀眾傳來驚呼，閉眼的男學生完全不知道怎麼回事。

你很困惑對吧？沒關係，我們現在交換，你張開眼睛，請另外一位閉眼。

黃澄用一張撲克牌，輕輕掃過睜眼那位的鼻頭。然後轉向閉眼的那位。

同學，現在請張開眼睛，告訴我，剛剛你感覺到什麼？

有東西碰我的鼻子。

又是一陣驚呼。

哇，這真的是超能力，怎麼辦到的？秀導的聲音提高，有些刺耳。

黃澄說，人與人之間都有心電感應，我的能力就是讓那條通道接上。

所以是通電的意思嗎？那觀眾朋友一定會想問，沒有血緣關係的朋友，或是不認識的人也可以嗎？

可以的，但我會需要多一點時間。

啊，那實在太可惜了。謝謝這兩位觀眾。我們時間緊迫，馬上得迎接最後一位參賽者了，希望未來有機會能看到妳的戲劇作品，謝謝我們的九號，黃澄澄。

黃澄鞠躬，揮揮手，看向黃茜與小康。姊姊勾著小康的肩，一起向她比了一個大拇指。

回到休息室時，大家都好奇她是怎麼辦到的。黃澄說，就是魔術啦，講出來就不好玩了。林姿儀背對著她，已經擦乾眼淚，正對著鏡子補妝。那片疤痕，或許是因為過度遮瑕，看起來有些發青。

很好看耶。她說。

不知道有沒有穿幫，側臺也站了很多觀眾……妳剛剛有聽到秀導叫我黃澄澄嗎？

有啊，是妳請她這樣介紹的嗎？

黃澄搖頭，盯著林姿儀手上見底的粉餅，突然眼睛一酸。

那妳怎麼不糾正她？

黃澄一抬頭，突然看見鏡子裡的自己。頭髮是捲的，眉毛比平常細，睫毛比平常長，打了鼻影的鼻子比平常挺，嘴唇是橘紅色的，這全不像她。更不是她喜歡的樣子。她該如何在這陌生遙遠的外表，和自己本質之間拉出一個安全的身分。往裡是保護，往外是防衛。

黃澄喝了一口水，淡淡地說，不知道。

在上臺的那一刻，她突然覺得黃澄澄聽起來更像一個表演者的名字。比較可愛，比較不真實，更響亮。所以她就那樣說了，順順地接下去，好像早就做好的決定。但那不過是一個只有幾天情分的人，幫她取的一個綽號。單名的黃澄沒有過任何小名，林姿儀用一個隨意叫喚了自己。還怪她怎麼不糾正回來。

最後一位參賽者回來了。秀導進來說，美女們，五分鐘後上臺。

比賽只會選出一名冠軍美少女，依次會是最佳才藝、最佳臺風，以及由觀眾現場票選的最佳人緣獎。頒發的順序，會從人緣獎開始。女孩們在臺上排開，舞臺不夠寬，個子高的黃澄讓八號十號參賽者交錯站在她前面，林姿儀始終維持著左手插腰，左臉朝向觀眾的T字步。大家看起來都很緊張，黃澄望向姊姊，發現這是第一次，她從高處看向黃茜，感覺有點不一樣。

最佳人緣獎得獎的是，六號，林姿儀。

林姿儀向前一步，笑容有點錯愕。女孩們私底下都覺得獎項會平分，所以越早被叫到，就會離冠軍越遠。

下一個臺風獎頒給了最瘦的三號，她永遠都會把便當吃完。

黃澄當下的心情開始浮動。

從決定報名到現在，她唯一堅定的一刻，是在專長的地方寫下「演戲」。她感覺到自己從脖子一路紅遍了整個胸口。黃澄不認為自己多麼熱切渴望得到冠軍，尤其在感受到林姿儀的企圖心之後。那份企圖更像是一種「妄想」，林姿儀不斷在試著去控制它。然而，對黃澄來說那不過是「幻想」，她試著想像自己斗大的臉包覆住整棟大樓的情景。說真的，那並不會讓她興奮。

最佳才藝獎得獎的是——

因為黃澄害怕那些她甚至都已經遺忘的朋友們會開始想起她來，害怕所有人都會發現她的牙齒上下排沒有對齊。那如果是林姿儀呢？可以想像把那片疤痕用電腦修掉後，她的笑容絕對可以感染每天匆忙經過的上班族。那會是一幅可以讓年輕女孩產生幻想的畫面——有一天她們也可以在那裡，代表著青春。而此時的黃澄，只能把自己藏在「黃澄澄」裡面。黃澄澄似乎更能融入眼前這片景象，期待被注視而不會感到不好意思，就算落選，也不會露出僵掉的笑容。

九號，黃澄澄。

黃澄往前踏一步，站在林姿儀旁邊。林姿儀在笑，一排好看的牙齒露出了更多顆，嘴唇微開，喉嚨深處的小花都快開了。

我們今天的美少女冠軍，也就是即將成為本年度的商場代言人——

黃澄看向林姿儀，林姿儀主動抓她的手，一種姐妹情深的模樣。等一下黃茜一定會問她，妳們是有多好啊？

六號，林姿儀。

林姿儀的眼淚，精準地離開眼睛，卻卡在臉頰厚厚的粉底上。她們擁抱的時候，林姿儀轉向黃澄，讓右側的疤完整面向了觀眾。黃澄用力地鼓掌，也有點想哭。她確實為林姿儀的勇敢而感動，但更多是在為自己並不迫切需要這個美少女頭銜而感到欣慰。

如果黃澄得，不會出現擁抱，也不會有精準的眼淚滑落。大家渴望看見的畫面，黃澄給不出來。她是個姿色中等的女孩，身上沒有疤，心裡沒有傷，家庭雖不完整但不缺愛，沒有任何可以引起別人同情或嫉妒的東西。後來，黃澄會發現，當下自己那股平靜的心態更像是一種優越感。

林姿儀整理情緒後，優雅地接過麥克風，感謝主辦單位以及星彩，感謝其他的參賽者，並一一道出每位女孩的優點。黃澄澄在她眼裡，是一位善良的女孩，很有舞臺魅力。希望能向她學習特異功能。

大家都笑了。這玩笑，大方幽默又得體，順便分享了光芒給第二名的黃澄。完整展現一位新誕生的美少女，擁有一顆大方的心。

黃茜挑起最長的薯條，撕成兩段塞進嘴裡。黃澄大力吸著奶昔，等著她的雙層漢堡。姊妹倆坐一邊，小康坐對面，是他提議來Friday's慶祝，餵飽餓了一週的黃澄。

那個疤臉女會得名，應該都是同情票吧。黃茜說。

她叫姿姿。

妳們很好嗎？

還可以吧。

她應該得最佳勇氣獎。

沒有這個獎。黃澄語氣有些不悅。

我覺得她跳舞跳得滿好看的。小康說。

有比我妹的好看嗎？

小康攤手，表示自己說錯話。

姿姿的五官仔細看是漂亮的。黃澄說。

她是真的不在意那片疤，還是想證明自己不在意，所以才來參加這種美少女選拔？黃茜問。

我覺得她是在意的，不然她不會總是刻意面向另外一邊。小康說。

黃澄有點訝異，這個小細節他也發現了。

她可能想透過去面對，讓自己不要那麼在意吧。小康說完抓了一把薯條往嘴裡送。

我今天最大的感想是，美女有兩種，一眼美女，和多眼美女。一眼的不耐看，多眼的耐看。但疤臉女不管第幾眼，實在都無法忽略那片疤。男生有疤就是有故事，女生有疤就是可憐。這世界真的很不公——

她被人家潑硫酸誒，不要叫她疤臉女。真的很難聽。黃澄打斷。

漢堡在這時送上來了，黃澄的飢餓瞬間抵擋了怒氣。她抓起漢堡，用力咬下，像吃了一口髒話進去。

小康搞不清楚黃澄突然來的情緒，看向黃茜。

黃茜搖搖頭說，我妹不喜歡人家隨便給別人取跟**特徵**有關的綽號。

黃澄瞪了黃茜一眼，又埋頭吃了起來。兩人專心看著她吃，原本歡樂的氣氛，凝滯了一個漢堡的時間。等黃澄吃完，把手擦乾淨後，小康覺得她的表情放鬆了一點，就打破了沉默。

妳們怎麼沒邀請媽媽來看？他問。

黃茜大笑，你覺得我媽會喜歡這種選美嗎？

我媽會問，黃茜怎麼不報名參加？黃澄口氣酸溜溜的，不確定那態度究竟是針對黃茜還是媽媽，或許兩者都有。

拜託，我就算年輕十歲還是不符合美少女的資格。黃茜說這句話時，眼睛笑咪咪望向小康，好像期待他能反駁一下自己。但小康選擇不介入姊妹的戰爭，只是把手輕搭上黃茜的肩，有點稍微抑制她的意思。

小康沒加入，姊妹倆一下就失去鬥嘴的興致。黃澄用舌頭舔了舔牙縫裡的殘食，漫不經心地說，我媽會很開心接受我的禮券。

我媽是老少女——戰士。黃茜說完自己大笑，笑得有點誇張。這時服務生過來把餐盤收走，整理了桌面。黃茜覺得不乾淨，自己又掏出面紙擦桌子。黃澄一邊吸著奶昔，視線隨著姊姊的手晃來晃去。

小康問，妳已經取好藝名了啊？

黃澄咬著吸管，一下沒有會意過來。

對啊，為什麼他們叫妳黃澄澄？

他們私底下都那樣叫我，秀導可能叫習慣了，一時唸錯，我就順著自我介紹了。

拜託，這也太隨便了吧。妳黃澄澄，我不就是黃茜茜。還生氣我幫人家取綽號，自己的名字都不守住。

最後這句話像一陣風，讓黃澄心裡那還沒熄滅的火，瞬間又燒起來了。當她正要回話時，小康像救火隊一樣搶先一步——

其實我覺得這樣滿好的，如果黃澄真的要正式出道，有個藝名也滿好玩的。

好玩。

這念頭，再次輕柔地搔著黃澄。

12／

星彩經紀公司的會議室牆面，鑲著一格一格的壓克力，裡面放著資料卡，每一格都屬於一個藝人。黃澄面向他們坐著，像對著一群過度燦笑的觀眾。

她握著紙杯裝的熱茶，一一從最上檢視到最下排。立刻看懂了，越紅的放越高。第二排她都還叫得出名字，但第三排就只是覺得眼熟，最底排她只一眼掃過去，倒數兩格是空的。公司只缺兩位藝人嗎？黃澄心想才不要被放在那裡。太低。太後面了。

一位女人進來，她身上的飾品隨著動作鈴鈴作響。她把兩份合約放在桌上，眼尾兩條誇張上揚的眼線正瞅著黃澄。

我是芳華。她打量了一下黃澄。妳長得滿有特色的。

黃澄不確定這算不算誇讚，但還是說，謝謝。

基本上星彩的合約都是制式的，不能更動。合約是八年，抽成比前四年五五分帳，第五年開始，六四，妳六我四，最後兩年七三。妳滿二十了吧？

二十三。

大學畢業了嗎？

今年畢業。

那也只剩幾個月，剛好可以先上培訓課，還得趕快拍一組資料照。資料照的費用是三萬，公司會先幫新人出，再從之後的薪水裡面扣掉。妳的經濟狀況還可以吧？

黃澄被她連珠炮的訊息打得兩眼昏花。

什麼意思？她問。

芳華笑。

妳會這樣回答，應該就是家裡情況還不錯吧。新人一開始要賺到錢是滿困難的，公司當然會努力幫妳推，但試鏡能不能上還是看個人造化。說真的，這一行，紅的要不就是家裡超級有錢，可以挑好工作等好機會，不然就是背債的，拚了命什麼都要接，妳——

芳華突然打斷自己，認真研究起黃澄的臉。黃澄下意識挪動了屁股，抿了抿嘴。

鼻子。

芳華伸出手指，摸了黃澄的鼻梁。

可以再更高一點，側面會比較好看，眼睛也會更有神。公司有合作的醫美診所。安全，又比市面上的便宜，**致然**。

芳華為了刻意強調而用力咬字，把ㄗ唸成ㄓ。這樣的錯誤，搭配在一身時髦又有風格的人身上，聽起來像是一種新潮語。黃澄有種預感，故意錯置舌頭會是一種藏在話語的暗號，可以在「這裡」辨認交情。

但我們還是可以先拍照，攝影師會修圖。

黃澄覺得鼻子突然很癢，但不敢抓。她也不自覺開始研究起芳華的鼻子。

妳的樣子，應該是廠商會喜歡的。多試一點廣告會有機會，不過廣告也不可能拍太多，一旦變成熟面孔，就很難用了。

芳華，我想問——

她一聽，眉毛一挑打斷黃澄。

芳華姐。她手掌一攤往後揮說，這邊前兩排，都是哥哥姐姐。要習慣有禮貌。

黃澄輕輕捏了一下手中的紙杯。

妳要問什麼？

合約，一定要簽八年嗎？

妳覺得八年很久嗎？

黃澄點點頭。

那妳想簽多久？

三——黃澄立刻改口，五年？

芳華笑，用指頭把雙眼尾部的睫毛往上壓翹，大約每十分鐘她會做一次這個動作。

妳不是想演戲嗎？妳知道公司要培養出一個上線的演員，要花多少時間？

黃澄搖搖頭，她以為簽約就能有很多演戲的機會。

親愛的，我算給妳聽。首先，要到處帶妳去見人試試水溫，讓圈內的人認識妳，保險說要兩年吧。如果運氣好立刻試上一部電視劇，可能拍半年，快的話隔年上，這樣差不多就要秏個三四年。好，如果妳紅了跟我們只簽五年，我們是學校嗎？更何況，如果去演電影，從拍攝到上片有時兩年三年，甚至更久的都有。這樣妳說八年還久嗎？

黃澄還是覺得久，但她說不出口。

親愛的，妳會覺得久，是因為妳還年輕。八年轉眼就過。妳看上面那些師姐們都已經續到第三張合約了。

這種稚嫩猶豫困惑的女孩，芳華太熟悉了。她是星彩的總經理，每一個藝人都是她簽的。黃澄原本的打算是給自己五年的時間闖闖看，如果沒有闖出名堂，至少還沒滿三十歲。八年約滿是三十一歲，其實也只多了一歲。她把年紀用數字加減一下，覺得八年或許也沒那麼恐怖。

妳有信心第一部戲就當上女主角，然後一炮而紅嗎？

黃澄搖頭，但心裡希望可以。

誰不想啊，我也巴不得妳走出去就有人要妳。但我說了，這行除了自己的造化之外，也要老天爺賞飯吃，演員比模特兒需要更多學習和經驗，所以多給自己一點時間沒什麼不好，不是嗎？

芳華看黃澄不太說話，立刻換另一種方式。她把合約推給黃澄。

不急，合約拿回去看看，和家人討論一下。

黃澄接過合約。

不過，我們下週就有一組新人要拍照，看妳要不要一起，有了資料照經紀人就可以先推出去，現在是旺季，聽說下個月有好幾部偶像劇要開，最近都在試鏡。

那如果拍了之後沒簽約呢？

芳華只是看著她不說話。黃澄有些不自在，又挪了一下屁股。

相信我，妳拍了美美的宣傳照後，就會迫不及待想開始工作。

黃澄翻了一下合約，只有一頁半，條例上有數字的地方，都是粗體字，跟芳華說的都符合。

她突然想到一件事。

一起拍照的新人有林姿儀嗎？

誰？

就是跟我一起比賽冠軍的那個。

喔。沒有。秀導只向公司提了妳，她很推薦妳。那個女生很勇敢啊，我們都很欣賞她，但不可能做她。

這個消息，黃澄應該要驚訝，卻像已經聽過一樣的平靜。

通常比賽出來的，我們只會簽第一名，很少會簽第二名，除非是有特殊才藝的。妳算是破例喔，就說秀導強力推薦妳。

黃澄一聽，有點飄飄然。她又翻了一下合約。

妳要一起拍照嗎？如果要，我現在先去幫妳保留名額。

好。一個字就溜出了她的嘴。

芳華起身。

我請兩個演藝部的經紀人來看妳一眼，讓她們有個底。

她出去後，來了兩個人，沒說一句話，也沒有自我介紹，面無表情各自打量了黃澄幾秒就離開。黃澄覺得自己像一件不討人喜歡的家具。她一個人在會議室，又把合約看了一遍，裡面有些術語她不是非常了解，但一想到合約都是制式的，也不覺得有商量的餘地。她抬頭看著牆上燦笑的師哥師姐，好像都在鼓勵她一樣，心中莫名燃起了一股躁動的興奮，她想像著自己被放在第一排，不，還是先在第二排就好——

芳華進來，拿了兩杯咖啡，一杯遞給黃澄。

預約好了。這個禮拜多喝水，多睡覺，讓皮膚漂漂亮亮的好上妝。

黃澄喝一口咖啡，是過甜的三合一。

妳考慮好了嗎？

黃澄放下咖啡，不解。

我都忘了妳上過新聞，剛剛兩位經紀人說她們都知道妳。我想起下個月要出差幾週，如果沒什麼問題，我們乾脆今天就簽一簽，不然妳要等我回來，太久了。剛剛她們都在要妳的資料了，有好幾個案子適合妳。

芳華邊說，邊把筆推向黃澄——

星彩大門口的沙發上坐著兩位長髮女藝人，頂著誇張的假睫毛正在隨意翻看雜誌。黃澄覺得她們像一對姊妹。等黃澄經過，背對著她們等電梯時，兩個女藝人才抬起頭來打量她。突然一群女生七嘴八舌地從電梯裡面湧出來，黃澄聞到很重的香水味。她側身等所有人出來，每個女孩的眼睛上的小扇子，經過的時候都對她搧了幾下。黃澄心想，這裡不可能有那麼多姊妹。

離開星彩後，她發現自己的身體在抖。隨便找了家咖啡店坐進去。她想打給黃茜，想到是上班時間而作罷。她點了一杯冰拿鐵，無糖去冰，和平常全糖全冰的選擇不一樣。因為一切都不一樣了。店員女孩有一張圓臉，帶著方方的金邊眼鏡，問她還需要什麼？黃澄想跟她說，星彩簽了我，我現在是全臺灣最大的經紀公司的旗下藝人！但她沒有。專心讀著眼前的菜單，加點了一個三明治。她終於想起來自己還沒有吃午餐。

黃澄一向覺得東區這樣一份下午茶非常昂貴。但一想到她已經成為一位簽約女藝人，這區區三四百塊根本不算什麼。更何況，她還占用了杯子盤子，一大堆衛生紙，和一個靠窗的位置來欣賞外面匆匆忙忙的行人。這份暴衝的優越感，一部分跟林姿儀有關。但隨著三明治慢慢被她消滅，那感覺也開始削弱。

她從來不是真心同情林姿儀。她都有勇氣來參加比賽了，需要的不是同情，是認可。那也是黃澄去參賽的理由。當她因為像別人而上了新聞，在片場從打人替身到威脅替身，她遲早會等到自己的位置——一個「角色」。

於是當林姿儀說她要的是和星彩簽約的那一刻，黃澄也想要了。這是她的習慣，永遠跟著別人要。黃澄沒有得名還是失望的，所以她才對黃茜發脾氣。某程度，黃茜口中的最佳勇氣獎說出了她心裡的想法。

此刻，像是頒錯的冠軍重新頒發，只有她進了星彩。

現在這張入場券，黃澄一個人拿到了。

13／

她們在獸醫院門口大吵一架。

黃茜無法接受黃澄在沒有和任何人討論之下，就這樣簽約了。這八年是女孩最精華的青春，那張紙，在她看來根本就是一張賣身契。黃茜拿著合約，一條條反覆解釋這些有多不平等。

甲方會盡力為乙方爭取工作機會，若合約簽署滿一年，甲方無提供乙方任何收入之工作機會，乙方可提出解約。什麼叫做盡力？他們隨便安排妳去拍個平面還不容易？那一年後呢？妳沒看過那些藝人被冷凍的新聞嗎？妳違約就要賠償八百萬，那他們怎麼沒有列出違約賠償金？這根本就是馬關條約。

自從到了獸醫院，黃澄的身體一直在出汗。她不知道是因為多多，還是因為期待的未來被說成是一場拐騙。她以為今天就可以接多多出院，以為黃茜會很開心聽見大公司簽了她妹。

不管星彩說得多好聽，什麼不會強迫妳工作啦，一定會力捧妳。說是一回事，誰不會說？白紙黑字才是重點。我真的不曉得妳在想什麼。怎麼會有人笨到當場就簽約——

黃茜罵到已經開始像在跟自己說話。黃澄聽夠了，也回不了什麼。她搶過合約塞回包包裡，本來令人興奮的八年從時效開始就皺成一團。

這時獸醫師從診療室裡出來，面色凝重。黃茜一看到醫師的表情，原本焦躁的情緒，突然全散成眼淚。她們一前一後走進獸醫院。

狗狗情況不樂觀，住院這幾天都沒有好轉。狗狗的腎衰竭已經影響到神經了。醫生說。

真的沒有辦法了嗎？黃茜問。

狗狗不會表示，但牠現在應該很不舒服。

黃澄努力忍著眼淚，不想所有人哭成一團。

我們能把多多抱出來嗎？黃茜問。

可以，不過牠很虛弱。

姊妹一進診間，多多就感覺到了。牠的眼睛已經看不太到，在籠子裡使勁撐起身體，搖著尾巴。多多被抱出來時，一直在舔黃茜的手。

十七歲實在不容易了，妳們把牠照顧得很好。

多多……還剩多久時間？

黃澄一問，黃茜哭得更厲害，臉埋進多多的頭裡。多多伸出舌頭，喘著，好像跟平常沒什麼兩樣。

這很難講。我只能說，狗狗現在非常難受。今天是星期五，明後天診所休診，看妳們要不要先把狗狗帶回家。但不確定能撐得過這週末。

姊妹倆輪流抱著多多坐在獸醫院的沙發上。牆上掛著的電視，正在播送晚間新聞。她們把新聞都看進去了，但無法像平常一樣發表感想。電視裡的世界，看起來非常危險——酒駕車禍，恐怖情人縱火，捲走老人一生積蓄的詐騙集團。卻也有看起來相對安全的部分——週年慶搶購，母親節大餐，雨季過了，動物園貓熊生小孩了。

矛盾與威脅重重的世界，誰不是從小就開始熟悉。不做功課偷溜出去玩時要面對的責備，為了買冰棒必須把錢放在色瞇瞇的雜貨店老闆的手中。當十七年前多多第一次舔她們的手時，黃茜比黃澄早想到會伴隨著這一刻。對黃茜來說，多多是一個她很愛的玩伴。對黃澄來說，多多陪她長大，失去牠，是失去自己的一部分。

她們的傷心有各自的波動，隨著懷裡多多的呼吸一起一伏。

黃澄，我問妳一個問題。

什麼？黃澄依然低頭看著多多。

妳有明星夢嗎？

黃茜的眼睛盯著牆上的電視。整個人看起來是冰的，只有摸著多多的手有溫度。

我現在不想再談合——

說沒有是騙人的，黃茜直接打斷她。不然，妳為什麼要去參加選美？沒有人是單純為了獎金去的。

黃澄咬住嘴唇，忍著情緒。

妳知道我為什麼那麼生氣嗎？

因為我做了一件妳想做的事。

黃澄反擊完才聽見自己說的話，她快窒息了。

黃茜聽了一臉詫異，反問黃澄，我想做什麼？

妳想讓所有人都喜歡妳，所有人都看見妳。

黃澄說完有種被氣哭的莫名情緒一湧而上，她不知道是因為把自己最底層的渴望說了出來。

黃茜搖搖頭。兩人安靜了一陣子。黃茜轉向黃澄，看著她。

黃澄，妳看我。

黃澄想用不耐煩壓住難過，不甘願地把頭轉過去。

妳看我的鼻子。

黃澄不解。

是歪的。

黃澄原本緊閉的嘴唇，微微張開了。她希望這一切不是發生在獸醫院，希望馬上可以牽著多多回家。

沒有人的臉是真的對稱的。妳越在意就越明顯，如果妳真的想要用這張臉去吃飯，最好先放下這件事。被看，需要非常健康的心理素質。妳還沒有。

妳的沒有我明顯，看不出來。

妳不說我也看不出來妳嘴巴歪，妳越在意就會越明顯。

牆上的電視畫面，正在顯示著臺灣的天氣圖。每個城市的旁邊，都有一個小太陽。主播微笑輕淺著說，北部有午後雷陣雨，中南部要注意紫外線。人們能預測的未來，只有天空嗎？

妳就像一件白襯衫。而白襯衫放久了，都會發黃。妳一定要想盡辦法和價值觀相近的人在一起，才不會忘記自己是誰。黃茜的聲音異常的冷靜。

黃澄想哭，但一哭她就散了，她才不要當一件白襯衫。

我想抱牠。黃澄說。

多多的頭枕在黃茜的手臂上，眼睛半閉。兩人小心翼翼把牠移動到黃澄的大腿上。

妳知道妳出生前，我們家有養過一隻大狗嗎？

黃澄不知道。

那個人不知道從哪裡弄來的，沒有人好好照顧過牠。每天就把吃剩的飯菜加水給牠吃。永遠都被拴著的。我也還小，很氣大人，又無能為力，只能每次經過的時候去摸摸牠。大狗生病沒多久，那個人就請獸醫來安樂死。我記得那時他跟大狗說，下輩子好好投胎做人，不要再當狗了。

我一聽，心裡納悶，為什麼我們就不能好好照顧一個生命？多多比大狗幸福多了。

黃澄聽完才意會「那個人」是指爸爸。她很少聽到黃茜談爸爸，心裡有些訝異。但此刻並不想關心那一部分。

多多現在真的很不舒服嗎？黃澄問。

我不知道。

姊妹倆低頭一起摸著多多。越摸兩人心裡越難過。

黃茜說，我們讓多多舒服一點走，好不好？

黃澄再也忍不住情緒。她一哭，黃茜的眼淚也跟著掉。黃澄抓起多多的腳掌，輕輕按壓著牠的肉墊。

過了一晌，多多突然掙扎著想起身。黃澄一把牠放下，多多就往門口走，還抬起手抓了一下玻璃門。黃茜起身幫牠開門。多多一出門口，就尿尿了。還到處聞了聞。等她們再進來時，醫師說，診所九點就要打烊了。妳們決定好了嗎？

黃澄抱著多多，把手捧在牠心臟的位置。黃茜拿了一把剪刀，從多多身上剪下一撮毛。醫師已把兩管麻醉劑拿在手上。

我會打兩針，一針讓狗狗睡著，一針讓牠離開，牠不會有任何痛苦。

多多，你好棒，謝謝你陪了我們那麼久。黃茜說。

第一針打下去的時候，多多的身體立刻變軟。第二針打下去時，黃茜把身體背了過去。黃澄感覺手中那微小的震動，曾帶給她最純粹的愛，歡樂，與信任——慢慢停止了。

醫師安靜地起身，拿了一個紙箱出來。黃茜始終背對著，一動也不動，手裡緊緊握著那一小戳白毛。黃澄把多多輕輕放進紙箱。

姊。

我沒有辦法看，我希望多多最後在腦海的樣子，是活著躺在我們懷裡的。

黃茜說完就走出獸醫院，蹲在門旁。

黃澄把紙箱蓋上，最後摸了一次多多的捲捲白毛。

她們一直在走路，好像可以把眼淚走完。沿路只要遇到扭蛋機，就停下把有大象和小狗的扭蛋，全部轉過一輪。她們複習多多做過的蠢事。一人講一個，像一種遊戲。

曾經吃掉一整排的黑巧克力卻沒死。

是男生，但得過乳癌。

有單睪症。

會吃媽媽洗好放在地上的生菜，甚至苦瓜。

看到芭樂和香蕉會發抖。

討厭小孩，連聽到聲音都會不爽。

只會在姊妹倆按電鈴時，發出狼嚎。

喜歡體型比自己高大的母狗。

會在半夜下床喝水，然後叫醒黃澄抱牠回床上。

非常有耐性，尤其對肉乾。

睡覺時很愛做夢，每天十二點會準時上床睡覺。

一直是處男。永遠都在等黃澄回家。

那晚夜空的月亮，缺了一塊。沒有雲，星星都在。黃澄想，似乎只有在天空，我們能看見過去的東西。

剛剛醫生說，至少我們都陪在多多身邊。很多主人，因為太難過，而選擇迴避，狗狗們看不到主人，都是在恐懼中離開的。黃澄說。

我年紀大承受不了。

沒關係，多多聞得到妳。

黃澄，妳知道剛剛經歷的那一切，我們以後還是會不斷地再想起，而且不管回想多少遍，都還是會非常、非常難過。

黃澄沒說話，停下腳步，望著月亮。平常遛狗的時候，遇到這種天氣，她就會跟多多說，看，月亮。多多會抬起頭，搖著尾巴看著黃澄。好像黃澄才是牠的月亮。

黃茜勾起妹妹的手，發現兩個人的手都像冰塊一樣。

而且，妳還會需要在演戲的時候回想這些。那就更痛苦了。

投胎當人真的會比較好嗎？黃澄問。

我也想知道。

14 ／

通告地址是在忠孝東路巷子裡的一棟華廈大樓，黃澄提早到了，正用映在鋁門上變形的臉，來確認自己的妝是否完好。她學了化妝，但掌握得不是很好。眉毛過濃，眼線尾端勾不太起來。她直接用手把兩頰的腮紅抹掉一些，覺得化妝完全沒有幫自己加到分。帶她的經紀助理叫麥琪，傳訊息說會遲到，要黃澄自己先上去。

黃澄一聽，反倒鬆了一口氣。公司的人陪著試鏡，總讓她覺得像被監視著。她穿了什麼，說了什麼，芳華姐都會知道。這是黃澄進公司後第三部戲的試鏡，其中有一部還是王導的。雖然芳華姐說她表現得不錯，但黃澄沒有拿到任何角色。六個月了，她有點急。除了公司安排的幾個廣告群演之外——演上班族坐在會議室裡喝罐裝茶，或是穿著清涼泳裝在泳池邊戲水。黃澄幾乎沒有收入。為了隨時配合通告時間，咖啡店的打工也辭了，而拍資料卡的費用還沒抵扣完。她想要更多工作。

這次要見的導演，叫小猴。人如其名。試鏡的氣氛很歡樂，但大多都是小猴在說，黃澄在聽。他一聽到黃澄演過舞臺劇，就立刻表達自己很怕進劇場。他用的是「懼怕」這個字眼，黃澄睜大眼睛，不解。

我是一個電影導演，我可以透過鏡頭的擺放和移動，來決定要讓觀眾看到什麼。我能完全掌握自己的想法、觀點，並且用我要的節奏傳達給你。劇場就不是這樣，導演雖然有一些手法，但觀眾可以不理會，去找舞臺上他想看的東西。

小猴說到一半，站了起來。

舉例來說，現在拍這場試鏡的戲。我如果要強調這導演有多難搞，多囉唆，就會使用很多我在講話的特寫鏡頭，甚至嘴巴的大特寫。但如果要強調妳這個新人有多菜——

小猴帶點玩笑的語氣，故意停住。黃澄聽得專心，只敢快速眨了幾下眼。

我是舉例，演員不要放在心上。如果我要強調演員的心理狀態，我就會用比較多妳聽的表情，皺眉，歪頭，身體向前傾，咬嘴唇，或是手指頭在桌子下面搓來搓去之類的。當然，我也可以拍旁邊這些聽得不耐煩，想快點結束的製片和副導，還有很擔心藝人表現，一直在旁邊陪笑的經紀人。

黃澄照他說的，順看房間的每個人。

對觀眾來說，劇場是主動的，而影像是被動的。對導演來說，正好相反。要我做不能掌握的事，太可怕了。所以我也很佩服你們演員。

這分享讓表面看似有些陰沉、鬱悶的小猴，有種溫柔巧妙的平衡。黃澄好像是第一次聽到有人稱她為「演員」。

後來他們又談到個性。

小猴要黃澄描述一下自己，但不能用任何形容詞。黃澄被這挑戰激起了一股興奮，她想立刻回答，卻發現自己根本還沒有答案。

小猴說，不急，慢慢想。

等她的時候，他把桌上的紙翻面，猛寫起來。這靜默的空檔，黃澄再次感覺到房間裡其他人的存在。身旁的麥琪不安定地坐在旁邊，角落處從頭到尾沒開過口的男副導與女製片，低聲交談起來，眼神時而飄向黃澄。

小猴在黃澄面前繼續書寫，字忽大忽小，直的寫到一半，換橫著寫。把某詞彙圈起來，反覆又反覆。黃澄把脖子伸長了一點，看到那個被圈起的詞是：控制。

導演，我想到了。

叫我小猴就好，請說。

小時候我練習寫國字時，字一定要抵著框框最下面的線。而且最怕在白紙上寫東西，一定要先用鉛筆和尺畫好線。但是我的尺都只有十五公分，常常線畫著畫著就往一邊歪下去。如果沒發現，字壓著底線寫，最後會全都斜向一邊——

男副導打了一個哈欠，黃澄就打住沒講下去。小猴已經停下書寫，手仍握著筆懸在半空中，像定格畫面。

然後呢？他的語氣有些急迫。

我就會重寫，但怎麼樣都寫不到滿意的整齊度。所以直到現在，我用的筆記本一定都要有線的才行。

妳現在身上有帶筆記本嗎？

有。

黃澄從包包拿出一本卡其色的簿子。

小猴伸手問說，妳都記什麼？

黃澄遲疑了一下，把筆記本遞給他。小猴隨意翻了兩下就還給黃澄。

我才沒有那麼缺德，看女生的日記。

大家都笑了。

不是日記，是跟表演工作有關的一些觀察，筆記。

不錯，妳很認真。我最喜歡認真的演員了，希望我們合作愉快。小猴邊說邊點頭，一種不需要別人認同，自己就能確認的樣子。

當天傍晚，麥琪打給黃澄說，小猴導演的電影確定試上了。黃澄的角色是男二號的初戀情人，一個去法國學紅酒的千金小姐。只有四場戲。

黃澄好高興，捂著自己的嘴巴不要對電話叫出聲音。

還有另一件事很急，麥琪說。上個月去試的《愛情協議》。

王導的戲，我記得。

他們明天要我們去定裝試拍。

明天？什麼意思？

就是還要下一階段的試鏡，定裝後直接和其他演員在棚內實際拍攝。場次跟妳上次試鏡的不一樣喔，情緒比較重。

黃澄聽到要進棚實際拍攝，心跳變快了。

但是小猴導演這邊已經試上了，還要去嗎？黃澄問。

妳在說什麼？時代電視是全臺灣最大的電視臺，偶像劇都是收視第一，妳能有機會到第二階段幹嘛不去？就算沒上，讓高層認識一下妳也好。搞不好下一齣又有機會了啊。

那，要是上了呢？

就軋戲啊。有什麼問題嗎？

黃澄對於實機拍攝完全沒有把握，想著要是當下表現得不好，留下了壞印象，反而不是對自己更不利嗎？

重點來了，麥琪說。王導要妳現在去跟他排戲。

現在？黃澄看了時間，都九點多了。

其他的演員，全都是有經驗的，只有妳是新人，而且完全沒演過戲。王導要妳先去排戲。

好。黃澄的手微微抖著複雜的情緒。

但我現在走不開，可能要晚一點才能過去——

我可以自己去。

麥琪還沒說完，黃澄就打斷她。她的語氣聽起來格外堅定，麥琪沉默了一晌。

妳之前跟王導合作過對吧？麥琪說，那我把地址發給妳，確定自己去OK？

OK。

對了。記得不要提到小猴導演的電影試上了，沒有導演喜歡演員軋戲的。

知道了。

15／

那是一個住家地址。

黃澄下了計程車，按電鈴的時候到底有沒有躊躇，後來自己也忘了。但她確實記得能一個人赴約的輕鬆自在。立刻換了最輕便的牛仔褲和襯衫，甚至沒有化妝，洗了把臉，頭髮紮好。就像平常出門的樣子。她可能用緊張隱藏了某種自己都還不明瞭的期待。演員對機會的敏感，是不需要學習就能立刻開竅的。

門鈴一按，大門就開了。是一棟舊公寓，走廊很暗，沒有電梯。黃澄一階一階小心地往上爬，不是很肯定那會通往一個她想去的地方。四樓的鐵門半掩，透出一線黃光，散出淡淡的音樂，立刻轉換了樓梯間的陰濕與不安。黃澄突然產生一股急切的心情，愉快又坦蕩地喊著——

王導，我來了。

王導坐在長沙發上，蹺著二郎腿沒有起身，劇本放在大腿上。客廳只有一盞立燈的光源。

外面的鐵門帶上就好，吃過了嗎？

黃澄點點頭，站在玄關把鞋踩掉。

妳試鏡的時候怎麼不這麼穿？王導說。

黃澄低頭看了自己，又抬起頭說，現在沒有經紀人嘛。

她走向旁邊一張單人無靠背的椅子坐了下來，眼睛笑成瞇瞇的。當黃澄聽到王導話語裡那種慣性的權威語氣時，竟然不像在片場時感到退縮，取而代之的是一種熟悉與逗趣。或許是因為場景不同，而且現在只有「他們」。王導見識過她的濃妝豔抹，在鏡頭前同手同腳的笨拙，還有總是不安卻急於表現的狼狽。此刻是黃澄最平常的樣子，看似放鬆許多。黃澄自動擺出一種小學妹的姿態——崇仰，聽話，精神奕奕。

有手機震動的聲音。

黃澄翻了一下自己的包包，確定不是她的，順便轉到震動模式。王導沒有動，一直看著她。

他說，沒化妝好看多了。

謝謝。黃澄用雙手討喜地拍拍自己的臉頰。

妳現在到底叫黃澄，還是黃澄澄啊？

黃澄澄是藝名。導演想怎麼叫就怎麼叫。

妳怎麼簽給星彩，簽了多久？

八年。

這麼想不開啊？

黃澄聳聳肩說，就，想要多一點演出機會。

想演戲找我就好了嘛。

黃澄笑，不知道怎麼回答。王導重新收起表情裡細微的波動，把劇本遞給黃澄。

這是明天要試拍的，妳沒經驗，我不想看妳太難看。怕我們又會摧毀一顆玻璃少女心。

謝謝。黃澄低下頭，她覺得王導看到的自己夠多了。

這場戲是第五集時，總經理要離開公司，妳這個特助很傷心，努力勸他重新考慮。我們先讀一下臺詞，對詞就好，不用詮釋。

他們來回唸了兩次。黃澄幾乎可以丟本了，所以每次輪到她講臺詞的時候，黃澄一定會抬起頭看著王導。

我最怕把臺詞背得一字不漏的演員。臺詞不用急著背好，要找出自己角色的語氣。也不是每一句話都一定看著對方說。

黃澄點點頭。

又有手機震動的聲音。

黃澄以為王導沒聽到，導演你的手機——

不用管。告訴我這場戲的動機是什麼？妳的目的。

黃澄想了一下，我不想要他走。

用兩個字。

黃澄想了想說，挽留？

好，妳要**挽留**他，**說服**他不要走。只要記住這兩個動詞，挽留，說服。每一場戲就是兩個字，抓住這兩個字就不會散掉。

來回排了幾次後，黃澄覺得每次都有點不一樣，她越來越興奮。其中一句臺詞，王導把「三樓」講成「三勞」，黃澄本來憋著忍笑，王導自己先笑了出來，兩人爆笑一陣。

因為笑得太開心，他們的眼睛都不見了。現在的王導，和之前拍電影時，簡直判若兩人。奇怪的是，黃澄沒有感到意外，反而覺得驚喜。她有收穫，學到了動機，好像知道該怎麼演戲，像在迷茫的大海裡抓到一塊浮木。

導演，我有個問題。

手機又在震動。黃澄這次也假裝沒聽見。

終於敢問問題了。

我是不是有一點愛他？

王導看著黃澄的眼睛，這一看，有點久，黃澄這次沒有轉開視線。

愛的力量可以純淨，強烈，也可以自然不留痕跡。妳可以把愛他當成自己角色設定。但設定要盡量**果決**，不會只有一點。這是代溝嗎？我這年紀的不知道怎麼一點點愛一個人。妳教我？

黃澄不好意思地笑，覺得自己講了笨話，還不小心透露出戀愛經驗的淺薄。

我覺得差不多了，王導打了個哈欠。明天碰到對手不要一緊張就忘了。妳這個角色雖然不是主要角色，基本上就是跟著主角跑來跑去。曝光度會不錯，大家很快就會認識妳。好好把握，不要辜負我。

謝謝。黃澄把劇本緊緊抱在胸口，一副失而復得的樣子。王導伸手摸了摸她的頭，像摸一隻搖尾巴的小狗。黃澄臉頰一陣熱，脖子縮了一下，好像又聽見了手機在震動的聲音。

這角色幾乎每集都有，那就代表拍攝的時候妳就可以常常在現場——

沒等黃澄反應，王導就站起身。

這麼晚了，我送妳回家吧。

黃澄幾乎是立刻跳起來，用力搖頭，好像在把思緒瞬間甩光。她退到玄關，蹲在地上一邊穿鞋一邊說，不不不，我坐計程車就好，不遠。

此刻她慶幸室內的燈光一直都是暗的，兩人的神情暴露得不太清楚。王導沒有堅持，陪她下去叫車。

對了，王導說。不要學抽菸，女生抽菸不好看。

黃澄沒有回應，車來了。王導看她上車就轉身進門。

一跳上計程車，黃澄摸著自己的胸口，試著找回正常的呼吸。剛才發生的事，好像哪裡不太對勁。但她努力說服自己沒有什麼不對勁。

她想，至少，至少，沒讓王導送她回家。她怎麼有辦法拒絕這次的私下排戲呢？這是王導的好意。即使她覺得自己行動比較自在，但她有叫經紀人不要跟來嗎？是麥琪說自己在忙抽不了身的。這麼晚，單獨約在導演家也不是她能決定的，她只是配合，算是一種敬業吧？

為了守護對自己單純的想像，黃澄努力說服自己，像這樣的一切肯定早發生過，而且常常在發生，此刻也一定正在某處上演著。她把自己想成一個見過大風大浪的船長，清新又強壯。彷彿手裡還穩穩抓著即將失控的舵盤。

16

麥琪對著電話吼著說，劇組不放人我也沒辦法啊。拍On檔戲就是這樣，有人連爸爸媽媽的葬禮都去不了啊，好在那不是妳的婚禮，是妳姊的。

黃澄一聽，電話一掛，不再對她抱任何希望。為了和劇組請假，她已經和麥琪吵了一個月。最後不得已，她向王導求助。

王導把副導找來，講了幾句，副導點點頭。

妳那場夜戲，白天會拍掉，在六點前放妳走。王導比了個手勢，妳要請大家喝飲料。

《愛情協議》已經拍攝兩個多月。王導照顧黃澄這件事，嚼舌根的八卦階段早過去了。黃澄以為受到導演特別關愛會被排擠，像在學校被老師疼愛的模範生一樣。她把演藝圈想得太簡單了。有經驗的人把王導對她的照顧看在眼裡，假裝不知道，但對黃澄的微笑就不忘加深一點。

黃澄害怕的事沒有發生，會發生的事她還想不到。大家都對她意外得好。現場的工作人員只要看到通告表上有黃澄，都樂得輕鬆。代表那天王導會拍得很快，提早收工，而且不會發脾氣。副導會把當天的第一場和最後一場，都排黃澄的戲，儘管中間讓她等一整天。

那個等，不會是空的。王導會叫黃澄搬一張凳子坐在導演椅旁邊，要她觀察別人的表演，學著看演員如何配合攝影機運作，以及動作的連戲技巧。這個位置跟之前拍《一位女學生的消失》時一樣。只是黃澄不再是一個威脅別人的道具，是劇組的小天使，一個努力學習的花樣新人。

黃澄被演戲沖昏頭，管不了閒言閒語。每天都渴望更了解自己一點，更懂得如何掌控自己的身體，以達到演戲時更完美的詮釋。這時的唯一標準，就是王導。

王導並不是那種，讓演員覺得可以自己找到方式的導演。他是以結果為前提，用演員的表現拼出他心裡的藍圖。王導會給出明確的指令讓演員執行——直接走向他不要停留。視線看右，再看左。講到這句的時候坐下。用手撐著桌子盯著他的嘴巴。在換場的等待時刻，王導習慣用挖苦人的天分來製造幽默，讓現場維持一種輕鬆、活潑的工作氛圍。他驕傲自己從不超時，還有現場的便當種類絕不低於八種。

這種直白的導戲方式，像領隊手上的一把小旗子，讓常常搞不清楚自己身在何處的黃澄，有一個明確的方向。彷彿可以追隨他到任何地方。

婚禮當天五點半，那場夜戲才正要拍。黃澄很急，副導說會去提醒導演。王導手中晃著黃澄請的珍珠奶茶，說，不擔心，我這杯喝完就會拍完，天還沒完全黑，遮黑打光需要比較久的時間。黃澄只好打給小康，說自己會晚一點到。她不敢打給黃茜。

開拍時已接近六點。

六點十五分，副導大喊——收工！

王導跟黃澄說，我比承諾晚了十五分鐘，所以我送妳去吧。黃澄已經習慣往旗子揮的地方走，換下戲服後就跳上王導的車。這是第一次收工時，兩人一起離開。所有人都注意到了。

黃澄上車後，馬上想起了林叔叔。可能因為黃茜要結婚了，可能因為這也是一臺雙門跑車，只是她不用爬到後座。

她繫上安全帶的時候，聞到上面一股淡淡的乳香味。

王導說，不塞車的話二十分鐘可以到遠企飯店，希望不要讓妳錯過姊姊的進場。

黃澄一聽，從剛才的焦慮一抽，腦袋有了畫面，眼睛突然就濕了。王導發現，抽了兩張衛生紙給她。

哇哇哇，妳哭戲要是那麼快就好了。

黃澄一陣委屈，真的哇哇哭出兩聲，又立刻收回情緒。

逗妳的，放鬆一點啦。我不會讓妳遲到的。

謝謝導演。

黃澄試著讓自己平靜下來。她看向車窗外，旁邊一對機車情侶在等紅綠燈。男生轉頭聽後座的女生說話，手垂放在女生的小腿外側，輕輕拍打著。兩人在笑。他們往黃澄的方向看過來，黃澄下意識低頭迴避。她覺得他們看見裡面坐的是一個年輕女生與中年男子。但其實騎士根本看不進車裡，他們只是在欣賞車窗上反射的彼此。

我覺得妳進步很多，幾個月而已。王導說。

在旁邊看的時候，真的學到很多。

妳有潛力。王導的語氣有一種刻意的笨拙，黃澄感到陌生。她轉頭看向他，雖然只有側臉，車內光線也不清楚，但一股真實而深刻的流動竄滿全身。

突然，她忍不住想說出心裡那件事。

王導知道小猴導演嗎？

知道，但不認識。

我本來有試上他的電影。定裝定了三次，開拍一天後我就被換掉了。

知道原因嗎？

導演打給經紀人說對我很抱歉，但沒有說到底為什麼。

他自己打電話？

對。

王導笑說，等他成熟一點就不會這麼做了。

黃澄沒懂這句話，頓了一晌又說，可能我演得不好。

很可能，但也有各種可能。

黃澄看著他，眼睛睜得圓圓大大的。王導回看了她一眼。

之前有一部戲，我已經拍了一個禮拜，有一天高層突然說要把一個女演員換掉。那表示我拍過的戲要全部重拍。我不能接受，就去問，到底為什麼要換人？一開始還說，因為她太胖，太黑。後來又說不適合那角色。我覺得莫名其妙，這些不是定裝開拍前就知道的事嗎？

王導頓了頓，踩油門闖了一個黃燈。

有天那位高層的太太來探班，看到女演員自己在補妝。她說，妳的口紅顏色很好看，我也在找這種顏色。女演員就說，喔，這是哪家哪家的，在哪裡可以買得到。隔天她就被換掉了。

王導看向黃澄，黃澄愣著。

換作是妳會怎麼做？

黃澄回說，應該要買一條給她。

王導笑。不錯，妳這方面也是一點就通。很多事情，追究原因對自己沒什麼好處。演員不用知道太多。

黃澄聽了不但沒受到安慰，反而更迷惑。她思索著，自己能拿到《愛情協議》這個角色，是不是也走了某扇隱藏門。如果演員的工作標準不是戲演得好不好，那學習專業是為了什麼？她很想問，卻隱約發現自己並不是真的想知道答案。若知道了，她還能坐在導演的副駕駛座上繼續天真無邪地看著窗外嗎？

怎麼皺眉頭？王導問。

我只是覺得很可惜，感覺小猴導演是一個很好的導演。

怎麼好法？

他很有熱情。黃澄頓了一下，繼續說，他像一個觀眾一樣看你演戲。導戲也很有耐心，對每個演員會有不同的指導方式。

王導說，我對妳沒耐心嗎？

黃澄呆住，不知道怎麼回答。

王導笑說，他真的還年輕。

黃澄沒有意識年齡的差別，對她這樣二十多歲的新進演員來說，每個導演都是大人。

而且妳去拍他的電影怎麼軋我的戲？王導說，到時候演不好兩邊都被換掉。

這時車子正穿越西門町，經過之前美少女選拔的那棟百貨公司。黃澄抬頭看見一個斗大金髮綠眼的外國女人，脖子的鑽石光澤閃亮，像探照燈。那是國際珠寶的廣告。下一季會是手錶，再下一季會是人蔘雞精。電玩。青春露。沒有過林姿儀。只有某次吃便當的時候，在墊著的週年慶型錄上看過她一次。林姿儀的長髮刮爆，蓬鬆地變成兩顆頭，拿著一把不成比例的小吉他做出搖滾樂手嘶吼的表情。黃澄覺得她應該更渴望被打扮成一個淑女，或是洋娃娃。脖子上的疤痕全被修掉了，黃澄一度覺得那是一個她從來沒見過的人。這棟百貨公司從來都沒有展示過什麼年度代言人，她們只在那便宜的銅版紙上存在過。

看什麼？王導問。

黃澄搖搖頭，覺得別人的故事沒什麼好說的。

到了，趕快進去吧。

謝謝王導。

以後有機會介紹妳姊給我認識。

17／

她和黃茜提過王導，就只是提。關於年紀的資訊，和黃茜同年，是一個導演。其他黃澄真正想說的都沒有說。譬如去王導家排戲，看到整櫃蒐藏的電影DVD，或是拍攝現場導演椅旁的小板凳，還有，剛剛坐著跑車準時抵達了她的婚禮。她像當年守著林叔叔的事那樣，守著一個主角是自己祕密。

小康說過，有機會要和黃茜一起來探班。或許到那個時候，黃澄想說的事又會不一樣了。

一到遠企飯店門口，就看到小康和黃茜斗大的婚紗照。那不是一張傳統的照片，黃茜的婚紗是一件反領短袖的大紅色連身裙。頭上夾著一頂小巧的法式紗帽，微笑輕淺。小康則是一件白襯衫搭配灰色的西裝褲，沒有領結，襯衫的第一顆釦子還是敞開的。黃茜以前口中幻想的那些低胸超長的白婚紗，以及能垂掛到半身的頭紗全都沒有。

兩人在陽光正好的大草地，一躍而起停格在半空中。

幸福是這個樣子嗎？黃澄想。

現在她和黃茜看起來不那麼像了。除了她們擁有同一對父母，以及十幾年住在同個屋簷下交疊的記憶，一切都不一樣了。黃茜燙了頭髮，黃澄把頭髮染成淺棕色。黃茜的床會有另一個人，黃澄還是睡在靠著冰冰涼涼牆壁的單人小床，望著對面姊姊的空床。黃茜有一天突然吃蝦子開始過敏，黃澄開始對人過敏，尤其是那些運氣比她好的。以後黃茜就會聽見康太太這樣的稱呼。她好奇姊姊是否還是希望被叫黃小姐。

黃澄腦袋想著這些，望見一個熟悉的背影，她一叫，小康哥！那人回頭。這男人皮膚偏白，鼻骨微微凸起，很高，腿看起來特長。他走過來說，妳是黃澄嗎？他ㄙ的發音非常準確，把她的名字唸得很好聽。黃澄沒見過這個人，注意到他西裝外套口袋上別了一朵顯眼的紅花，上面寫著總招待。她好奇鼻子聞到的那舒服的香氣是不是從那傳來的。

我是。

我帶妳去找妳姊，沒有多少時間了。我叫Ten。

他一說完就大步往前走，黃澄跟在他身後，步伐都快追不上了。Ten拐進角落一臺電梯，回頭才發現黃澄還落在後面，他立刻出電梯，從外面抵著電梯門等。黃澄趕上後，Ten讓她先進電梯。兩個人都不知道在喘什麼。

你的背影跟小康好像。黃澄說。

我沒有康哥那麼壯。

黃澄發現Ten應該很年輕，可能比小康小許多。他的西裝不太合身，而且不成套。外套的顏色老氣，鬆垮，有種頭重腳輕的感覺。黃澄也沒好到哪去，頂了一整天的妝都有些糊了，她穿著寬鬆的吊帶褲踩著灰黑的白布鞋。一個像是隨便被套上戲服的臨時演員，一個則是走錯場景的製片助理。

黃澄一向討厭和半生不熟的人坐電梯。如果是一個人的話，她會照鏡子，整理一下妝容，但她就是無法在別人面前做這件事。只好雙眼直直瞪著電梯門，試著放空。Ten自在一些，他轉向鏡子，把口袋上歪掉的紅花重新別好。

妳就穿這樣嗎？他問。

黃澄有種被打量過的不舒服感，冷冷地回，我會換衣服。

喔。聽說妳是演員？

我希望我是。黃澄回答得很快，甚至不確定自己說了什麼。

Ten從鏡子看了黃澄一眼，重新轉過身說，康哥說妳在演戲。

在演戲不見得就是演員。

黃澄覺得自己答得有點衝，稍微轉移了口氣問，你跟小康很好嗎？

我們認識十幾年了吧，他看著我長大的。這外套還是他借我的。

黃澄心想難怪不合身，但沒說出來。

Ten停了一晌，突然又想到什麼。他說，妳不要擔心啦，康哥會對妳姊很好的。

黃澄感覺他是一個內心很多小劇場的人，而且反應常常快到自己都跟不上。她淡淡地回說，我才擔心黃茜會欺負他呢。

Ten咧嘴大笑，露出白色矩形的健康牙齒，和一點粉色牙齦。黃澄習慣注意別人的嘴巴，好看的牙齒更會多看上幾眼。

這是我第一次參加婚禮。Ten說。

我也是。

不知道會不會也想結婚。

這次換黃澄笑，而且沒有像平常一樣用手摀住嘴巴。

Ten不按牌理出牌的說話方式，讓電梯幽閉的空間不再那樣壓迫。

結婚有什麼好的？她問。

很好啊，有人可以每天一起做很多**超小**的決定。

多小？

多小喔，我想想……譬如早餐吃什麼，幾點上床睡覺，看哪部電影，披薩要不要加芝心之類的。夠小吧？我覺得要自己決定這些小事很困難。

披薩要不要加芝心？黃澄忍不住重複了。

對啊，妳喜歡加嗎？

當然，加到爆。黃澄說。

Ten笑，舉起手要跟黃澄擊掌。黃澄來不及反應，動作很笨拙。

一陣沉默飄過。

咦？怎麼還沒到？Ten問。

他們一起抬頭看向面板，才發現沒有人按下樓層鍵。

18

Ten打開一個生鏽的鐵盒子，扯了一小撮菸草，捲起菸來。

婚禮一結束，黃澄就換回吊帶褲和布鞋，把花掉的妝全卸了。他們倆本來跟著去鬧洞房，但當大家開始玩遊戲整新人的時候，黃澄發現自己根本笑不出來。她為小康感到尷尬，幾乎不忍和他對視。也看得出黃茜努力壓著脾氣，順著大家不要破壞氣氛。Ten不知何時站到她身邊，對她使了個眼色，兩人就偷偷溜出來了。

深夜的敦化南路，一個人都沒有。相較於剛才歡樂吵鬧的氣氛，顯得格外寂靜。可是黃澄有一種奇怪的錯覺，自己好像是站在一個很大的布景裡面，景片後面都是人。調著燈架的，準備補妝的，整理服裝的，全都躲在看不見的地方。

Ten舔了舔捲菸紙，遞給黃澄。兩人安靜抽了一陣。

好累。Ten先開口。

這樣還會想結婚嗎？

不要辦婚禮就好。

這種西式庭園自助餐，算很有人性了，我姊也是一套紅禮服穿到底，很省事。
我不知道婚紗還有紅色的。
厲害吧，她的品味本來就跟別人不一樣。
妳姊很漂亮。
我們走在一起的時候，大家都只會看她。
Ten吐了口煙，看了黃澄一眼。
妳好像都沒怎麼吃。
我喝飽了。
妳有醉嗎？
暈暈的而已。
妳酒量不錯，我好像有點醉了。
你剛剛跟別人說你是無業遊民，我有沒有聽錯？
幹嘛，對我好奇喔？
我討厭裝神祕的人。
沒有神祕啊，真的無業。
黃澄露出半是好笑，半是不以為然的表情。

Ten說，又不是每個人都長得漂亮可以去演戲。

這句話不知怎麼有點戳到黃澄。她沒搭話，專心抽進了一口菸。這是她第一次抽捲菸，有一股甜甜的薄荷味。

妳不喜歡被說漂亮嗎？

不是只有漂亮的人才能當演員，長相不是重點。

黃澄停了一晌，Ten一副不以為然的表情看著她。這趟酒席吃下來，黃澄發現Ten比其他認識的男生更敏銳，他有很強的感知力，能感覺到對方內在細微的情緒變化。像一種預測能力，如同編劇一樣知道對方會接什麼。黃澄不確定是自己多想了。

黃澄說，好，我承認長相很重要，但成為一個演員應該還有更重要的東西吧？

Ten想了一下說，其實我不算真的無業，我現在是學生。因為還在學，所以不喜歡說出來，這感覺就跟我問妳，妳是演員喔？但妳不想承認一樣。

你在學什麼？

開飛機。

黃澄轉頭看向Ten，她的視線要微微抬高才看得清楚他的眼睛。

因為現在開放近視也可以開飛機，所以我就辭掉工作，開始讀書考試，還要想辦法再存點錢去國外受訓。希望可以在二十九歲前考到。

你多大？

二十七。

學飛要多少錢？

兩三百萬吧。回到妳剛說的更重要的東西，那我問妳，妳為什麼想當演員？

黃澄一時答不出來，反問，那你為什麼想當飛行員？

因為我最想要的超能力，就是飛。

那我最想要的就是成為一個姊姊。

姊姊？Ten有些疑惑，他不確定那指的是黃茜，還是指某種角色設定。

這是黃澄第一次被問到成為演員的問題，她覺得自己有些語無倫次，又再解釋。

總之，就是不用當自己的超能力。

Ten說，那就好好學啊，演戲應該是一件需要學習的事吧。

我怕我沒有天分。

我是說學習，誰跟妳說天分。妳又不是科班生，才演了幾個月的戲，就覺得自己演不好，是不是有點太驕傲了？

黃澄瞪著他。

我沒說錯吧。妳想想看，妳演第一部戲，就希望跟——妳最喜歡的女演員是誰？

黃澄想了一下說，凱特溫絲蕾。

為什麼喜歡她？

她演戲有一種很強的情感力量，但又不誇張，很內斂，**致然**。

致然喔？

黃澄笑，又刻意強調一次，**致然**。

妳才演幾個月，就想跟她一樣**致然**，這是對自己太有信心好嗎？

黃澄還沉浸在Ten跟著她發音不標準的歡樂中，沒有太認真聽他在說什麼。

黃同學，妳不要再裝成小可憐說那種看起來自卑的話，然後心裡其實在期待別人否認妳。安慰妳說，才不會呢，妳超有天分的，超級有潛力，超級漂亮之類的。就是要好好學，不要偷懶。

黃澄這下聽進去了，感覺自己被說穿了。儘管有些不好意思，卻意外地一派坦然面對眼前這個剛認識的人。她故意頑皮地假裝變臉不爽。

我沒有偷懶，我每天都很認真在學。

Good!

兩人靜靜地把剩下幾口菸抽完。Ten從口袋拿出一個紙盒，讓黃澄把摁熄的菸蒂，丟進紙盒裡。一陣入夜的涼風吹來，黃澄又聞到那股香味，她確定是Ten身上的味道。聞起來很舒服。

散散步好嗎？Ten問。

好啊。

往有便利商店的地方走好了。

黃澄小心控制著自己的身體，不要跟他離得太近。而Ten的步伐也有些僵硬，偶爾不太穩，代表他也努力和黃澄保持一個適當的距離。走了一段路，誰都沒有在控制方向，其實沒有人知道便利商店該往哪走。

飛行算是你的夢想嗎？黃澄問。

是啊。

真好。

怎樣？演戲不是妳的夢想嗎？

我現在當然會說是，但不是那種從小就想著有天一定要做到的那種夢想。比較像是，我想要征服它。

聽起來像在賭氣。

不管怎麼樣，有夢想的人比較幸福。黃澄說。

是嗎？我不這樣認為。他說，妳想想看，假設未來的某一天，妳當了影后，有接不完的戲，而且都是妳喜歡的角色，我當上了機師，每天都飛來飛去。我們的夢想都實現後，就變成生活了。妳覺得不幸福嗎？

重點是要先有那一天我才會知道。

妳真是一個又沒信心又想要驕傲的人。

我講什麼你都可以針對我，好煩喔。

我是認真想過這個問題。人成熟後終究有一天不用再靠夢想活著而偉大。只要能做自己喜歡的事就很好了。

像小康和我姊他們嗎？

我才不要去評斷他們的選擇。不過目前看起來，他們比較平凡，我們比較特別。

黃澄大笑，可能只是因為我們還年輕。

不過，本來就不是每個人都需要夢想的。

又來了。黃澄翻了個白眼。

難怪康哥都說我交不到女朋友，太難聊了。

小康才難聊吧，他話超少。

所以女生都喜歡他。妳也很喜歡他吧？

他就很像——我姊會喜歡的樣子。

Ten看向若有所思的黃澄，想著這句話究竟是代表喜歡還是不喜歡。但這次他選擇不問了。

其實我本來話也不多的，今天情緒比較嗨，有點醉了。可能我第一次參加婚禮吧——

Ten的手晃得太大，不小心打到了黃澄的屁股。黃澄避免尷尬，假裝沒發現。Ten趕緊把手插進口袋裡。

誒，你不穿那件外套好多了，年輕十歲。黃澄說。人還是要穿自己的衣服。

妳剛剛穿的那件白色小禮服很好看。

那是我姊好久以前買給我的，還被我拿去當戲服。我本來想買一件新的，但不知道為什麼，最後還是決定穿這件。穿上的時候，有種很奇怪的感覺——

黃澄停了下來，Ten看著她。

我覺得自己像在演戲。黃澄說，感覺婚禮一切都很不真實，但是所有人都演得非常賣力。我本來以為我媽牽黃茜進場時，我會哭。原本光想都哭了。但剛剛，好抽離。完全沒有感動。有一種，現實成了戲劇的影子的感覺。

他們停在一個十字路口等紅燈，四面八方都沒有車。他們就那樣等著時間慢慢倒數。

妳爸不在了嗎？

應該還在吧，但我不知道他在哪裡。

我爸過世了。

那你媽一個人？

對啊。我媽說她一個人過得很逍遙。

我媽也是。
黃茜說她是老少女戰士。
Ten笑了，兩人沉默好一晌，各自望向不同的方向。
結論就是戲服不要亂穿。Ten開玩笑打破了這段寂靜。
黃澄有些疲憊地笑著看他。Ten的眼神也有些迷濛。
我覺得我們可能找不到便利商店了，再抽一根好嗎？他問。
好啊。
我能問妳一個問題嗎？他看向黃澄。
嗯？
他頓了一下，說，不想回答也沒有關係。
好。
妳有男朋友嗎？
紅燈倒數完，綠燈亮了。
但他們沒有前進。

19／

椅子在臺中央。

黃澄站在它的正前方，背對觀眾。她正在想。思考的時候，黃澄養成一種習慣——看地上而不是天花板，咬著拇指的指甲，不再嘴巴微張。這樣看起來會像想很多的聰明人。

其他九位學生正在耐心地等她，包括柏盛老師。

黃澄走向舞臺的深處，轉身。從遠處盯著那張椅子。步伐像貓一樣踮著腳慢慢靠近。她蹲坐在椅子旁邊，沒有碰椅子。她伸出一隻手，輕輕搭在椅子上，接著把頭慢慢靠上去。從上半身開始放軟，整個人像液體一樣，滑到椅子下面。椅子看起來彷彿是蓋在她的身上。黃澄透過椅背的縫隙，凝望觀眾。

柏盛說，好。謝謝這位同學。其他人想說說看到了什麼嗎？

有人說依戀。有人說限制。有人說看到一個人自願被綁住。她站不起來。囚禁。椅子是主，她是從。沒有核心硬要找核心。勉強。壓抑。扭曲。

好——柏盛正要說下去時，一個乾燥的聲音打斷了他。

男人。那個豐腴，總是想辦法露出全身刺青的女同學說。

這是我聽見第一個代表人的答案。柏盛說。

黃澄依然在椅子下面，不動聲色。從椅背的框框看出去，學員雖然一片安靜，但如果交換眼神有聲音，那會很吵。

黃澄澄，現在請妳給出一句臺詞，讓我們知道這張椅子是什麼？

她清了清喉嚨說，**我想演戲**。

說出口的時候，黃澄覺得胸口有一股熱氣從脖子竄入腦袋，在裡面爆開了花。她有點想哭，隨即又告訴自己，記住這感覺，想哭的感覺是熱的。

好。柏盛說，我們現在開放同學上來，改變舞臺上這畫面的結構。

一位女同學上來。她抓著黃澄的腳踝，把她從椅子下面拖了出來。她把黃澄引導站上椅子。這時一位男同學加入，把角落另一張摺疊椅搬上臺，放在原本那張椅子旁邊。男同學引導黃澄踩過去，但摺疊椅有些不穩，黃澄一隻腳踩上去時，聽見一陣脆裂的聲響。黃澄不動，另一腳還在原本那張椅子上。

柏盛喊停，麻煩妳維持住這個腳踏兩條船的姿態——

臺下的同學一陣笑鬧。

大家剛剛做得很好，雖然沒有使用語言，但試著再多用肢體的方式溝通，請不要使用手勢。

現在，再請兩位同學上來，拯救這位快要劈腿的黃同學。

一位瘦高的女同學上來，背向黃澄，雙手往後準備承接。黃澄猶豫了一下，先用手勾住她的肩，女同學彎低身，黃澄一上，從兩張椅子滑了下來。一隻腳不小心踢倒了摺疊椅。

此刻，那渾身刺青的女同學突然衝上來，拿起椅子往牆壁砸了過去。黃澄被聲響嚇到，不太清楚身後發生了什麼事。臺下的同學開始騷動，有人站了起來。摔椅子的女同學，頭靠著牆壁，微微喘著氣。黃澄第一次看清楚她背上的刺青是好幾朵玫瑰。玫瑰花也在喘，渴望盛開。

柏盛先請黃澄與高個子女同學回座。他走向牆壁，和刺青女學生交談了幾句。女生用手臂抹了眼睛，像在哭。同時用手大力搔著頭髮，像頭疼。為期兩個月的表演課裡，班上不過十位同學，已經有四位學生崩潰過。

柏盛請刺青女學生在臺中央席地而坐。

我們來聽聽剛才發生了什麼事。柏盛說。

女生說，她一開始靠近椅子的方式，就讓我很不舒服。感覺像一隻超級渺小的螞蟻爬向一塊蛋糕屑。而且她竟然想辦法把自己塞進椅子下面。我怎麼看都像是一種不對等的男女關係，那把椅子就是一種**父權**。不管是踩在上面還是坐在上面，都只是強化了它的存在。更何況還有人再搬一個父權上臺——

女同學講到關鍵字的時候，眼睛會瞠大，鼻孔也一起張開。她邊說邊用力揮動手臂，像在趕走想要靠近玫瑰花的小蟲。

她繼續說，黃同學被背下來時我突然明白，那兩張椅子根本不應該存在在那裡。

不知道為什麼她說最後一句話時，眼睛瞇小了，好像用盡精力一般，聲音變得有氣無力。

聽她說話的時候，現場學生的反應有很多種。一種是在當她嘴巴吐出「父權」兩個字時，立刻笑出來的。一種會去瞪那些笑的人的。還有一種完全聽不懂她在說什麼，也不想試圖理解，因為他們早看不慣她總喜歡做不一樣的事，說跟大家意見相反的話。最後一種，覺得這些話簡直像是放血針，在身上戳滿了小洞，只可惜沒有吸嘴把髒血吸出來排毒。黃澄是最後一種，或許那位背她下來的女同學也是。

柏盛點頭，這是他表達支持的方式，但不代表贊同。

他請女生回座，黃澄意識到刺青女學生所陳述的變化情境，或許比她的設定更靠近自己的心理狀態。那張椅子，是表演，是角色，是工作機會。但她不是好好地坐在上面等，是把自己塞進去動彈不得地等。而她說的「男人」，正是她所害怕的「權力依附」。否則她為什麼會用爬的，為什麼靠得那麼緊，又為什麼想哭？

那張被砸的椅子還倒在角落，像被推倒的自尊。它沒有壞，反而是牆壁的漆髒掉了。柏盛走過去把椅子拿回來，坐在上面，為今天的課程作結。

我們看見椅子的狀態一直在改變。是同伴、貸款、時間、情人、父權或是一塊誘惑的蛋糕屑。改變看來是你們擬定的，好像是從你們發起的，但其實你所做的，都只是在回應。無論是一開始即興的，還是之後上來幫忙的。記住，角色從沒有**開啟**任何事，我們**看見**，然後**反應**。

黃澄把柏盛老師最後那句話，發在社群網路上。自從她開始使用臉書，幾乎每天都會發文，用的暱稱是黃澄澄。

她剛失業。原本已經談好的一齣只有三集劇本就急著開拍的On檔戲，黃澄定裝完後卻遲遲沒有接到通告。她去問經紀人，芳華說導演想換人，公司不想丟案子，就直接找了其他的女生給劇組，後來導演決定用一位個子很嬌小的新人，完全沒演過戲。芳華說得隨意，彷彿每天都會發生這種事。

於是沒工作的日子，黃澄每天至少都會看一部電影。院線的先看，看完了就看舊片，以環遊世界的方式——從法國的楚浮，高達，到義大利的費里尼、美國的伍迪艾倫、希區考克，到亞洲的楊德昌、王家衛、岩井俊二、李滄東、金基德。每看完一部片，她會上網搜尋一張最好看的海報照，通常都不會是中文版的。有心得就記錄心得，沒心得就摘錄幾句臺詞。賣座的好萊塢片她也看，但不見得會發文，會發的都是那種和主流大眾不同的獨到見解。大家喜歡的，她不愛。大家都愛的，她覺得膚淺。她幾乎每部國片都看，儘管不喜歡也不會說，發文的重點是要寫下：請支持國片。

拍完《愛情協議》後已經半年沒有再接到戲，她就一直上課。舞蹈課練肢體，表演課學演戲。每堂課她都會記錄下自己的心得，或是某種體悟的大道理。譬如昨天她發的：

學會表演就得先學會「好好生活」。
恐懼是創造力的來源，人因為怕鬼，才有鬼故事。
但演員不能怕演不好，只要核心是恐懼的表演，就注定失敗。

前天發的：

我們常常把大眾所接受的視為一種合理，
但大眾不代表合理，只能代表多數。
合理和多數都是一個危險的東西，會讓表演沒有驚喜。

最近她還看了兩本表演的書《演員自我修養》和《詩意的身體》。以她目前的經驗來說，許多內容她只能用想像來意會。她邊看邊劃重點，節錄句子發表上去，像是戲劇概論總複習，不知是要分享給誰看。與其說分享，其實是在宣揚認同。

黃澄依然不敢說自己是演員，那股看似對表演藝術無窮的探索和學習慾望，是來自於不被視為「演員」的恐懼。她需要被承認，需要存在感，需要被需要。黃澄已經好幾個月都沒有接到經紀公司的試鏡通知。她每天看似在提醒自己，其實是在變相宣傳一個被表演充斥的假日常。黃澄的生活，開始成為一場表演。

她送出一則新的發文：

畢卡索說，我從不尋找，只是發現。

我的生活充滿戲劇性，但不是悲劇。

培養觀察能力，從認識繪畫開始。

20／

一上王導的車，黃澄反常地沒有分享剛才表演課的事。

怎麼啦？王導問，幹嘛臭臉。

班上有個很妙的女生。黃澄說。

多妙？

她身上全身都是刺青。

妳不要去刺青，這樣白白淨淨的很好。

黃澄發現王導不是真的想聽她分享。他對於自己沒興趣的事，不會多問，還會轉移話題。這常常讓黃澄覺得兩人的溝通有點卡住。但今天她懶得再多說。

妳想吃什麼？

你決定。

黃澄垮著臉。王導伸手去捏了一下她的左臉頰。她很討厭他這樣做，感覺自己的臉像被捏起一塊麵團。她不喜歡自己是食物的感覺。

《愛情協議》拍攝的最後一個月，黃澄都是坐著王導的車到現場梳化，再坐著王導的車一起離開現場。只有遇到中間轉景的時候，她才有機會搭乘劇組安排的演員車。

黃澄因為是劇組最資淺的演員，常常都是被安排第一個梳化，不是五點半就是六點要到現場。王導有時會開車去黃澄家接她，約在附近的路口上車。這是黃澄的要求，王導也沒多問什麼。就像跟她在一起時，他常常不接電話，黃澄也不會多問。導演到現場的通告時間，通常會比演員晚兩個小時。送黃澄到現場後，王導說他會把車停在附近，在車上睡覺。

黃澄叫他不用來接，王導會說好，但隔天還是有可能會出現在路口。幾次後，黃澄就不說了。依然欣喜地打開車門，每次都表現得依然驚訝他的出現。

王導把車開到一家常去的日本料理。黃澄沒有意外。他們平均一週會來三次以上，因為王導很挑食，只喜歡海鮮，完全不吃青菜和水果。黃澄雖然什麼都吃，但每天都吃一樣的東西很辛苦。這家所有的菜她都點過一輪了，膩了也不好說不，她有些在意自己從來沒有付過錢。

他們如往常一樣坐在吧檯。今天黃澄點了鮭魚壽司，很難吃。她又加點了蘆筍手捲，還是很難吃。她問王導，我能喝酒嗎？王導說隨便妳。於是黃澄點了一壺清酒，喝了幾杯，再把剩下的壽司吃完，還是難吃。她開始覺得有些反胃。王導嘆了一口氣，又捏了一下她的臉。黃澄努力克制想要把他手打掉的衝動。

妳如果吃不飽，我再帶妳去吃別的。王導說。

黃澄搖搖頭，努力把嘴角往上提。一口氣把剩下的酒喝光了。

今天好累，黃澄說，我等下就想回家了。

不去我家看片嗎？我找到《薄荷糖》的DVD了。

黃澄呆呆望著櫥櫃裡的生魚，沒有回答。

柏盛說妳表現很好，即興的反應很快。王導說。

演電視劇又不會用到即興，好有什麼用。黃澄用筷子把盤子上散落的鮭魚卵夾起一顆放進嘴巴，咬破，再夾一顆放進，再咬。直到她的口中充斥著海的味道。

這一行就是這樣，大家都在等，要耐得住。王導頓了一下，這也是刺激的地方，搞不好明天就接到工作，下半年妳就不能陪我了。

我連試鏡機會都沒有，哪來的工作？她嘴上這樣敷衍，心裡卻氣得想衝進吧檯把那些一整塊的生魚全用手摸過一遍。

妳一直跟我抱怨有什麼用，跟經紀公司反應了嗎？

他們有幫我安排工作啊，上個月我和十個都不會跳舞的女生，拍了一支饒舌歌的MV。喔，還有一部電影，電影喔。我在海邊坐在遠方的香蕉船上，從早上七點坐到下午五點，只有上廁所可以下來。這些工作沒有一個看得清楚我的臉——黃澄把尾音故意拖得很長，王導聽著也開始漸漸失去耐性。

妳要去見見其他的劇組和導演。

又不是我想要見誰就可以見誰，試上的戲也會莫名其妙被換掉。

黃澄打算再叫一壺清酒，王導說，夠了。她發了一陣脾氣，整個人癱坐在椅子上。王導不再安撫她了，視線瞪著吧檯裡在包壽司的師傅的手。兩人都不說話。

到底在幹嘛，黃澄也快受不了自己了。

這樣的情緒，從王導確定接下另一部新戲開始，已經持續好一陣子。最近是籌備期，除了開會勘景見演員之外，王導一有空就帶著黃澄吃飯看電影。看完電影，他們會聊很久的天。黃澄總是滔滔不絕說出一套自己的看法——劇本轉折得如何，主角關係建立得夠不夠清楚，演員詮釋力道是否合宜。然後要是她會怎麼做——不會哭得那麼慘，要忍住就更有層次。好想演戲。她不斷表達對演戲的渴望，以為努力就會被看見，以為期盼機會就來了。王導喜歡聽這些，因為他離這樣的熱情確實有一段距離了。而熱情跟青春對他來說是相似的東西。

然而，真正讓黃澄惱怒的不是單純沒有演戲的機會，是眼前有一個可以給她角色的導演卻沒有給她「機會」。她不能直說，給我一個角色。她希望王導可以主動提，那才代表他不但正視黃澄的需求，並且認可她的表演能力。黃澄比以前更願意去試鏡，不怕過關斬將。某程度，她是感到有勝算的，無論是對自己的信心，還是因為有王導。

你覺得我要不要去讀研究所？黃澄問。

什麼研究所？

跟表演戲劇相關的，我覺得這樣東學一堂、西學一堂，完全沒有體制。學的東西也無法運用在影像工作裡。

表演是做中學，經驗更重要。

我現在就是沒有機會累積經驗啊，一直浪費時間在等。

話題又被牽回來了。兩人很有默契地閉嘴。

王導把最後一塊海膽放進嘴巴裡。海膽新鮮的甜味，沖淡了一點情緒。

他知道黃澄想要什麼，不是他不願意給，而是黃澄高估了他在電視臺的影響力。他能決定的東西，比黃澄想像的少。這點他很難說出口。

好啦，本來不想跟妳說的，明天妳公司就會發妳試鏡的通告。

黃澄眼睛一亮，是這部新戲嗎？

今天新一集的劇本出來，我看到一個角色，想說應該適合妳。

我要看。黃澄抿著嘴笑，眼珠子轉來轉去的。

王導轉向黃澄，有些失笑，這樣就開心了？

幹嘛不一開始就跟我說。

想讓妳覺得公司有幫妳做點事啊。

黃澄突然覺得有點不好意思，無論剛剛對王導說了什麼。是什麼樣的角色？

男主角的初戀情人。但我先說，可能只會出現一下下。雖然是試鏡，這小角色用我推薦的人，上面應該不會有什麼意見。

黃澄的確有一點點失望，她希望是更主要的配角。但不管怎樣至少有戲演了。繼續不高興就真的不可愛了。

你覺得我像初戀情人啊？她柔聲地問。

王導摸摸她的頭說，金牌導演怎麼會拿石頭砸自己的腳。我看好妳，要有信心。不要擔心，以後我的每部戲都一定有妳的角色。

黃澄一聽，整個人都軟了下來。她把身體歪向王導，腦袋靠在他的肩上，蹺起的一條腿晃來晃去。她告訴自己，這不是她要求的，是王導自願提供給她的承諾與肯定。她要從那把椅子下面爬起來坐好，端端正正的。這才不是什麼父權，是認可，是關愛。

還要吃什麼？王導問。

飽了。

想回家嗎？

去你家看片吧。

王導順手又捏了一下她的臉，起身買單。這次黃澄不但不覺得討厭，還跟著用食指戳了自己的臉頰。吧檯裡的師傅鞠躬大聲地說，謝謝光臨。

黃澄突然有些在意，這師傅大概一直在聽他們說話。但隨即又想，他一天要聽多少客人聊天啊，這點小事，沒有人會記得的。不過她轉念又想，自己馬上要接新戲了，曝光度會越來越高。有一天，師傅就會認出電視上的那個人，是店裡的常客。

於是黃澄轉頭對著師傅，堆滿燦笑地說，謝謝！

21／

黃澄提早到了，掛的號是五十八，現在才二十。她走到醫院門口抽菸。

上午的陽光很好，天空沒有雲，人來來往往。平常她會觀察路人走路的樣子，想像他們匆忙去見著誰，是否結婚了，出門前的樣子和現在有多不一樣。但此刻黃澄的下腹隱隱脹痛，無心想這些，世界看起來一點都不安寧。

有人叫她。

黃澄。

她轉頭，看見一個此時此刻最不想撞見的人。她不知道是手裡的菸比較嚴重，還是站在醫院門口等著掛號。

妳來看什麼？黃茜說。

她好像故意沒看見黃澄手上的菸。黃澄很想說個眼科、皮膚科，甚至是精神科都好，但她還是老實回答。

婦產科。

我也是。黃澄正準備把抽到一半的菸頭，在地上摁熄掉，黃茜擋下，從她手上接過菸，抽了起來。黃澄不知道黃茜會抽菸，但現在不是應該驚訝的時刻。何況，姊姊都不驚訝妹妹有什麼好驚訝的。

妳掛幾號？黃澄問。

五十二。

還要很久，現在才二十幾。黃澄意識到自己很愚蠢，跑來家裡習慣看病的臺安醫院，在這她不但會遇到黃茜，還有機會遇到媽媽。

妳這樣在路邊抽菸，被認出來不好吧？黃茜說。

沒有人認得我。況且，抽菸又不會怎樣。

小姐，妳在臺灣，不是法國。

黃澄覺得煩，但也無從辯駁。她不喜歡黃茜好壞什麼都可以說得很確切，明明她才是在演藝圈的那個。

妳怎麼樣？黃茜問。

什麼怎麼樣？

哪裡不舒服？

喔，例行檢查。

黃澄幾乎是一說出口就後悔了，因為馬上可以預見等等的畫面。黃茜會等她，看著她去驗尿，然後她們會一起去批價拿藥。怎麼可能騙過她呢？不騙反而可以矇混過去，說拍戲憋尿，水喝太少，感染了尿道炎不就好了。雖然她沒有那麼忙。黃茜不會知道。

小康在停車等等會過來。黃茜說，我們要做生小孩前的檢查。

黃茜再抽一口，把菸摁熄，丟到垃圾桶裡。

妳最近在跟誰交往？黃茜問。

就一個朋友。

年紀很大？

大一點。

我們有看到你們，是那個導演嗎？

黃澄能說不是嗎？她想發脾氣，激怒她的不是找不到答案或是臺北太小，而是那個問題本身。**那個導演**。聽起來像一根針。

然而她還是有個衝動，想跟黃茜說，前天王導帶她去國家劇院看了一齣舞臺劇，結束後他們走到停車場時，王導說他能想像有一天黃澄站在那。還有他們怎麼在一起結束拍攝後，討論哪些臺詞可以用不同的詮釋方式，黃澄又是怎麼在現場喊卡的時候立刻搜索王導的位置，等待讚賞然後相信自己可以成為一個完全不同的人。但她知道這些只要一說出來，聽起來都會是空的。

他沒結婚吧？

沒有啦。黃澄故意做出很誇張的表情。

我覺得不太好。

什麼東西不太好？

一個會安排替身在現場，隨時威脅女主角會被換掉的那種導演，能有多好？

他不過是在激發演員的潛力，妳懂什麼？

非常不善良。

演戲本來就是一件很殘酷的事。

妳現在好像覺得自己什麼都懂了？

黃澄直視前方沒有說話。

那個人，看起來像是會打老婆的人。

黃澄笑了出來。黃茜此刻實在很想打她，如果是十年前，她可能真的會這麼做。

妳根本不認識他。黃澄說。

那妳告訴我，妳喜歡他什麼？

我們很聊得來，他教我怎麼演戲，教我怎麼看電影。

就這樣？那不是等於愛上老師嗎？

而且他很有才華。

黃澄，妳聽好。如果妳是愛才華，那跟愛錢的女人沒什麼兩樣。永遠都有更有才華的人，就像永遠都有更有錢的人。

才華跟錢最好會是一樣。黃澄冷笑地說。她想再抽一根菸，但下腹一陣陣的灼熱分散了她的注意力。

妳有那麼想紅嗎？

黃澄沒反應。

再說下去就太難聽了。但我真心希望，妳不是**那種女生**。

哪種？黃澄心想。每個人在選擇伴侶的時候，不都是在評量優劣嗎？貴賤的程度是誰來定義？好看的、有權力的、有錢的，跟健康的、上進的、聰明的，哪個不是現實？

更何況，黃茜早就不懂她了。

為什麼「想紅」聽起來如此粗鄙？當演員渴望被更多人看見就是想紅，對工作有企圖心就是想紅，對，她想紅，可以了嗎？黃茜根本沒關心過這兩年她是怎麼過的。每天睡醒不知道要做什麼，只能等著公司發通告。試鏡完懸著一顆心，有上就會通知，沒有就不通知。但結果什麼時候出來，黃澄都不知道。好，今晚通知。那是早的晚，還是很晚的晚呢？會不會因為太晚了，明天才會發通知？會不會被選上的人突然不能配合所以又來找她當備案呢？為什麼沒有選我？太胖？

太高？嘴巴歪？不夠漂亮？演得不好？這種無止境的等待與被選擇的焦慮，你們局外人懂個屁。

黃澄看見小康在對面路口等紅綠燈，猶豫地向她們揮了揮手。他看得出來姊妹倆的表情不太對勁。

我要去上廁所。黃澄說完，自顧自地走了進去。

黃茜在原地等了一晌，看著小康一副擔心的樣子小跑步過來。黃澄應該找個像這樣的男人啊，她想。沒料到自己會說出那麼重的話。不對，她後悔沒說得更重、更狠。

黃澄在廁所哭了出來。好痛。採尿管裡的尿液，已經混著血了。這陣子不知道復發了多少次，抗生素都吃到第二代了。醫生說，這樣下去，得培養細菌來治療。她問醫生為什麼會這樣？醫師反覆用學理跟她解釋，女生尿道比較短，性行為很容易跑進細菌。這跟體質有關係。黃澄還是無法理解。

她一點都不享受性。甚至有點抗拒，但黃澄不允許自己抗拒。因為那可能代表她根本不愛他。她深信愛與性是一體的。王導總是在她上面，用奇怪的方式兩腿併攏跪著前後擺動。她會看他，但他總是閉著眼，微微仰著頭。她繼續看著他，想等他睜開眼睛看她。但王導只要一張眼，就是看向黃澄的胸部，用手掌用力搓揉，像揉一坨還沒發酵的麵糰。她是從床上開始討厭自己像食物。

下面也痛。但黃澄會把感覺痛的叫聲喊成各種無法辨識的呻吟，她已經學會不把痛苦顯現在臉上。因為她喜歡的表演，是內在豐盈，偶爾才不小心爆在臉上的那種。黃澄發出很多單音節的聲音，她希望一切能慢下來，或許可以聊一下天。但每次都很快。最後一刻王導會自己抽離出來射在她肚子上。黃澄問過，這樣真的不會懷孕嗎？王導說，如果妳尿尿不小心尿出來會有感覺嗎？會。那就對了，我可以控制我的身體。

多羨慕懂得控制自己的人。黃澄想。我也做得到，只要讓身體能享受這件事，就不會痛，不會生病。我可以叫得更舒服好聽一些，或是換上性感的內衣，甚至蓋住自己的臉，用**由外而內**的方式激起自己的慾望。先看起來很享受，或許就能享受了。想著想著，一個念頭又岔了出來——

他和別人做愛的時候，也是這樣閉著眼睛嗎？

黃澄在洗手槽用冷水沖臉，試著讓眼睛和鼻子看起來沒那麼紅。黃茜在門口等她，看見那管血尿的時候，之前那股想打妹妹的衝動，變成擁抱摟了上去。黃澄靠在姊姊的身上，聞到她身上的氣息。那跟以前的味道一模一樣。

我跟妳說，做愛之前要喝水，兩個人都要把身體洗乾淨。做完後立刻去尿尿。黃茜說。

黃澄想如果那麼簡單，為什麼醫生都沒有跟她說。

我以前也很容易得尿道炎。黃茜說，但老實講，那跟人有關，身體不會騙人。

黃澄把那管血尿放上檢驗臺時，有一種龐大的羞恥感。她們挽著手一起走回婦產科門診。

黃澄手中握著小康幫她買的蔓越梅汁。

很冰。冷到全身。他們坐在她旁邊，小康的手放在黃西的大腿上，兩隻手輕輕扣著彼此。光是這樣的一個小動作，黃澄都覺得刺眼。她發現自己根本想不起王導的手長什麼樣子。

他們問了一下黃澄最近在忙什麼，但好像沒有人真的想聊這話題，幾句話就沉默了下來。候診室外坐著的都是肚子大大小小的孕婦，讓消瘦的黃澄與黃茜格外顯眼。

你們想生小孩了嗎？黃澄問。

兩人對看，好像在用眼神討論誰先回答。

想生也不見得生得出來，我都三十八了。黃茜說。小康捏了捏她的手。

他說，醫生說我們兩個人身體都正常，要努力一下。

黃澄覺得這聽起來像是一個好消息，沒想過黃茜會想要小孩，更沒想過自己會當阿姨。或許她不該再把自己當成一個妹妹了。

我最近一直在想一件事。黃澄說。

什麼？黃茜問。

我想出國唸書，自己去貸款。

不演戲了？

黃澄有些不高興，黃茜好像一直在等她放棄。

我要去學表演。

她知道他們聽到的時候，一定會交換視線。沒想到他們卻鬆開了原本扣住的手。

小康說，很好啊，去國外看看。

黃茜瞪了他一眼，沒有說話。她原本放鬆的眉頭微微皺了起來，擠進很多東西——經紀公司合約怎麼辦，出國唸書的錢，還有那個導演。黃澄看不到這些，她只想著如果姊姊反對的話，會立刻說不。如果沒說，就有希望。

燈號跳到五十八號。

黃澄在護士開門叫名字之前，自己先進去了。

22 ／

黃茜的婚禮之後，黃澄常在網上和Ten聊天，不過對方幾次約她碰面卻都被拒絕了。有一次黃澄猶豫，她說那天目前沒事，但還是要等通告。她給自己留了一個反悔的餘地，在碰面的前一晚還是用掉了。

她根本沒有通告。只是王導前晚告訴她，隔天沒有夜戲，可以一起吃飯。每天都吃一樣的飯，為什麼不去赴約？她大可告訴王導自己和別人約了，甚至也跟他提過Ten這個人。王導笑笑地說，他想追妳嗎。看都沒看黃澄一眼。那聽起來像他問，妳肚子餓嗎。都不是真的問句，而且不需要答案。對王導來說，二十幾歲什麼都沒有的小夥子，連威脅都談不上。

黃澄從來不會感覺到王導在情感裡的嫉妒，或是占有。不像她，一部接一部的戲裡的女演員們，只要年齡跟她相仿或是二三線的新人，通通都是她的假想敵。她曾在電視臺的花絮裡看見，王導摸一個女演員的頭。她先是驚訝怎麼能把這一幕剪進去，隨即回想起她第一次被叫去王導家排戲的情景。如果當時有人在側拍的話，那摸頭的動作還真的沒什麼不同。雖然一個是在片場，一個是在導演家。果然這種事，每個角落，明的暗的都在發生。還有為什麼每次跟她在一起時王導都不接電話，偶爾黃澄也會找不到他。她和王導大吵過一架，結論只有，黃澄不相信他。

王導說自己就是相信黃澄，所以給她完全的自由，要和誰出去和誰交朋友他都不會過問。就算妳不跟我說，我也相信妳有妳的理由。王導這話說得如此體貼又善解人意，黃澄都不禁責怪起自己太幼稚，為沒安全感而感到羞恥。

Ten啟程去美國學飛前，黃澄終於答應碰面，兩人約在中山北路的一家咖啡廳。

與Ten的這杯咖啡之約，她沒有告訴王導。反正他也不在乎。而且，她不想聽見王導說，喔，要出國學飛了，熱血的好青年，將來會賺大錢。或是，沒追到妳，放棄了——他可能也不會真的說這些，可是黃澄就是不願意從王導嘴巴再聽見任何調侃的話。這是她給他的緩衝，讓他沒有機會變得更差勁。

Ten眼前的咖啡都沒有動。冰拿鐵上那層綿密的奶泡凹陷了許多小洞。這是全臺北最好的三層冰拿鐵，牛奶，咖啡，奶泡完美分層。黃澄邊說邊催促他趕快喝，Ten非常專心在聽她分享拍戲的趣事。

黃澄說，最近拍了一個短片，要和一個男演員演一對熱戀中的情侶。有一天男演員拿了一小罐香水給我說，不好意思，因為妳實在不是我的菜，我很努力試著要喜歡妳但沒辦法，這是我女朋友的香水，麻煩妳每天上戲的時候噴在身上。

黃澄說完大笑。Ten跟著笑。他覺得演藝圈完全是另一個世界。每個人都好得有點相似，而他們的自我總是拖著引擎，有時往自己以為的樣子跑，有時又修正成別人希望的樣子。譬如黃澄已經說了三次自己胖，並且覺得自己長得太成熟。但Ten看來，黃澄已經瘦到胸口的肋骨線條都清晰可見，而且不化妝時，馬尾配牛仔褲襯衫的裝扮，看起來就是一個二十六歲該有的樣子。

但這些他都沒有說。他不覺得自己的話會對黃澄有什麼影響力。她有一個大上一輪常常在指導她的導演朋友，黃澄會說，王導說這個，王導說那個。所以他不需要再說更多了。Ten有想過他們之間或許關係匪淺，但他又有什麼資格問。距離第一次碰面時，黃澄說她沒有男朋友，已一年多過去了。他馬上就要離開，什麼時候回來也不知道。所以他把這杯咖啡喝得很慢很慢。

他問，那妳有噴那個香水嗎？

拜託，表演才不是這樣，自己搞不定就去搞別人。黃澄說，我就拿著香水，上戲前直接噴他，像噴蟑螂那樣。

可以問是誰嗎？

不行，我很有職業道德的。黃澄神祕一笑，又把身體前傾小聲地說，如果有一天他紅了，我再跟你說。

兩人笑。一起喝了一口咖啡，又一起放下。Ten凝望著黃澄，眼神中堆起了複雜的東西。有一刻，氣氛有些詭異，讓他們都不確定是否該繼續看著對方的眼睛。黃澄一感覺到什麼就迅速把眼神從他的臉上移開，但可能不夠快，Ten用一種少見的苦笑回應她。

等一下還有空嗎？要不要一起吃飯？他問。

一股罪惡感襲來。黃澄只要感覺到Ten對她的善意，超過一點那淺淺的友誼，就會覺得自己不該坐在這裡。她不該讓眼前這單純的人覺得自己有機會，而她根本沒打算要給他機會；她更不該濫用等下要見面的人對她的信任。他馬上就要離開，這不過是一場送別。

等下有事。黃澄說。

我又被打槍了。Ten露出好看的牙齒苦笑，從容給了自己臺階下。

他的牙齒怎麼那麼完美。黃澄想著。她堅持付了錢。讓罪惡感減輕一點。她是為一位好朋友餞別，她有在賺錢，Ten目前還是學生。她來付，就沒有任何曖昧的空間了。

他們在店門口道別，Ten要去坐捷運，而黃澄還不知道要去哪，要等王導來接她。但她說了一個和捷運相反的方向，慶幸Ten沒有堅持要陪她走。

幾天後Ten就會飛了。之後，他們不會待在同一個時區裡。黃澄沒有跟他提到在自己也在準備出國唸書的事。

離他太近，黃澄會怕。

晚上，她和王導去看《令人討厭的松子的一生》。

王導總是習慣買爆米花進電影院。但黃澄覺得吃爆米花非常吵。她會忍著，畢竟很多人都在吃。即使她從來不吃，王導吃不下時還是會遞給她。黃澄想就算這輩子她都不接過來，他還是會做一樣的動作。

原本以為這是一部形式強烈的類型片，黃澄看到一半卻哭了起來。王導看向她，用力搖了搖爆米花，好像在問怎麼了？黃澄那一刻真的像松子一樣，覺得自己的人生完蛋了。

只是她沒有被揍，沒有被誣賴，也沒有殺人。她只不過做了錯誤的選擇。恐怕還不只一個，是連續的——參加美少女選美，簽八年的合約，自己一個人去王導家排戲，上了他的鏡頭，上了他的車，上了他的床，然後現在坐在這裡忍受咀嚼與搖晃爆米花的噪音。甚至從一開始她就不該去當廣告替身，不該答應電視臺來採訪她。

她覺得自己的人生，被所有過度瑣碎的東西塞滿了，譬如體重，角色有幾場戲，眼線有沒有暈開，嘴巴是否對稱，背什麼牌子的包包，哭的時候眼淚有沒有被拍清楚。而那些人生最核心的概念，譬如曾經在舞臺謝幕的感動，幸福與滿足，愛人與被愛，真實與良善，似乎全被真空壓縮進身體的最深處。

她會永遠等著被施捨工作。為了那些寫得不夠立體，有頭無尾的周邊角色，放棄二十多年讀的書、學的事。還要交出自己創造的「主導權」與「能力」。再不快證明自己，她整個人生就要失效了。

完蛋了。

她以為追隨王導，就是追隨戲劇，以為全心付出就能增加自我價值。這一生若這樣循環下去，戲劇不會毀，王導也不會，毀的會是她，一個隨時可以被取代的女演員。

黃澄還不了解王導這樣的導演，從來都不是創造者。他甚至故意看低那些能被稱得上是藝術家的導演而不自覺，譬如小猴。但他的確看很多電影，即便常常中途睡著了。他蒐集了世界各地稀有的DVD，還特別訂製多層的軌道櫃來展示它們。不過那全都是盜版的。王導能辨認贗品裡的A貨，裝得比正版的還精美。他也真的看很多舞臺劇，但重點是在「數量」。他總愛掛在嘴邊說自己一趟紐約行看了十幾部戲，來展現自己是一個戲劇專業愛好人士。他要讓別人知道，雖然執行的是商業電視劇，但他本人可是崇尚高級表演藝術的。

完蛋了。

黃澄只有在很小的時候，形容過自己長大的樣子。現在回想起來那畫面也沒什麼了不起，她說自己要結婚，生三個小孩，養狗，賺足夠的錢不煩惱。這是現實給所有人的樣板圖，可是她的腦袋對於另一半完全沒有畫面。黃澄沒有認真想過自己可以有別種樣子，直到她開始演戲。

她常常在睡不著的時候，想像自己詮釋各種不同角色的面貌。被陌生人要求拍照的時候她會開心地答應。得獎的時候她會說什麼。她未來會跟更有才華的導演合作，他們甚至還不知道她的存在。這些想像雖然表面，但至少是別種生命。有一天，她會得到更多選擇的機會，而不是永遠被選擇。她可以選擇劇本，選擇角色，選擇住在哪裡，選擇要不要接受別人的評價。

但這些有可能實現嗎？她越來越不敢想，於是她開始失眠。

松子每次以為自己完蛋後，會更用力地去愛。黃澄看著畫面反覆出現的那些花與蝴蝶的動畫，心想就算摧殘破碎，還是可以拼貼成花朵。本來就不是每朵花都能盛開充滿香氣，假花可以成真——不凋零不褪色，遠看也可以像真花一樣美麗。只要再搭配一片草原，一條河，再來片星空，那是屬於她的舞臺布景，她要想辦法自己徒手搭建起來。這樣就沒有人會計較花究竟是真，還是假。

黃澄哭到片尾名單捲到最底還沒有停。王導不知道她在哭什麼，不耐地等，一邊把冷掉的爆米花又拿起來吃。

那咀嚼的聲音，催促著黃澄用力抹乾淚痕。

Act III

離家

23／

Elain 說，我從沒談過戀愛。她來自丹麥，三十二歲。

黃澄很驚訝，無法想像一個人從來沒有過愛情。而且三十二歲對二十七歲的她聽起來，有點大。她覺得自己這年紀出國唸書都嫌晚了，何況超過三十歲。

當然還是有被煞到的時候，Elain說，不過通常一下就過去了，什麼都沒有發生。

她的頭髮很短，金色微捲貼著頭，左眼珠是綠色，右眼珠是藍色，那成了黃澄第一次遇見北歐的混色。

倫敦的天色總是灰濛，飄著綿雨，天黑得很沉。

黃澄和同學Elain與龍一剛看完阿喀郎和茱麗葉畢諾許的舞作《in-i》，搭著地鐵，打算回黃澄的住處一起吃滷豆腐。他們都住在學校附近，倫敦東邊的郊區。每逢週末就會到市中心看戲，這趟車程雖然不用轉車，但要花四十五分鐘。龍一讓兩位女生坐，自己站著，三角形的相對位置比較好說話。

龍一的未婚妻在日本，他們已經訂婚四年了。

黃澄問，為什麼不結婚？

龍一摸摸頭說，從英國回去就會結了。

黃澄和Elain對視而笑，因為龍一根本沒有回答到問題。她和Elain為了準備一起呈現《皆大歡喜》的片段飾演姊妹，所以走得比較近。龍一和黃澄是班上唯二的亞洲學生，開學第一天就熟了。其他同學來自歐洲各處，義大利、挪威、西班牙，也有三位美國人。全班總共十五人。

那妳呢？訂婚多久了？Elain開玩笑問。

黃澄努了一下鼻子說，喔，快分手了。

龍一擺出日本人特有的誇張表情問，為什麼？

黃澄說，就，他是個導演。You know。

在使用外語的時候，她很容易吐出you know這句話。好像理解她是別人的責任。黃澄有些訝異自己隨口就說了王導的身分，那是她在臺灣絕口不提的部分。

她舔了舔舌頭，好乾。今天忘了帶水壺出門，又捨不得花錢買水。在英國她總是覺得口渴。車廂裡的人都穿著厚重的深色大衣，臉都被沉重的表情拉垮了。黃澄的身體，外面風景的形狀，草的顏色，或是馬路上的噪音，全都跟臺灣不一樣了。臺灣很遠，有時黃澄會想像那只是地圖上不小心沾到油墨的一塊痕跡。於是那些在乎與糾結，慢慢變得無足輕重了。

搖搖晃晃的地鐵與高溫暖氣弄得大家都睏了，一個接著一個打著哈欠。

黃澄的思緒飛回剛剛謝幕的舞臺。因為坐在第一排，她清楚看見茱麗葉畢諾許的臉上沒有化妝。七十分鐘的舞蹈，汗水把她上衣的胸口與腋下染成暗紅色。

你們喜歡剛剛的表演嗎？黃澄問。

龍一點頭，Elain沒有馬上回應。

我來英國才發現，黃澄說，自己更喜歡舞蹈和肢體劇場。

舞蹈是一種意象，Elain說，可是我覺得那種曖昧感有時會讓人不知所云。

我喜歡舞作，龍一說，因為你可以不說話，但無法不動作。

不對。Elain搖搖手指，日常生活的動作，與舞臺上的藝術表現完全是兩回事，我不認為演員應該去跳舞，就像你們不會想去唱音樂劇吧？

應該說，舞作看到的是人類的一種力量，多了詮釋與浪漫。黃澄說。

她用的是power、strength，還想在腦中搜索出別的詞彙，因為這些似乎都不夠精準。她想說的是一股「勁」，有別於單純動作能量的大小，比較是在說控制技巧或輕或重，就像是愛情裡的擒抓與縱放。於是她從包包裡掏出筆記本，把「勁」寫給龍一看。

龍一先把嘴巴圈成一個O的形狀，再發出O的聲音。Elain拿起黃澄的筆記本，左轉右轉，頭也歪來歪去。

她說，中文字實在太不可思議了。

黃澄繼續說，舞蹈是與時間完全共存的東西，沒有辦法被影像記錄下來，無論是特寫或全景都是影像專屬的東西，已經不是舞蹈整體。所以只要時間一過，舞蹈就成過去。某種程度，我覺得在國外看舞作更值得。

Elain用食指靠在嘴唇邊，這是她思考時的慣性動作。他們用外語聊天，得更努力地選字，排序。因此黃澄一講起英文，就有時間被放慢的錯覺。她所經歷的聊天過程，都多了幾倍的長度。她想，她講，她聽，再想。難怪她會覺得格外充實，時間以膨脹堆疊的存在方式，塞滿了日常對話。

茱麗葉畢諾許當然不比專業舞者。她腿舉得不夠高，重心轉換時甚至會讓觀眾有點擔心。但一個女明星選擇挑戰做一個會暴露自己缺點的演出，像是展現了一片天空，有深淺濃淡不一的藍，也有陰晴不定的灰。時晴乍雨。光是這點，就讓黃澄明白自己若要成為一個表演者，對未來的恐懼不安已浪費她太多時間。

Elain問，澄，妳在臺灣拍戲，為什麼沒選影像表演的學位？

這問到黃澄的痛處。她是入學才知道學校有影像表演的課程，懊惱怎麼沒有查清楚，一心想著Acting Acting，只顧慮到不要選到著重理論的學校，要實務訓練，根本沒注意到近幾年成立了許多專攻影像表演的學位。但她不想再承認更多錯誤了。

她說，表演不該用媒介區分，來英國就該學正宗的。

龍一在旁邊點點頭說，聽說他們學滿多技術的東西，攝影、剪接之類的。不知道懂了那些，對表演會不會真的有幫助？

我有去申請，但他們建議我來這班。影視表演那班，好像全部都是英國人。Elain說。

龍一和黃澄有些驚訝，原來就算想得再清楚，選擇權也不在他們手上。

下車後，他們先去超市買了一些啤酒和零食。龍一想要接過Elain手上的啤酒，Elain笑說，我不習慣讓男人幫我。

黃澄伸手說，那女生可以嗎？

外面這麼冷，Elain頑皮地說，妳不會想要邊走邊喝的。黃澄也沒再堅持。

Elain常來黃澄的住處找她排練，黃澄還有一位香港室友Tina，她們住在公寓的二樓，樓下是這附近唯一的一間便利商店，和一家炸魚薯條。天冷的時候，附近的高中生會躲進公寓的樓梯間抽菸，每次黃澄經過時，他們都不會讓開，故意等她直接跨過他們。

Elain來的時候，黃澄會留她一起吃飯。Elain對吃很隨便，餓的時候只會說自己需要糖，中午吃飯時，她就坐在一旁喝可樂。黃澄為了省錢，自己煮飯，弄得也很簡單，羅宋湯、乾麵，或是一大鍋的滷味。Elain最愛黃澄做的臺式肉燥，她們喜歡拌著偏硬的義大利麵吃。

三人各自拿著自己的東西走著。這條馬路路燈間距都離得很遠，每天早上濕氣剛剛攀上陽光時，黃澄會沿著馬路晨跑半小時。之後洗個澡，再為自己準備一頓豐盛的早餐，八點去上課。

吃早餐的時候她會瀏覽臺灣的影劇新聞。什麼戲又開了，誰和誰劈腿，哪部戲收視第一。這些都跟她沒有關係，但黃澄很想要有關係。雖然是她自己決定來英國學習，心裡深處又覺得是因為不被市場需要才得自尋出路。於是剛開始幾個月，她都在一股被屏除在外的自卑感中，逞著強去跑步，去上課，格外用心地寫報告設計呈現。這股因為不甘而死命認分的情緒，流竄在她身體裡面，不定時會爆發開來。

回到家，是另一番情景。客廳的地上坐滿一堆人，他們已經喝開。幾個是黃澄班上的，其他的只在學校見過。龍一和Elain找位置坐下，黃澄去廚房想把滷味拿出來加熱。

然而她的鍋子已經在瓦斯爐上。打開一看，裡面只剩滷汁和一些豆腐的碎屑。Tina走過來說，澄，妳的滷味大受好評喔。然後對著客廳喊，對嗎？客廳的大夥此起彼落地大聲誇讚。Tina喝了一大口啤酒用中文說，我再跟妳分菜錢。說完就走回客廳。黃澄無奈，翻著冰箱看還有什麼東西可以招待龍一和Elain。

其他人正在玩一種「我從來沒有過」的遊戲。輪到的人，說一句自己從來沒做過的事，在場有經驗過的人，就要喝一口酒。如果全部只有一個人喝，他就必須把自己的經驗描述給大家聽。

這是一種很恐怖的遊戲。會被強迫告知許多根本不想知道的事。譬如誰吃過鼻屎，誰玩過多

P，誰墮過胎，誰夢過和父母做愛。甚至還有關於彼此的——譬如對在場的人有過性幻想、上過床的——總總知道了人生也不會因此更精彩的事。

黃澄玩過一次，在開學的時候為了和班上同學打成一片而加入。隔天她覺得每個人都很髒。尤其是因為一直喝而醉倒的那幾個，她禱告永遠不要跟他們分到同一組對戲。黃澄不明白大家為何選擇誠實，Tina說遊戲好玩就是要說實話，而且彼此信賴。黃澄沒有玩心，也無法相信這些瞳孔沒有黑色素的外國人。Tina笑她，You're so serious.

不得不加入的時候，她在相較那些幾乎算無聊的問題中，撒了幾個謊。譬如問到從沒有過高潮時，她因為每個人都喝了一口，從來沒有過高潮的她也默默跟著喝，她可以想像如果不喝，男同學們會立刻說出，讓我幫妳那種話。還有從來沒有背著良心說我愛你，她才發現自己該喝一大口，卻眨著大眼睛假裝純情看很多人喝，心想著，欺騙果真是愛情普遍的樣子。

黃澄和王導轉述這些時，王導說，這不是什麼文化衝擊，是妳太單純而已。是嗎，黃澄心想。她好想看王導玩這遊戲，搞清楚他到底是一個怎麼樣的人。不過她大概馬上就會發現，王導只會在不痛不癢的問題上沾幾口酒，他是不可能誠實的。王導還說，妳就玩啊，把自己設定成一個角色，譬如性愛成癮的女人。那聽起來是他想要黃澄扮演的樣子，黃澄翻了一個白眼，可惜王導看不到。

黃澄為自己平淡的經驗感到困惑。是不是要當演員都得經歷這些光怪陸離？對她而言的極端與抗拒，不過是別人的輕率與上癮？Elain和龍一也決定加入遊戲，黃澄不玩的話，必須離開現場。她去廚房洗碗了。

門鈴響。

是黃澄班上的挪威男同學Raffel。他一進門就用臉頰，輪流貼上黃澄的兩邊臉頰。她每次都搞不清楚到底要先給右臉還是左臉。

客廳傳來吆喝，Raffel過去了。

黃澄想和他保持距離，因為在動作課時發生了一件事。某次暖身時，老師要求兩人一組，用身體部位幫彼此按摩。重點是不能用手。黃澄趴在地上，Raffel用腳掌輕輕踩著黃澄的腿、屁股、腰，一開始很舒服。然後他趴下來，用手肘按壓她的背。力道、位置一切都很好。

但有一刻，黃澄感覺他的手肘從她的側腰開始揉，慢慢往上，到她胸部外圍。他用手腕輕輕往裡，揉了幾下，黃澄動了動身體，他隨即就停了。又回到她的背，屁股，然後是另外一邊的側腰。用一樣的方式往上，黃澄知道越來越靠近的不是他的手臂，而是接近手刀的部分。她再次感覺到胸部被揉，身體又動了一下，但這次他沒有停。

頭朝下的黃澄，很想抬頭看Raffel，或是整個人坐起來。老師或許會問她怎麼了，她頂多只會說，不舒服。然後Raffel會甩一甩他那金色的捲毛說，Sorry。黃澄就會開始懷疑也許是自己太敏感。最後她選擇把原本壓在胸口的手抽出，緊緊靠在身體的兩旁。等之後換黃澄按時，她只用腳。Raffel還轉過頭來說，澄，要用全身。她不甘願地趴下去，用手肘隨便推了幾下。

整個水槽的碗盤全洗乾淨了。客廳那邊聽起來已經有人喝醉了。黃澄回到自己的房間，把門帶上，準備寫上課的紀錄報告。

有人敲門。又是Raffel。

他遞給她一瓶啤酒說，我不想玩了，妳忙嗎？我可以進去嗎？

黃澄猶豫了一下，接過啤酒讓他進來，刻意把門開著。她睡的是雙人床，但還是習慣只睡在右半邊。Raffel坐上右床角，併著腿，小口小口喝著啤酒，像一位北歐貴族紳士。房間充滿了古龍水的香精味。他坐到被子上了。黃澄想，明天我要洗被單。

她走到角落的矮桌，把電腦打開。不打算放任何音樂，就讓外面忽大忽小的叫嚷當環境音。

妳還好嗎？他問。

很好。我要寫報告。

妳覺得Monica教得如何？

還感覺不太出來，但至少她滿有耐性的。黃澄說。

我是有點不知道在幹嘛，Raffel說，每天表演課都在切水果，燙衣服，捲菸，吸地毯。如果都在做這些事，妳不覺得學費有點太貴嗎？

他等著被應和，但黃澄只管喝了一口啤酒。她其實也是這麼想的，到目前為止，他們的表演課只學著怎麼在觀眾面前好好「做事」。沒有語言的。偶爾即興的時候只要一可以說話，大家就一直找話講。Monica總是會打斷他們，要他們練習「非說不可，再說」。龍一與黃澄比較沒有這問題，因為他們每說一句話，都是好多思考精簡下來的重點，絕對不是廢話。

此刻，電腦傳來聲音。王導打來了。

臺灣才早上八點，黃澄想他打來幹嘛。又有點慶幸這樣Raffel就可以滾出她的房間。

Raffel說，妳男朋友嗎？

黃澄說，我接一下。

Raffel沒有要走的意思，還從原本的床角，移向更靠近黃澄的那一邊。

黃澄遲疑了一下，接起。視訊畫面裡，王導的臉不是非常清晰，Raffel湊到鏡頭前打招呼。

Hi！

王導沒料到是這樣的畫面，有些錯愕。

Raffel說，妳聊，我出去了。黃澄以為他會繼續待在床上。

王導說，妳同學？

黃澄說，對啊，他叫Raffel，挪威人。你怎麼那麼早起床？

我做惡夢。夢見妳，跟一堆老外喝醉然後上床了。

黃澄笑，我家客廳現在就有一群醉鬼，但我在房間乖乖寫功課。

那個金毛怎麼會在妳房間？

黃澄有種被質問的感覺，不舒服。

外面太吵了，我們在聊天。她說。

那你們怎麼不跟大家一起玩？

玩？到底要玩什麼？我是來「學」演戲的，才不要跟他們一樣每天宿醉去上課，然後一直在教室表演大掃除、做飯、化妝。但她真的不知道，究竟是待在房間裡寫報告，和一個她不愛的男人視訊對表演比較有幫助，還是把自己甩進那一群酒氣裡大開眼界？

她忍著什麼都沒說。

我還要打報告了，你再回去睡吧。黃澄說。

王導好像還想多講一下，卻說好啦好啦。他表面上順著她，其實更在乎保住尊嚴。

掛斷後，黃澄一口氣把剩下的啤酒喝完。

好累。

她想結束這段關係，又害怕自己會一無所有。她不想把一個人當作一件東西對待。但王導的存在牢牢黏附在整個背景裡，那裡有表演的暢快與探尋，是充滿挑戰的希望與期待，還有最重要的「機會」。她若背棄他，就在背棄更大的東西，她無法想像自己的立足之處。情感從來就不該開始於一種指望。

如果王導沒打來，Raffel可能還會黏在她的床上，繼續抱怨課程，或是找機會吃她豆腐。但她怎麼寧願王導沒有打來呢？或許Raffel會跟她分享一些挪威的事，冰河，超級紮實的黑麵包，許多她沒見過的世界。

黃澄趴在桌上，聽著樓下便利商店的聊天聲，與客廳傳來陣陣的叫囂。她努力回想茱麗葉畢諾許謝幕時那件汗濕的紅色上衣，感覺今晚的一切被揉成一團，無力收拾。

她倒回床上，覺得寂寞。卻又有些慶幸，自己是寂寞的。

24／

黃澄是一頭象。

她膝蓋跪地，雙手著地的移動。當她跪坐時，就用右手捏著鼻子，左手穿過右手當成長長的象鼻。不時甩甩頭，搧動兩片無形的大耳朵。她想像自己的皮膚很厚，充滿皺褶，笨重地移動著（黃澄稍晚回家後才會發現，她的膝蓋因為在地毯上反覆摩擦而破皮）。旁邊還有野貓，鳥，獅子，某種兩棲類，無尾熊或樹懶，一隻小老鼠或昆蟲之類的生物窩在她的背上。有隻蚊子一直想叮她的鼻子。

昨晚她在網上看了很多大象的影片。本來是單純研究大象的各種動作——走路的方式與施力點，如何坐下躺下，用鼻頭掐掐同伴，把對方捲起來擁抱。後來不自覺看起大象浪漫的故事。大象永遠不會忘記，充滿與人相似的複雜情感。牠們會興奮迎接走失的同伴，耐心等待小象越過水窪，伴隨著盲眼摯友行走過河。牠們還能理解死亡，甚至哀悼。黃澄想，如果大象的記憶能夠累積而不遺落，就會像人一樣受綿長的回憶所困。黃澄幾乎忘記自己是因為林叔叔的禮物而更愛大象。想起自己守過一個恐怕已無關緊要的祕密。直到現在她才明白，這件事的重點不是祕密本身，是她一直把黃茜初戀當成自己的初戀埋在記憶的深處，簡直像一個廢棄皇宮的守衛兵。

在教室裡的她，不只是頭象，還是一隻失去母親，一邊耳朵受傷的小象。黃澄給了自己情緒背景與身體殘缺的設定，覺得可以豐富表演層次。於是在練習時，她一直縮在教室的角落裡，遲遲不肯往群聚的中心去。只要有別的動物靠近她，還不清楚對方物種就防備起來。連蚊子蜥蜴老鼠她都怕。要不是那明顯的左手當象鼻子以及奇異的叫聲，黃澄看起來更像一隻受虐的小貓。

「動物扮演」接近一個小時。Monica請大家原地坐著變回人形，但依然保持動物的內在狀態不要交談。她出了一道即興題目：學校第一天開學報到。請所有人從外面依序進來。

大家都帶著自己扮演的動物特質，變成完全不一樣的角色。Elain因為扮演樹懶，她本人的靈動完全消失，背駝得圓圓的像一尊雕像黏在椅子上。龍一剛才是頭獅子，於是他講英文時總是把音量收小的自卑感也不見了，中氣十足地介紹自己。唯獨黃澄，看起來跟平常的狀態沒什麼不同。她立刻察覺到同學們都因為自己的轉化而充滿興奮的情緒。她感到挫敗，身體一軟趕緊找了靠邊的位置坐下。黃澄想像那充滿上百條肌肉的長鼻子，正緊緊圈住自己的胸口。

檢討時，Monica質疑黃澄因為設定太多細節，以至於練習失敗。黃澄相當不服氣。

她說，情感那麼複雜的動物，不是應該也有不同的角色嗎？孤兒小象和生過孩子的母象就完全不一樣，尤其時坐下的時候，還有鼻子探索的方式——

妳想太多了。Monica打斷她。

不是想的，我是觀察到的，研究到的。網路上沒有一隻大象看起來是一樣的——

我沒有要妳演一隻可憐的大象，Monica又打斷，只要你們去模仿一種動物。讓你透過模仿動物的外部行動，體驗純粹由外而內的技巧如何幫助演員塑造角色。我可沒有要妳交出五百字的大象自傳，也不關心妳這隻大象是在泰國還是在非洲。

幾個同學在笑。黃澄的臉漲得紅通通。她一直以為細節是一切，無論是做人，做事，還是做表演。

澄，妳太演了。妳總是在表演中想展現妳懂什麼，做了多少功課，設定了多少情節。妳不能演理解。如果妳真的在那裡，根本就不用演。像上次要表現累，妳就一直嘆氣打哈欠，拚了命向我們展示疲累。妳想要讓觀眾相信妳，但妳根本就不相信自己。

如果是以前，黃澄聽到這裡眼淚可能已經掉下來了。但現在她異常堅實地抗拒著，扮演著絕對不在別人面前哭的人。

Monica繼續說，有想像力很好，但好奇心才是演員最重要的朋友。藝術是去發現，不是只有創造和控制。妳總是拚了命想新的、與眾不同的東西，在臺上我們看到的只有操縱和一堆設計。換句話說，觀眾只看到演員本人，看不見任何角色所看見的，所以根本就沒有角色可言。妳每多控制一點，就是多殺死妳的角色一點。

Monica說完後，直接讓其他同學發表對剛剛練習的感想。Raffel如往常一樣第一個發言，講述自己轉變成老鷹後他多想吃掉所有人。黃澄抿著嘴，等情緒在吸氣和吐氣之間過去。她瞪著前方地毯的一塊汙漬，那是之前做練習時有人把生蛋掉在地上。她想，到底是哪個白痴讓表演教室都鋪著地毯？

大家都走了。她和Elain在陽臺抽著同一根捲菸，看著天慢慢變黑。隨著天光暗下，黃澄剛才在課堂上那股消沉漸漸漲大起來。

黃澄說，這種時候，意志薄弱的人的靈魂很容易被抓走。

Elain向天空吐了一口煙。

黃澄又說，白天和夜晚中間有一條很窄的縫隙，人就是從那裡消失的。

一點點黑下來的天空，好像能包含所有事，卻唯獨「希望」被排除在外。黃澄跟所有演員一樣常在描繪未來。有時她能捕捉到一些線條，將自己安置在美好畫面的邊際上。但大多時候她只感到游移與消融，才發現是自己搞錯了時間，打烊的電影院總是一片死寂。

Elain說，我在丹麥的一位鄰居死了。他跟我同年，自殺。已經有好幾個鄰居都自殺，還有朋友。

為什麼？黃澄問。

寒冷的地方人容易憂鬱。

黃澄有些驚訝地說，丹麥不是全世界最幸福的國家嗎？

是吧，因為不幸福的人都死光了。Elain的笑容很隨便。

黃澄接不上話。她難得沒先想到黃茜，只想起了媽媽，那個一年四季都穿著絲襪嚴肅又抽離的女人。她有過一個與母親非常親密的記憶畫面：自己盤坐在媽媽的床上，拿著透明指甲油補著絲襪上的破洞，而媽媽在一旁漫不經心忙著自己的事。那些被套在皮裙皮靴下，深藍色、墨綠色甚至暗紫色的絲襪總會在中間的趾頭處開始破。黃澄用手指捏起破掉的地方，小心地塗著指甲油，並且不忘在自己的小拇指上也刷上一層。看著發亮的指甲光澤，黃澄覺得等到十隻手指都能塗滿時，她就會像媽媽或黃茜那樣被人注視。

她擁有一股充滿稚氣的力量，因為能為母親做點什麼而感到自豪，那是黃澄記憶中感到幸福的瞬間。此刻，她幸福的標準又是什麼？因為演藝事業的不順遂而覺得自己不幸，但仔細想想，好手好腳還能出國追逐夢想的人有資格這樣說嗎？她對自己這種如青春期無謂的反覆矛盾感到厭煩又不以為然，卻始終找不到排解的方式。黃澄把剩下一口菸留給Elain，她推了回去。

我也有在吃藥。Elain說。

什麼藥？

抵抗傷心的藥。Elain苦笑。

黃澄想起和王導談過憂鬱症的話題，他說那些人過太好，想太多了。黃澄心情不好的時候，他也會說她想太多了。今天Monica也說黃澄想太多了。她忍不住用力搔了搔頭。

我最焦慮的時候，就是藥快吃完但新的藥還沒寄到的時候，譬如今晚。Elain說。

黃澄一副憂心的樣子看著她，她的表情惹笑了Elain。

放心，我不會自殺的。她拍拍黃澄的肩膀。

至少要死之前跟我說一聲。黃澄苦笑地說，我常失眠，妳隨時可以來找我。說完後黃澄把菸頭弄熄，拿出另一個菸盒放進去。

臺灣人都像妳這樣有公德心嗎？Elain問。

我討厭看到電影裡的人抽完菸總是亂丟菸蒂。黃澄說，現實生活中不是每個人都沒公德心。大概沒有人覺得這是重要的吧？拍那些細節會讓電影太長。

黃澄聳聳肩。細節不是最好的嗎？她問。

不只菸，電影裡各式各樣微不足道的道具黃澄都會特別注意——咖啡杯，吃一口的蛋糕、餅乾，原字筆，寫著與內容無關文字的廢紙。她總是在觀察演員如何處置道具，以及導演如何抓取這些細節。譬如有女演員每喝完一口咖啡，都會用大拇指把杯緣的唇印抹掉。還有人會一邊講臺詞一邊摳著臉上的粉刺。

某些時刻，黃澄明白自己的存在更接近這些「道具」。尤其是菸，只有被點燃的時刻會拍到。在一次次重來之下，燃燒過的被收走丟掉，換上新的。

澄，Monica今天不應該那樣批評妳。妳只是比較認真而已。

她其實沒說錯，我的問題就是太認真了，也許我該學著放鬆一點。

黃澄不知道「得失心」的英文是什麼。

反正，靠直覺多一點。Elain說，相信直覺，就是相信自己。

如果表演靠直覺就好，那我們幹嘛來學呢？黃澄失笑。

她是第一年教書，把自己當成導演，而不是老師。不是每個人都適合同一種表演方法。

黃澄知道Elain是真心想要安慰她。她說，這句話讓我好多了，謝謝妳。

黃澄邀請她回家吃飯，Elain說自己沒胃口，想早點回去休息了。兩人步行了一小段路，在分岔路口道別時，擁抱了一下。

在放開彼此時，因為些微的時間差，讓一道模糊而神奇的東西，在她們身體之間快速流竄了一下。黃澄還在想那是什麼時，Elain開口了——

澄，我可以親妳嗎？

黃澄遲疑了一晌，Elain把臉往前湊近。兩人的嘴輕輕碰在一起，然後分開。黃澄試著等那股流竄再次出現，卻只感覺到風在吹，樹在搖，空氣一樣冷。她們對看，笑了出來。

黃澄說，我好像吃到妳的護唇膏了。

Elain說，原來女生的嘴那麼軟，好奇妙。

感覺怎麼樣？黃澄問。

好像親了自己。嗯，我猜我應該不是。

黃澄又笑，或許是我的問題。

不要什麼都覺得是自己的問題。

也對，我並沒有那麼重要。黃澄只是想著這句話，沒有說出口。

她們道別。黃澄繼續直走，Elain轉彎了。

天已完全擦黑。

25／

《雙姝怨》的故事場景是一間女子學校，因為同學的惡作劇，讓兩位年輕女教師陷入醜聞。黃澄拿到劇本當下相當興奮，她曾在王導家看過奧黛麗赫本與莎莉麥克琳早期的電影版，以戲分來說，根本無法分辨誰是女一誰是女二。但無論是幸福的未來被攪成爛泥的「凱倫」，還是有同志傾向最後自殺的「瑪莎」，都會是她夢寐以求的挑戰。然而，當黃澄被分配到「女學生瑪麗」的角色時，那短暫聚攏的歡躍，一下就散了。

這不像學習語文，大家讀同一篇文章，一起分析同樣的句型、辨認單字，有些人詞彙量多有些人少，用功的人終究會看懂越來越多。學表演是另一回事。老師按照自己對學生的認識與想像，挑選出劇本，然後指派角色。為什麼不能讓他們至少選擇自己想挑戰的角色呢？

Elain才是瑪莎，凱倫則是分給了輪廓跟赫本一樣深的西班牙同學。黃澄要演的片段，是和女學生們在私底下對老師閒言閒語。

此刻黃澄帶著像剛做完演出還殘留的腎上腺素，和幾隻吐著舌頭的鬥牛犬一起坐在超市門口。這品種的狗在英國隨處可見。一開始黃澄覺得牠們都看起來很凶，後來發現就跟人一樣，還是得看個體特質。她正摸的這隻，就像個充滿筋肉的溫柔大漢，痴痴望著超市大門主人離去的方向。黃澄摸著牠的頭，聞到濃厚的狗味，幻想著自己和多多在英國的畫面。她可不敢把多多拴在超市門口，要是別人牽走怎麼辦？黃澄坐在那裡，像是為了守候這隻陌生的狗。主人回來，和黃澄打了聲招呼，喚她young lady，解開牽繩。牠挺著尾巴，頭也不回地跟著主人走了。

黃澄有些失落。來來往往的英國人，大概都把她看成一個未成年的亞洲少女吧。然而，對四捨五入就三十歲的黃澄來說，去飾演一個十幾歲的問題少女，意義何在？不管別人怎麼看待她，黃澄對自己的想像絕對更靠近兩位成熟女教師的角色——一個崇仰婚姻，一個朦朦朧朧探索真愛。懷著熱血投身教育，操心一屋子鬼靈精怪的女學生。她不就是因為在表演工作上無法「經驗」這些挑戰，所以才來學習的嗎？沒料到，表演學校本身也是一個舞臺，主角不會輪流，大多數的人在這裡學會的是：如何豐富配角的能力。順便搞清楚自己在別人眼中的定位何在。

黃澄只好在排演中，努力從角色身上找出能挑戰自己的部分。瑪麗那因慣養而成的驕縱，在同儕之間充滿操控與專橫的氣焰，都不是黃澄身上熟悉的特質。為了外顯這些性格，黃澄會不自覺在臺上隨意走動，書本拿了又放，手指頭緊緊勾住馬克杯的把手。Monica會問她，為什麼要往窗戶走？為什麼講話講到一半站起來？為什麼這時想喝水？為什麼靠著牆坐在地上？

大多數的問題她都答不出來，然後他們就得再走一次，直到這些問題越來越少。黃澄明白舞臺上的每一「動」都不能是無意義的，但弔詭的是，那意義並不是用腦袋「想」出來的，而是排練過程中，從身體的直覺衝動（impulse）慢慢「實現」出來的。每次排完戲，黃澄就有一點一點被扭轉的感覺，朝向一個新的出口。她會踩著輕快的腳步回家，聽著背包裡的水壺鏗鏘作響，忘記進門前想抽的那根菸。

當天下午排練到一半時，Monica突然走上前，在黃澄的頭上罩了一塊布。不要低頭，繼續演，Monica說。黃澄重複了一遍臺詞後再接下去。一開始有點不確定，但很快的一股收放自如的狂熱從她胸口擴散到全身，好像失去了眼睛就不用再擔心黑暗那樣。她明確感覺到瑪麗的躁動與不安，霸道與脆弱，都是一體的兩面，而且全在自己身上。她不覺得成為了瑪麗，而是一種黃澄在瑪麗身體裡面的感覺。

結束後Monica給了黃澄一句評語——

我完全相信妳，妳的眼神是動的。

雖短，卻是極大的肯定與讚美。黃澄笑。龍一不停地點頭，Elain在教室的另一端舉起雙手，輕輕拍打空氣。

她提起地上兩大袋採購完的東西。為了省一英鎊的公車錢，她得拖著這些爬過一個小山坡。到家的時候，指頭上塑膠袋的勒痕會過好一陣子才消掉。黃澄很少在這條街上看到跟自己一樣狼狽的人。在臺灣，總有人會拖著超過兩隻手能負荷的東西上公車，載著比機車還長的物品滿街跑。倫敦的顏色很淡，人硬邦邦的，路上的車幾乎不會停下來，所有人都恨不得拋下所有人。

回到家，她用貝果夾漢堡肉和生菜，快速做了一個簡單的晚餐。現在黃澄不再用臺灣的新聞配飯吃了。她學會把運氣這種事，看成嬰兒的哭鬧或狗叫，可能會在任何時刻發生——譬如才暖身完出門晨跑，或是剛洗完第一個杯子還剩滿槽的碗盤時。現在的她是在追求某種更踏實的東西。在不被任何人想到時，她仍在進步。她學會拉出一把心裡的尺，標上刻度，在未來每一次的表現都有自己評價的標準。

黃澄把今天這第一次在舞臺上成功的感覺，完整記錄下來。到了英國後，她養成寫東西的習慣，期末交的學習紀錄是學術的集結，不定時與Ten的通信裡，他們會認真討論一些東西，譬如她正想跟他分享剛才思考表演學習中權利公平的問題。Ten一直在美國，總能捎來如加州陽光般的能量，蒸散掉英國的陰灰與濕冷。其他許多私密浮動的思緒，黃澄記成日記，放在一個檔案裡。有時看回去剛到英國時寫的東西，她會驚訝自己已爬過那麼多複雜的情緒，那時她是如何用蠻力抓住自以為的現實，來抵抗嫉妒不安的另一種現況。現在，一切都掌握得很好。

給Ten寫完Email後，像是為了彌補什麼，黃澄下意識地打給王導。沒人接。她起身去廚房泡茶，在等熱水燒開時，她聽見房間傳來那熟悉的頻率。她接起語音通話。

我在外面，收訊可能不太好。王導說。

黃澄看了時間，臺灣的早上七點。她的桌面一直都有兩個時間。因為時差的關係，王導通常會在英國傍晚時打給黃澄，或是週末。

這麼早到現場？黃澄問。

最近天氣不好，下午會下大雨只能早點開工。妳又怎麼了啊？

我只想跟你說，今天課堂呈現我被老師大力誇讚。她說我的眼睛都是戲——

什麼戲？王導問。他身後很吵雜，那是黃澄熟悉的片場聲，充滿大聲小聲的男男女女。

老師說我眼睛很有戲，同學也說我看起來像變了一個人。下戲的時候我的心臟跳得超快，我覺得我抓到了。

黃澄邊講，心跳又開始加速，但比稍早的興奮緩了一點。

很好啊。對了，我剛好要跟妳說，這檔戲拍完，年底我可能真的要去中國了。

這段時間一直都有人找王導過去拍戲。他說那裡的費用更高，導演權力更大，這樣就可以把黃澄一起帶過去。只是每次講到這話題，黃澄都覺得像在聊別人的事。

確定了嗎？她問。

這個月就要簽合約了。

恭喜你。黃澄試著在感覺中翻找出某種低調、又有支持力的語氣。她覺得自己應該要這樣。

妳怎麼聽起來不是很開心？

沒有啊。黃澄想主人吃得好狗也餓不著，有戲演不就該開心嗎？我不該開心嗎？

妳剛說妳演什麼？王導問。

什麼？

妳一開始說的事。

喔，今天的課堂呈現，老師說我演得很好。

很好啊，妳的老師終於長眼睛了。現在是不是沒有那麼討厭她了？

黃澄開始後悔接起這通電話。不對，根本是她先打過去的。

妳現在會演了，可以回來啦。王導開玩笑說。

什麼叫**會演**了？

靜了一晌，她聽見王導深吐了一口氣。

妳幹嘛？

通常氣氛到了這裡，黃澄就會找個藉口把電話掛上。等個幾天兩人才會像什麼都沒發生一樣又開始聯絡，直到下一次氣氛壞掉。但此刻，她突然很想講下去，想確認王導是否對部分隱藏在別人身上的自我，從來不感到好奇。

她問，你知道我演了什麼嗎？

不就是課堂練習嗎？

對啊，什麼本？

妳說過，我不記得了。她聽得出王導的潛臺詞是，我為什麼要記得這種事。

《雙姝怨》。

喔對，妳演奧黛麗赫本的角色？

天啊，我演瑪麗，那個女學生。

我以為妳演主角，妳看妳在我心中永遠都是女主角——

我昨天才為這件事發了脾氣，和你討論說這個瑪麗和我天差地遠，你還要我覺得開心，在老師眼中我那麼年輕——

昨天我們沒有通話吧。王導打斷她，語氣很差。

對啊，因為你又不接我電話，不知道在跟哪個女的幹嘛。

妳現在是在演哪齣？

一陣靜默。她聽到王導走到一個比較安靜的地方。

我現在每天都在拍戲，累得要死，就一點小事忘了，有必要一點情緒反應就這麼大嗎？

我今天難得有開心的**小事**跟你分享，但你根本沒在聽，只顧著跟我說要去中國的事。

妳的小事會比我去中國重要嗎？去中國跟妳沒關係嗎？妳知道自己開心有多難得就好。我說過中國那邊導演的權力更大，想放誰就放誰，講這個也是想讓妳聽了開心——

關我屁事。

妳這什麼態度？

這句話聽起來像一個導演在罵演員，或是老師在罵學生。黃澄倒吸了一口氣，嘴唇依然開著，在等對的字吐出來。

妳要不要認真思考一下自己是不是真的喜歡表演啊？

王導的口氣非常粗暴。黃澄不作聲。

之前妳說老師一直在找妳麻煩，給妳很小的角色，因為妳是亞洲人。每天都悶悶不樂的，現在人家誇妳一下，就樂得跟什麼一樣？妳這麼脆弱，到底怎麼當演員？都如願以償去讀書了還滿肚子怨氣，妳是要學給別人看的吧？

黃澄回想起在臺灣最後一段時間，每次上王導的車，她就會產生一股強烈的自我期許——要做一個好女友，即使他們從來沒有公開過關係。但自從有了那樣的念頭，見面前她總在焦慮，完全不知道該從何下手。她必須很努力才能忍下那股排斥，甚至是厭惡的感覺。如果當天她沒有達成這份期許，道別時又會對王導產生很深的罪惡感，再更強迫自己要加倍彌補這一切。但對一個同樣不坦誠的人，她到底要努力到什麼時候？

黃澄說，你明明知道我對演戲的事很敏感，為什麼每次還是會用這種話來刺激我？什麼都可以刺激到妳，妳的敏感要是都用在演戲上就好了！我奉勸妳，不要一天到晚怪別人，自己也檢討一下吧大小姐。

他掛斷。

黃澄呆坐在原地，瞪著電腦。

過了一晌，Tina探頭進來問她還好嗎？黃澄才發現忘記關門。

沒事，吵架。黃澄說。

分一分算了，我幫妳介紹英國帥哥。Tina說。

黃澄苦笑，請Tina把門關上。

戲最怕拖，感情也是。黃澄想，全力以赴的唯一方式，就是讓自己沒有後路。王導一直都是黃澄的後路，彎彎曲曲的總是讓她拐到腳。沿路風景沒有沙漠也沒有冰河奇景，就是四季都長得一樣的亞熱帶，所以連服裝食物的選擇都一成不變。

她在電腦上打開一個全新的檔案，開始不停地敲打。直到她輸入王導的Email按下寄出後，才聞到自己一身的腥臭。

黃澄站起來，把全身的衣服脫光，站在窗戶前。

窗簾沒有拉上，她一點都不在乎被人看見她的身體。這是她的房間，每個月付五百英鎊擁有的雙人床、小方桌、大衣櫃，和一面落地鏡——正照著她緊實的小腹，纖瘦的胳膊，與因為盤坐而布滿紅印的小腿。她的下巴有一顆快要好的痘痘，額頭光滑，頭頂因為剛洗完頭而刺出亂七八糟的碎毛，這是她和黃茜最像的地方。彷彿是腦袋瓜裡源源不絕的念頭，努力向上觸及，拚了命探尋著什麼。如同她的信心，踩著一次又一次的失敗爬起，慢慢滋長起來。

Monica說過，吸毒看似是反抗現實，其實是一種順服，甘心成為奴役。演員永遠都要思考角色在反抗什麼，什麼才能構成真正的反抗。黃澄一直在用說服和討好來麻醉自己，她決定改變，正面迎擊。在沙漠中抓起一把沙子亂丟，都能改變沙漠了，更何況是殘酷的演藝圈，或是難解的藝術圈。唯有真正保持著清醒同流其中，她才能脫離奴性。黃澄閉上眼，想像決心與力量籠罩著她，還有一腦子的表演方法。她可以自由。

黃澄換上棉麻的睡衣，往床上一倒。即使一點都不睏，但明天還是會來。電腦上顯示臺灣的時間是九點，英國已是凌晨兩點了。人至少要在同個時間裡才能幸福吧。

26／

當時她們是面對面坐著的，所以一開始黃澄以為姊姊畫的是一個奶嘴。

黃茜把紙轉向黃澄，說，這是子宮，在這裡。她拍了拍自己的肚子。黃澄也跟著拍。

不對，再下面一點。黃茜越過桌子，用指頭輕輕壓了一下黃澄的小腹。

喔。黃澄摸著自己圓滾滾的肚子，想像裡面有個奶嘴叫什麼宮的。

黃茜拿著筆，畫了幾個小圈。說，這兩邊會有蛋，在女生出生就存在身體裡面了——我們叫它們**軟子**。黃茜發錯了「卵」的音，一直到很後來，兩人因為注音打不出來，才從ㄖ找回了ㄌ。像突然發現媽媽原來跟自己不同姓那般的訝異。神聖的生命源頭，就這樣被錯唸了幾十年。

這長長的地方，像不像脖子？這是陰道。

黃澄歪頭看著，還是覺得那像奶嘴頭。

每個月，**軟子**會從原本睡覺的地方——就是**軟巢**，兩邊各有一個，被推出來。如果**軟子**沒有受精的話，子宮裡本來要保護小貝比的肉肉就會掉下來，然後我們就會流血。有時還會痛。

每個月都要肚子痛？黃澄問。

不一定會痛，少吃點冰淇淋就不會了。

很痛嗎？

黃茜想了想說，差不多像拉肚子那樣。

黃澄鬆了一口氣，她常吃壞肚子，應該可以忍受。但長大後她經痛起來像被車子輾過。

我現在要解釋，黃茜清了清喉嚨，**軟子**，是怎麼受精的。

黃澄聽到受精兩個字的時候，腦袋想到的字是「瘦金」，所以當她看到黃茜在陰道上畫的蝌蚪時，以為是那種很瘦很瘦的小金魚。

這是男生的**金子**。黃茜說。

她們家ㄙ和ㄣ的發音從小就不是很準確。黃澄一直以為男生比女生有錢。

男生的**金子**如果在正確的時間跑到女生的子宮裡，成功鑽進**軟子**的話，就會變成**受金軟**，就會慢慢長成小貝比。所以子宮旁邊的肉就會留下來保護小貝比，這時就不會流血。

男生的**金子**怎麼會到這裡？黃澄指著自己的下腹，這次位置對了。

黃茜說，男生會想把雞雞放進妳的陰道——就是在妳尿尿的旁邊，然後把**金子**送到妳的身體裡。當然妳也會想讓他把雞雞放進來，兩個人都想，所以我們稱這件事叫**做愛**。

黃澄有點難理解「妳也會想讓他放進來」這句話的意思。不過她問了一個別的問題——

做愛就一定會有小貝比？

黃茜聽見小妹妹口中清楚吐出做愛兩字時，忍不住挑了一下眉毛。

不一定，她說，要在**正確的時間**才會懷孕。很像在對的時間遇到對的人才會戀愛那樣。要先戀愛然後才會做愛。如果不想要有小貝比，就讓男生戴上保險套就好了。

黃茜說完，立刻把那張白紙揉成一團丟進垃圾桶裡。

這段性教育大約發生在黃澄十歲上下。回想起來，大部分的資訊都是黃茜認真思考過的，唯獨最後那段講得太隨興了。那時二十出頭的黃茜已經懂得性行為的危險，但一直以來自己摸索這些的她，還沒有足夠的認知能告訴妹妹，什麼樣的性是安全又美好的。

讀著黃茜的Email，黃澄腦袋浮現出白紙上那歪斜像奶嘴的子宮。真是可惜，沒把那張紙留下來。

澄，

我用寫的告訴妳這些，因為我不想用講的。（也還沒跟媽媽講）

第二輪的試管最後一顆植入了，但上週產檢沒有心跳了。

我的子宮可能真的很不舒服吧，沒有一個小寶貝願意留在裡面……

小康不希望我再做，我的年紀也大，身體恐怕快負荷不了。也真的花了太多錢，這些錢，大概都可以讓妳在英國多讀一個碩士了。

妳也知道我本來沒有想要小孩。或許因為我們家最後變成了單親，總覺得生小孩養小孩會是女人自己的事。也可能是我太早就獨立的關係。這麼孤獨又辛苦的事，我才不要呢。我只想過一次和別人共組家庭的畫面，不過那是太久以前的事了。都快忘了。

我的童年在妳出現之前是很孤單的。妳對爸爸的記憶很淡，可能不記得他是一個酒鬼。只要他去喝酒，我就會把家裡所有的刀子和危險的東西藏起來，然後抱著妳跟我一起睡。我非常不諒解媽媽為什麼可以縱容他，所以我把對那個人的憤怒全部轉嫁到媽媽身上。久了媽媽也不知道怎麼跟我親近。就算他們離婚，我和媽媽的相處也都定型改不了。我總是想著一定不要讓妳經歷我所經歷的，拚了命地照顧妳。有時回想起來，很多事做得實在很差，但我其實也是個孩子。

和小康在一起後，我花了很大的力氣去學習「相信」這件事。這對我來說非常困難。我才發現，根本不知道怎麼讓人愛我。就只是在那裡，只是被愛著，那麼簡單。我都不會。

我太習慣自己解決問題，不願讓別人幫我，甚至不懂得怎麼和另一個人分享生活，尤其是那些不好的部分。而小康給了我一種非常明確的感覺——這輩子，我再也不用獨自去完成一件事了。

對妳來說大概無法想像吧？妳總是願意依賴，願意付出。「相信別人」對妳而言從來就不是問題，這也是一直以來我最擔心的。

有天小康跟我說，如果我一直擔心妳，就代表我不相信妳。我聽了很難過，因為他說對了。所以這些年，我逼自己不要干涉妳的許多選擇，逼自己相信妳長大了，無論如何，妳都會好好的。

想生小孩的這段時間，我一直想像自己會生個女兒，後來發現我腦中的畫面其實都是妳小時候的樣子。這麼說有點奇怪，但我也算嚐過當媽媽的滋味了吧。

下個月小康和我決定去日本散散心。我需要重新調適心情，去迎接另一種未來的想像。（對不起，我們還是決定不去英國，實在太遠了。而且妳都在忙，我們會打亂妳的節奏）

這週匯了一筆錢過去，有空去確認一下。妳不要太省，該花的要花，吃好一點。買點喜歡的東西給自己，到處走走，多看看。有夢想的人會活得比較辛苦，學習本來也不會都是快樂的，但以後妳一定會懷念這些，並且感謝自己的。

除夕記得打電話回家。我和小康下午會回去。

茜

除夕那天倫敦下雪了。Monica邀請同學下課後到她家吃飯。

黃澄從來沒有進去過路邊那些住家。她總覺得「英國人」的家，會和臺灣的不一樣。應該不會有整層的瓷磚地板，或是滿室慘白的日光燈。但還要講出更多不同黃澄也想不到了。即使在臺灣，她拜訪過的別人家也不多。

為他們開門的是一個從沒見過的英國女人，Milla。她擁抱每一個人，確認他們誰是誰，然後引領大家進門。一進玄關得踏幾階往下的樓梯，迎面就是她們的客廳。幾乎沒有隔間，各式花色的地墊看似隨興，卻精心配置地散布在木質地板上。角落各處與層板上放置許多觀葉植物，書本一落落的堆疊在地上，宛如一間品味極好的二手書店。

有種淡淡的香味，她說不上來。後來在許多幸福飽滿的家裡，黃澄都會聞到類似的味道。有時像玫瑰草，有時像雪松。

Monica從烤箱拿出一隻近乎完美的超大烤雞，讓黃澄一度以為走到了電影裡的感恩節場景。大家圍著長桌坐，傳送著食物，每個人面前都有兩個玻璃杯，一個裝白酒，一個裝紅酒。黃澄有一種成熟的感覺。Milla說，是為亞洲學生慶祝新年，但買不到春捲，所以她用煎餃代替。

龍一說，煎餃很日本，但日本沒過農曆年。

黃澄說，確實有些人會在過年時吃水餃，不過通常都是自己包的，然後會在裡面藏一枚硬幣。她講的是很小的時候外婆會做的事。

吃到會怎麼樣？Elain問。

代表妳那一年會發大財。黃澄說。

Elain吊起一邊的嘴角，不明所以地露出微笑。

黃澄說，我們最喜歡聽的吉祥話，就是恭喜發財。

Milla聽到這裡，放聲大笑。Monica看向她時很順手地把Milla嘴角的麵包屑抹掉跟著一起笑。她的笑更像是為了Milla的笑而笑。大概就是在那個時刻，黃澄了解到她們是一對情侶。她好奇自己是不是在場最後一個知道的。

背後隱隱傳來的音樂，是法國香頌。沒有電視播著無人觀看的綜藝節目和鞭炮聲，這一切很不真實。二十八年來，黃澄第一次沒有在家過年。

吃完飯後，大家散落在客廳各處。黃澄拿著酒杯欣賞層板上的盆栽，這是第五杯了，還是第六？Milla走了過來。

澄，喜歡的話要不要帶一盆走？她說。

黃澄搖頭說，我唸完書就要回臺灣了，到時候小草會變孤兒，如果它能活到那個時候的話。

我們其實也不知道會在這裡待多久，但還是想好好過生活。

黃澄有些驚訝，她覺得這個家看起來像住了一輩子的，或是打算住一輩子的地方。

妳期待回臺灣嗎？

說實話，很擔心。

怎麼說呢？

我覺得我會太老，沒有人想找我演戲。

Milla大笑，講這句話只會顯得妳年紀小。她的笑像哈欠，讓人忍不住也會跟著笑。

因為臺灣的市場喜歡嬌小可愛的。我太高，而且不是那麼可愛。

在我眼裡你們都很可愛，妳會找出一種能夠擁有自己作品的方式。

黃澄覺得這句話好熟，不知道在哪裡聽過。她壓根忘了自己也曾想過這件事。Milla幫黃澄又添上一點紅酒，黃澄把杯子傾過去時，不小心撞上了酒瓶。鏗——黃澄以為杯子會碎，但一切比她想像的還堅固。

抱歉抱歉。

什麼事都沒有發生，沒事。Milla說完又把酒瓶裡的酒倒得一滴都不剩。兩杯輕碰，Cheers。

澄，妳有發現家裡的每一個花器都不一樣嗎？

黃澄一聽，環顧四周，明白可能是這個原因才對那些綠色葉子感到好奇。

這裡的每個花器，都是我和Monica去舊市集買回來的。Milla邊說，邊摸著一片表面有許多破洞的葉子。後來黃澄才知道那叫洞洞龜背芋，殘破正是它的特色。妳看就算是同品種的植物，每片葉子的洞也都不一樣，用一樣的東西承載它們實在太浪費了。

這段話其實相當平實。但可能因為酒精的關係，黃澄當下悟到了其中某種寓意。她一直把來英國學表演視為一種受訓，渴望自己像一把樂器一樣被調整到能發出最準的音。但在這農曆年的最後一天，出現了許多徵兆。下雪了，一對成熟的同性戀人，一棟像雜誌裡的家，好多植物和書。她覺得應該把這一切當成一種發現——認清本色，無論是大眾眼裡的優勢或劣勢。她要具備的是把「本色」轉化成「特色」的能力。這是演員學著愛自己的一種方式。如果跟著大家追求一樣的目標，那她不過是個隨時都有可能過季的商品。

Milla微笑看著黃澄悠悠軟軟的眼神，不知道自己的話對她產生了一輩子的影響。她只覺得這女孩喝多了，於是拉她進廚房，打開一包薯片，準備燒水泡茶，這時Monica也過來了。

澄，妳要小心她，Milla可是家族排列的老師喔。Monica說。

什麼是家族排列？黃澄問。

一種從集體潛意識去探索家庭關係的方法。Milla說。

黃澄完全聽不懂。

妳想像我們的潛意識下面還有一片更寬廣的層級，叫做**集體潛意識**，在那裡我可以感知到彼此的意識。家族排列是透過從旁觀察代表家族的**個體**，觀察他們之間的互動過程，幫助我們釐清一些卡住，不正常的能量。

黃澄聽得非常認真，發現自己無法用提問來更理解Milla說的話。

妳知道Carl Jung[1]是誰嗎？Monica問。

黃澄搖頭。

Milla笑說，沒關係，有機會自然會遇到的。

我們剛剛在聊市集。妳去過Camden Town或是Notting Hill[2]了嗎？Monica問。

我看過那部電影。

Monica笑。那裡很好玩，我們最喜歡在那裡亂買東西。

妳會喜歡的。Milla說。

黃澄看著Monica摟著Milla的腰，她驚訝一雙眼睛怎麼會懂得去尋找另一雙眼睛？當她的手去靠近對方身體時，她又是怎麼也剛好伸出手去接住那隻手？身體的所有部位，都像長了腦袋瓜一樣，能指認出同類，在主人相愛的時候。

想著這些的黃澄的確有點醉了，她喝下Milla泡的洋甘菊茶後，就把這些思緒拋到腦後。她只會記得，這對同性戀人和異性伴侶最大的不同，是看不出來誰在照顧誰。她們為彼此倒茶，幫彼此提重物。看見對方哭的時候，會忍不住跟著哭起來。她們是一對懂得在愛情中分享無能為力的伴侶。

黃澄、龍一和Elain搖搖晃晃走在路燈間隔很遠的幽暗馬路上。黃澄意外有種熟悉的感覺，好像一切在來到這以前就屬於她的記憶那樣。她抓起地上硬掉的雪塊，踩著踉蹌的步伐，可能是因為酒的關係，她覺得自己無拘無束。焦慮和挫敗，不再像被風吹起的一陣落葉，亂七八糟掃到她的身上。

她把雪塊丟向龍一，龍一嚇了一跳。Elain丟向黃澄，不小心丟到龍一。兩個女生東倒西歪地笑成一坨，龍一也笑，始終沒有還手。三人搭著肩，柔軟的路燈把他們的影子滑得長長的。

倫敦除夕的夜很靜，有東西在黃澄裡面鬆了下來。未來與當下，不再衝撞在一起。黃澄享受起身體被寒冷逼得縮成一團嘴唇抖得像琴弦的感覺，邊抖邊笑，雙手緊緊環抱著自己。

---

1 Carl Jung：卡爾．榮格，分析心理學的創始者，提出重要思想包括：內向性與外向性、集體潛意識等。

2 Notting Hill：諾丁丘，位於倫敦西區，此地名同時也是英國浪漫喜劇電影《新娘百分百》的電影原名。

27 ／

黃澄把《風姿花傳》放一旁，啜飲一口卡布奇諾上的奶泡，試著消化世阿彌筆下能劇世界裡花的境界。從演出「花形」的技巧，到最高段詮釋「花香」的境界，那會是多遠的一條路？

黃澄正在為畢業製作搜集資料。自從Monica在她頭上丟了一塊布之後，她才知道那就是以前讀過的「中性面具」的概念，開始對「從身體進入角色」產生強烈的好奇。

學校的畢業作品，要求學生從現有劇本裡挑出一個角色，延伸出十五分鐘的獨白做公開呈現，外加發展過程的論述。雖然課堂上學的，是徹頭徹尾的寫實表演，但黃澄打算用各種「非寫實」由外而內的路徑——面具、默劇、肢體，去建構出田納西威廉斯的劇本《玻璃動物園》裡的Laura。似乎因為覺得找到了最適合自己的表演方法，研究過程黃澄的情緒都很高亢。

她用舌頭舔了黏在杯緣的肉桂粉，不時下意識地把頭髮往耳根後塞，即便根本沒有頭髮掉下來。這是一種踏實活著的感覺，在週六早晨的倫敦的街頭，黃澄霸占了面窗的雙人位。當別人來問這裡有人嗎？她不用再把背包大衣抱在腿上了。

於是卡布奇諾的旁邊，還放了一盤淋滿糖霜的肉桂捲。這是黃澄難得的奢侈，坐在

Portobello Market外圍的咖啡廳看書，吃早餐。等人。

此時對街一個戴著紅鼻子的魔術師，吸引了她的目光。他手裡拿著一疊撲克牌，向發傳單那樣邀請路人抽牌。一對牽著小男孩的父母停了下來，魔術師彎腰，讓小男孩抽牌，男孩想伸手摸他的鼻子。黃澄正想著，紅鼻子是最小的面具時，熟悉的中文竄進她的耳朵——

「看什麼看得那麼入迷？」Ten問。

一股美國乾燥陽光的味道。黃澄燦笑起身，正準備把臉貼上去時，Ten反射性地把雙臂舉起來，黃澄趕緊伸手迎上他的肩膀，改成一個美式的擁抱招呼。他雙手環繞住黃澄，只停留了幾秒，黃澄的馬尾掃到他的耳朵。他發現自己從來沒有這樣擁抱過她。

「好久不見啊，」Ten說。「我先去點飲料。」

他其實早就到了，站在街口抽菸，想趁黃澄還沒出現之前，好好感受一下她在的城市。他看著黃澄走進咖啡店，穿著一件駝色的長大衣，圍巾抓在手上。沒有印象中那副熟悉的臭臉，怎麼看都不像以前那不停閃躲的女孩。黃澄一出現在畫面裡，城市其他的東西都不新奇了。

黃澄把拿來占位的外套掛回自己椅子的後方，再把Ten的背包勾在自己的外套上。Ten沒有注意到自己的包包被移到黃澄的椅背上了。他端著黑咖啡在她右邊坐下，把夾克脫掉掛上椅背，剩一件深藍色的T-shirt。

兩人並排坐著，位置很小，Ten把左手靠在自己的大腿上以防一直碰到黃澄。他掛著笑看著她。這一下，看得有點久。

你頭髮怎麼那麼短？黃澄說。

我自己剃的，平頭很方便。

有時差嗎？

還好。這裡到處都是英國腔，有點高級——

你是不是變壯了？黃澄伸手捏了一下他的手臂。

有在運動。不然每天除了排飛，就是唸書。

所以開飛機需要天分嗎？黃澄的語氣有些調皮。

他想了一下，說，可能比演戲好一點吧，要讀很多書一直考試比較累。

兩人同時拿起杯子，同時嚥下一口咖啡。

這是什麼？Ten指著桌上《風姿花傳》封面上的面具。

你知道日本能劇嗎？黃澄說，這是**女面**。

這臉我看不懂，要笑不笑的。

黃澄說，你很有天分嘛，女面就是不悲不喜，或是又悲又喜。

這麼複雜的情緒，妳做給我看。

黃澄故意把臉一垮說，叫演員表演喜怒哀樂最沒水準了。

Ten露出整排的牙齒大笑，好像比印象中的更白。他又喝一口咖啡，杯子從拿起到放下，視線幾乎沒離開黃澄的臉。

妳來莎士比亞的故鄉學日本能劇？

沒有學，只是好奇，在做study。準備要做畢業製作了。

這麼快？

最後一個學期啦，英國的學制本來就比較短。

我比妳早出國，都追不上妳。

這怎麼能比？你要累積好幾百小時的飛行數，我也想趕快累積表演時數。

黃澄本來是預計讀兩年MFA的學位，但只要想到還要再花黃茜和小康一百萬，就實在讀不下去。況且，第二年是實作課，要演出兩部完整的舞臺劇，黃澄想，不如回臺灣早點開始累積經驗更實際些。

你要嗎？黃澄拿起刀子，準備剖開肉桂捲。

Ten猶豫了一下說，我不敢吃肉桂。

我小時候也不敢吃，來英國就敢了。人總是要長大的，試試看？

妳是為了減少罪惡感才要我吃吧。

不要拉倒。黃澄用叉子叉起，大口吃了起來。

Ten看著黃澄吃，笑容沒收過，像是專程來笑她的。

看妳吃東西感覺很好吃。他用手拿起一塊，小心翼翼地放進嘴巴。黃澄盯著看他反應，他邊嚼邊點頭，故意露出誇張驚奇的表情。

其實還有更多驚奇的感受在蠢蠢欲動。兩年沒見面的他們，像昨天才喝過咖啡一樣。肉桂捲的味道其實過甜了，但他們都覺得從來沒嚐過那麼好吃的。還有，他們的眼睛一直在找彼此。

Cheers。黃澄拿起咖啡杯，輕碰Ten的杯子。

慶祝什麼？

我們不再是空有夢想，而現實中沒有機會的那種人。我好像有一點懂你說的了，夢想實踐成生活的感覺。

我什麼時候說的？

在我姊婚禮那天。你說，人終究有一天不再靠夢想活著而偉大。

我自己都忘了。

我記得，有人第一天認識就對我訓話。

黃澄記得的不只這些，還有她第一次看見有人那麼細心收起菸蒂的模樣，以及這幾年她總是避重就輕對他說的一些不是那麼精準的話（幾乎是說謊了）。當Ten短暫交了一個女朋友時，黃澄刻意不回他的信，直到他來信說自己完成第一次solo飛行，黃澄打了通電話恭喜他。最後他們建立起一種聊天的默契，不再談論任何關於自己感情的部分。

小康和妳姊都好嗎？

我姊一直想要小孩，但最近好像放棄了。

小孩很麻煩的。

黃澄看向他，想說什麼嗆他，正要開口——

妳看起來滿好的。

黃澄眨眨眼，沒有說話。

比妳的Email好，讀妳的信總是會感到一種，偽裝很開心的語氣——

黃澄突然想到什麼，轉向窗外搜尋著。啊，不在了。

怎麼了？

剛剛對街有一個小丑，我本來想去看他表演的。

妳還研究小丑？

上過一次工作坊，我有一個紅鼻子喔。

這麼漂亮的人可以當小丑嗎？

誒。

嗯？

你是真的覺得我漂亮嗎？

妳都不照鏡子的嗎？

天啊，怎麼去美國變得那麼油腔滑調的。

時差吧。

黃澄失笑，看著外面的小鳥在石子路上跳來跳去，花開了一些，葉子掉落一些，季節正在轉換。五月是倫敦最舒服的時候。

剛剛那個小丑在變魔術，讓我想到，我算是變魔術出道的呢。

什麼魔術？

小康和我姊教我的，我還拿到最佳才藝獎。

我看過小康用撲克牌玩過一個，他說那是超能力。

黃澄笑說，小康大概就只會那個。

所以到底是怎麼弄的？

魔術知道了就不好玩了。

我只要知道是騙人的，都覺得難玩。

哪有騙人？魔術就是一種誤導，讓你在應該要注意我的撲克牌時讓你注意我的眼睛。完全是順序問題。只要先碰閉眼的那個人，再用撲克牌碰睜眼那個人一樣的部位。

Ten頓了一下，妳怎麼講出來了？

不是你問我的嗎？

我沒有想知道啊。我只是說了每個看完魔術的人都會說的話啊——到底是怎麼弄的？

黃澄推了他一下，他邊笑邊把剩下的咖啡一口喝完。黃澄起身去倒水。Ten望著窗外，下巴微微抬高，視線放在遠處建築的一片塗鴉上。他很熟悉這個姿勢，這一年總是這樣獨自坐在房間靠窗的扶手椅上望著天空，手裡握著對講機，練習聽著塔臺和飛行員的對話。她遞給他一杯水。

妳說順序很重要，Ten說，我是第一個來英國看妳的人吧？

黃澄一聽，耳根一陣熱，水還沒嚥下就嗆到了。一陣咳嗽把整個人都咳紅了。她想到前幾天接起那個未知號碼時，一時聽不出是Ten的聲音。Ten說我知道妳不喜歡驚喜，所以我先告訴妳，我剛到倫敦，週末有空碰面嗎？黃澄當下被手中的熱茶，燙到了嘴唇。她藏不住開心，大方說著歡迎歡迎。

Portobello Market一天是逛不完的。但他們只有一天。黃澄首先要為自己找到一件戲服，最好是看起來如三零年代般懷舊又蕭條的美感。她從來沒有和男人逛街買衣服過，覺得一直從頭到腳打量彼此是一件需要膽量的事。而且黃澄不善於給意見，也不想因為別人說她穿綠色好看，就擁有越來越多綠色的衣服。她希望是因為自己喜歡，讓自己看起來好看。這點很黃茜。

她找到一件藍色雪紡紗的洋裝，除了腰繩有小小的磨損外，一切都很完美。他們訝異以前的衣服質料都那麼好，連男生的棉T就算過度洗滌褪了色，領口還是不會變形。這種Vintage和Fashion是有差別的，更像是在進行某種考古探險，而不是急迫地把自己打扮成很新的樣子。

這是Ten第一次來英國，都還不確定黃澄是否有空跟他碰面，就背著一個結實的包上飛機了。他沒有計劃，走走看看光是跟著黃澄轉或許就夠他忙了。黃澄腳步輕快，東張西望，偶爾還會突然停下來。他們逛了一上午，像在跳一場即興舞。不過黃澄像音樂，Ten才是舞者，時而跟上節奏，時而駐足，等待，一進一退。他以為英國是灰色的，結果到處都看見紅色，電話亭、郵筒、雙層巴士、地鐵標誌。黃澄說，那叫英國紅。

Ten在路邊抽菸，黃澄從一間堆滿雜貨的舊雜物店探出頭來，示意他不要進來了。過了一晌，她出來遞了個紙袋給他。

送你的，你原本的那個太舊了。

Ten打開紙袋，黃澄把他手中的菸順手接過去抽。那是一個古老方形的鐵菸盒。形狀完整，上蓋的邊緣有一點鐵鏽痕。

很漂亮。這樣菸會越抽越多，沒事就想拿起來看。

以後再戒。

黃澄笑著把剩下幾口菸抽完，從口袋拿出小紙盒把菸蒂收進去。這一切Ten看在眼裡，心裡似乎有東西被扯過去了一點。陽光暖暖柔柔，果然是最好的五月倫敦。Ten戴上墨鏡，黃澄仰頭迎向陽光，閉著眼。

不怕曬黑嗎？他問。

英國的太陽多難得，加州來的哪懂。你不覺得我變胖了嗎？

看不出來。

胖了五公斤喔。大概因為在國外的關係，覺得臉皮變比較厚，沒以前那麼愛漂亮了。

妳以前有很愛漂亮嗎？

會啊，在意東在意西的。現在想來都覺得無聊。

可能妳以前真的比較無聊。

黃澄半瞇著一隻眼睛瞪他。

我的意思是，妳現在認真學了那麼多東西，就會知道什麼才是重點。

你有抓到重點。

兩人安靜曬了一下太陽。

黃澄說，你知道全泰晤士河的天鵝都是女王的嗎？他們每年還數天鵝，數了八百年了。

會不會不小心數到醜小鴨？

黃澄笑。說到這個，我後來想通，醜小鴨再怎麼努力都不會變成天鵝，故事裡的那隻本來就是天鵝。

醜小鴨再怎麼努力，最好的命運也不過是變成一隻北京烤鴨。

好sad。

所以說，認清自己真的好重要喔。哪天我們去看鵝寶寶過河，牠們會一隻隻跳到媽媽身上，像搭小船一樣。

哪天？Ten問。

黃澄頓了一下說，明天？

好。明天去泰晤士河看醜小鴨。

Ten在笑，黃澄被太陽曬得整個人酥鬆鬆的。

他說，我突然想到小時候很愛去夜市撈魚。每次一回到家，我爸看到那袋魚就會生氣。我媽就說，兒子開心嘛。我爸就不講話，默默把那袋魚拿去陽臺裡倒入水盆中，換上乾淨的水。沒過幾天，我和我媽都忘了那些魚。只有我爸繼續默默照顧著，直到牠們死掉。有些魚真的可以長到超大，不可思議。

你好不負責任。

還小嘛。

有養過別的寵物嗎？黃澄問。

魚算寵物嗎？

他們開始莫名地笑了起來。

黃澄有一種久違的感覺——在對方眼裡自己是不一樣的。剛開始跟王導在一起時也有過，那時她有一種被選中的優越感，似乎有責任把和別人一樣的部分好好隱藏起來。現在不一樣，她只是站在路邊曬太陽，想到什麼說什麼，自己就是最獨特的了。

他正望著她，她任他看。

28

黃澄一進超市，像小狗被放生到草原一樣開心。Ten推著車，跟在她身後乖乖回答問題。英國的牛有怪味，吃烤雞吧？好。這個魚好像也不錯？嗯。櫛瓜吃嗎？吃。紅蘿蔔可以吧？可以。喜歡哪種起司？都好。這種硬的有吃過嗎？沒。想配印度烤餅還是藜麥？都好。洋蔥拿了甜椒拿了，啊，還有酒！好像買太多了——

他們像是每天都這樣逛超市的。彷彿是每個週末，兩人都到市集裡散步，在舊物店挑選喜歡的馬克杯、木製的起司切割板、一本快解體的莎士比亞。他們站在路邊吃著黃紅的西班牙海鮮燉飯，企圖把唯一的一顆貽貝留給對方。生活中的每分每秒都包含這些微小的細節，直到與特定的人相遇，細節會突然變得太多而把時間給彎折了。變快，變慢，似曾相識的重疊，或是凝結成一格畫面。

Ten拎了滿手，黃澄也是。他們並肩走在路燈間隔很大的那條路上，鼓鼓的塑膠袋總不小心相撞。搞不清楚究竟是誰，一直往對方那靠過去。

一進公寓大門，熟悉的大麻味撲來。那群高中生又擠在樓梯上。黃澄本來走在前面，Ten大腳一跨，把她擋在後面站在樓梯口。高中生看了他一眼，悠悠哉哉地把身子挪移了一些，幾個靠牆的甚至站起來讓出通道。黃澄面無表情地跟在Ten屁股後面，想著，只會欺負女生的俗辣。

一回家，他們立刻開了一瓶Guinness一起喝。Ten因為時差，開始有些恍神。儘管幫不上什麼忙，他還是一直站在廚房靠著牆看黃澄做菜。黃澄問他在美國都吃什麼。Ten說自己住的地方有瓦斯爐，每天吃兩餐，早餐吃麥當勞，晚上就煮麵配點青菜什麼的。

黃澄紅蘿蔔削到一半，吃驚地轉頭看他。他又連忙解釋，有喝豆漿，也有吃很多水果。黃澄點點頭，把紅蘿蔔墊在烤雞下，均勻在雞皮上抹好橄欖油與香料，輕輕拍打著。Ten一度閃過希望自己是那隻烤雞的念頭。他放下啤酒，告訴自己在填飽肚子前不能再喝了。

很久沒有聞到滿屋子油汪汪的氣味。烤雞終於放入烤箱，黃澄說等等再來煮義大利麵。Ten想到了什麼，跑去客廳翻自己的背包。黃澄拿著啤酒坐在地毯上喘口氣。

當他好不容易從背包裡挖出一塊白色的東西時，Tina回來了。黃澄以為她今天要在朋友家玩到很晚。Tina看到家裡出現一個又高又壯的亞洲男子，瞬間開始發散女性荷爾蒙。

很快寒暄幾句，Tina和Ten就聊開了。黃澄和Ten坐在地上，中間放著那瓶已經不冰的Guinness。Tina坐在沙發上，穿著短裙，一手撐著頭，裹著黑色絲襪的雙腿就在他們臉前面交疊著，連腳趾的破洞都像是刻意顯露出的性感。黃澄腦中浮現起小時候幫媽媽補絲襪的畫面，真想拿瓶指甲油直接倒在那破洞上。

她突然有一種從來沒有好好看過Tina的感覺。她的長髮披在肩上，好像每一根都在發亮，原本細小的鳳眼，突然多了幾分似醒非醒的迷濛。Tina一向對自己的故事比對別人的故事感興趣，此刻卻對Ten有問不完的問題。黃澄說話的時候，她會一直插嘴。Ten在說話的時候，她就露出那種有點笨拙的表情專心聆聽。

烤箱叮了一聲。Ten喝了一口啤酒。黃澄起身去廚房。她開水，煮水，倒義大利麵。聽不清楚客廳的談話，除了陣陣誇張的笑聲。她原本可以直接從廚房問Tina要不要一起吃，卻還是決定走過去。

她看到Tina正從沙發彎腰想去拿Ten身旁那一瓶Guinness。這個姿勢，讓她的胸部都快掉出來了。Ten還來不及反應，Tina已經拿起喝了一口。

黃澄說，妳不是不喝啤酒嗎？

我渴嘛。

妳有要留下來吃嗎？黃澄用盡全力讓這句話聽起來像一句邀請。

Tina坐起身，故作神祕笑咪咪的不知咪了多久才說，我很想啊，但我朋友還在等我。黃澄不懂她為什麼要把「我朋友」三個字強調了一下，而且從頭到尾對著Ten說，明明就是她在問她問題——或許他們剛剛聊了什麼黃澄不知道的東西，黃澄忍不住摳了一下指甲。

好啦，我真的要走了。

Ten看向黃澄傻笑，像那種伸著舌頭一臉搞不清楚狀況的的笨狗。

Ten我問你最後一個問題喔——你單身嗎？

黃澄轉了轉眼珠子，以為Ten會瞥她一眼之類的，但這樣好像也不太對。

我目前是沒有女朋友。Ten說。

Tina瞇起眼睛，一副立刻墜入情網的樣子。

好喔。很高興認識你，我先閃了。Tina說。

她站起來，左臉貼向Ten的臉頰，再貼右臉，Ten沒有亂動，以防不小心親到她。黃澄轉身回廚房裝忙，Tina出門時她連掰掰都沒喊。

人一走，房間瞬間安靜下來。

黃澄又倒了兩杯威士忌，一杯給Ten。

我得先吃東西，不然等下可能要睡在這張沙發上了。

我想Tina會很開心。黃澄搖了搖手中的杯子。

Ten沒說話，轉身從背包裡拿出那塊布，攤平在地毯上。

我剛剛要給妳看這個，第一次飛完solo，從衣服背後剪下尾巴留作紀念。

黃澄看著布上用黑色奇異筆畫著一些粗糙的塗鴉線條，寫著幾句祝賀的英文。靈機一動，也找了支筆。

可以嗎？她問。Ten幫她把布整平。

黃澄在最角落的地方畫了一個漂亮的小飛機，一個肥肥的愛心，寫下一個「澄」字。

Ten說，我本來想送給妳——

送給我？黃澄搶話，這麼貴重的東西要自己留好啊。

我想先放在這裡給妳保管，等妳學成歸國再還我。但我現在反悔了。

還說要送我呢。好啦，吃飯吧。

黃澄把三分之二的烤雞都放在Ten的盤子上。他們在威士忌裡加很多冰塊，又喝了好幾杯，快不記得自己吃了多少東西，也把剛剛Tina的客串演出忘得一乾二淨。

吃飽飯後，黃澄收拾廚房，Ten實在撐不住，坐在客廳的沙發上睡著了。她拿了條毯子蓋在他身上，把電腦拿到客廳，坐在地上靠著沙發上網看了一下新聞。

週六的晚上，這種寧靜顯得格外不自然。食物的氣味還沒完全散去，酒精在兩人身體緩緩蔓延開來。

不知過了多久，Ten被細細碎碎的聲音吵醒。朦朧中，他一下搞不清楚自己在哪。起身去了一趟廁所，洗了把臉。

黃澄依然坐在地上，動也不動。有什麼東西不太對勁。

Ten在黃澄旁邊蹲下，拍拍她。黃澄轉頭看著他，兩眼通紅。

怎麼了？他問。

臺灣有一個導演死了。

Ten像突然看見儀表板上的警示燈，瞬間清醒。他面對黃澄盤腿坐下。

是妳那個導演朋友？

黃澄頓了一下，說，不是。他叫小猴，我跟他試過一次鏡，拍了一天馬上就被換掉了。

他怎麼了？

自殺。新聞說是因為和製作方在理念上有衝突，就是我去試的那部。

什麼樣的衝突？

好像是被逼著把片子重剪。

就這樣？

黃澄瞪著他。

對不起，我不是很懂幕後的事。不知道這有多嚴重。

重點不是電影要刪減多少，作品不會只是他的一部分，是他的全部。那會像是在否認他整個人，一刀一刀砍著他。黃澄的思緒有點混亂，話說得顛三倒四的。

Ten問，他很年輕嗎？

三十出頭而已。我遇過的導演雖然不多，但他真的很不一樣。

怎麼說？

黃澄想了一下說，他是第一個稱我是演員的導演，也是我唯一遇過，把演員換掉會親自打電話告知對方的人。他不會把演員當一塊肉看，或是一件道具。他像是一個創作者，更像畫家、雕塑家那種——

藝術家？

他好像想都沒想過自己的熱情有一天會消失。你聽他講話的時候，會不知不覺被他感染，也會有種不拚命不行的使命感。一旦那種迫切渴望感消失了，熱情沒了——黃澄止住，不再說下去。她突然很怕自己是那種失去熱情卻不會想死的平凡人。

Ten一隻手放在她的肩膀上，輕輕拍著。窗外傳來路人嬉鬧的聲音，但可能只有Ten聽得到。有時人是靠**拒絕**，而不是**接受**某些東西來成就自己。他說。

黃澄不懂。你說自殺是在成就自己嗎？

我不是這意思。他可能當下找不到其他拒絕的方式，只好用力踩了煞車。

但就這樣死了，這世界很快就不會有人記得他了——

Ten依然輕輕拍著她。

黃澄說，我們家有一隻狗叫多多，活到十七歲。多多走後的一陣子，我總是在家裡各處發現牠的白毛。我會撿起來，捨不得扔掉。如果我還很小，可能以為收集得夠多，就會把多多拼回來吧。那真的是這世界僅剩和牠有關的東西了，如果我丟掉，多多就像從來都沒有存在過一樣。

一定有東西會留下來。Ten說，這導演留下了一部電影，一些故事。多多陪伴妳長大，有很多回憶會存在這裡。

他比了自己心臟的位置。黃澄眨著眼，像是要把這一切鎖在視線中。Ten洗了臉後濃亂的眉毛，被室內昏黃的燈光照成一副憂傷的表情。她有一種衝動想把自己的頭頂在他的胸口上。

我想跟你說一件事。她說。

嗯。

我之前一直都跟……別人在一起。

黃澄看著他，等他反應。但Ten沒有要說話的意思。

她把視線轉移到地毯上的一塊汙漬，繼續說，那真的是一段很差勁的故事，但如果你想知道我可以告訴你。

她說不出口王導。因為她犯了一個非常通俗的失誤，讓自己變得非常廉價，所以該藏起來不要提。

沒關係，我不想知道。Ten說。

對不起。她看著他。

為什麼道歉？

因為我都沒有說。

妳有妳的理由，我只好心甘情願被妳誤導。Ten挖苦的語氣讓他看起來有些疲憊。

黃澄感覺自己在說一件好久以前的事。她想著，如果那天沒有坐王導的車去婚禮，或是黃茜再早一點結婚，她就能再早一點遇到Ten，一切會不一樣嗎？順序很重要，出場順序換了，故事就會變。她把下巴靠在膝蓋上，頭歪歪地看著他。

黃澄說，你知道能劇的演員謝幕的時候，不是往前走，而是往後退的。這樣觀眾會有種被吸進去的感覺，你就是這種。

退的是妳，所以我才會在這。

她沒有答話。她一度以為愛情會隨著年齡慢慢逝去，但逝去的從來都不是愛情，是人。

你為什麼聞起來有花香味？

有嗎？可能我剛剛用了妳的沐浴乳洗臉。

你現在聞起來像個女生。

我聞起來有點像妳。

Ten牽起黃澄的手，發現她手上握著一個東西。黃澄把手掌打開，是一個紅鼻子。

我本來想戴上這個叫你起床，結果看到小猴的新聞。我就戴不上去了。

戴不上去？

一戴上，就想哭。

Ten從她手中接過那顆紅色小球，套在自己鼻子上。黃澄看了一晌，捧起他的雙手，壓在自己的臉上。

悲劇是讓人笑的，喜劇才會讓人哭。

29 ／

這兩大束花搔得黃澄的臉好癢。一束是小康和黃茜送的，一束是Ten。沒有手抓癢了，除非只用單手抱住，那會把花壓壞。捨不得。背包也很重，裡面塞滿了那些撤場的道具——娃娃屋小家具，化妝品，鍋碗瓢盆，和舞鞋。已經晚上七點多了，天都還是亮的。正思索著家裡有什麼容器可以把花裝起來時，黃澄看見馬路中間有一坨東西。

是一隻被撞死的松鼠。

頭部被撞破，嘴裡吐血，身體依然完好。黃澄把花束靠放在路邊的圍籬，脫下背包，快速尋找了幾片大落葉與石頭。她試著把松鼠的屍體鏟起來，但葉子承受不住重量。最後索性用手指掐著尾巴，另一隻手用石頭勉強撐著身體，移到路邊的花圃裡。再撿一堆落葉把牠蓋上。她聽過有人會專門做這種事，在機車上放許多塑膠袋，就為了幫路上被撞的貓狗撿屍體，讓牠們不會死成扁扁的碎片。黃澄很怕血，沒想過自己能有這麼大的勇氣。

大概是看太多腦前額葉切除手術的紀錄片了。

為了詮釋《玻璃動物園》裡Laura的角色，黃澄一直在研究美國三零年代對精神病患的各種非人道的侵入治療。畢業公演前幾週，她每天都在做惡夢。一下夢見小道具被自己壓爛，不然就是上臺前戲服不見臺詞沒背。還有一次是坐在臺上考試，考卷寫不完。前幾天她夢見自己在舞臺上被一個男人騎著，還有一束追光打在她身上。一個陌生的男人。據說人不會夢見沒見過的人，於是黃澄越想，越覺得那個人全身圓短短的，像王導。

好希望Ten在。

他在的話，就會一起處理松鼠的屍體，甚至願意挖個洞做個簡易的土塚。這束捧花，他會在剛剛全體謝幕時跑上臺獻給她。他可能還會準備幾束小一點的，獻給親友無法到來的Elain和龍一。甚至可能為全班每個人都準備一朵玫瑰，連Monica和Milla也會算進去。

他還可以聽見其他教授給她的講評。他能置身黑暗中，從臺下直視臺上的黃澄。不過迎接他的不會是黃澄的視線，而是一個思覺失調症患者侷促不安的目光。結束後他或許會問，妳到底看到了什麼？是什麼東西牽引著那不像妳的眼神？悲傷，驚愕，又震動。那是無法親眼所見，卻令人完全沉醉於神祕難解的狀態。黃澄會說，這就是劇場，讓你看見我所見。但或許仍有那極微小的瞬間，他還是捕捉到屬於黃澄本人的滿足，以及「征服」——同時將他的存在與參與，深深擰入她的裡面。

那之後Ten在黃澄家留了一個禮拜。早上陪黃澄慢跑，在她上課的時候自己坐巴士閒晃。傍晚就用黃澄教他的方式做晚餐。他們一起洗碗，一起坐在客廳的餐桌上讀書。光線不夠，所以他們會把整個家的燈都打開。Tina如果在，則像沒有人想把彼此看清楚一樣，只剩一盞光線微弱的立燈。Tina說得給他們一些空間，於是好幾天都沒有回家。

Ten離開的那天，黃澄要整排。他背著大背包陪她走去學校。一路上黃澄假裝如平常一樣聊天，試圖像小時候和黃茜散步上學那樣，到處東摸西看，找一些好玩的東西來分散自己的注意力。但某一刻，黃澄不小心鬆掉了Ten的手。因為她突然想到Ten每次進入她之前，是如何用那有力的雙臂，扣住她的膝蓋把她拉向自己。只要一想到那個感覺，她的身體就會癱軟。Ten轉頭看她，黃澄紅著臉再牽起他的手。

揮手說再見後，黃澄轉回頭看他兩次。第二次的時候，她覺得Ten的表情怪怪的，眼睛一直在眨，笑容裡沒有那排漂亮的牙齒。那是忍著的表情。他們不知道下次什麼時候再見面。但不會太久的，他們對彼此說，也對自己說。黃澄沒有料想到在每天經過的這岔路，揮手的竟是眼前的這個人。

Ten離開後，他依然在黃澄的日常。當她正抵著門穿上跑鞋準備出門的時候會看見他在暖身。床鋪發出嘎吱嘎吱聲響的時候想到他睡覺的樣子。或是從洗衣機裡用力拉出被扭成一團的衣服時，他在一旁傻笑。她捨不得洗他睡過的那個枕頭套，好幾天睡在上面，後來她抱著，側睡的時候緊緊夾在兩腿之間。

不痛了。

黃澄甚至為那潮濕感到害羞，那愛液遠比她更懂自己。不再感染發炎，無論Ten在裡面待得多久，無論在她之上，之下，或是之後。無論次數多頻繁。他們都有近視，但還是會一起望向那落地鏡裡的彼此。交疊時的畫面或許增添了粗糙的顆粒。他說要看著她才能抵達，黃澄是他的座標。他的汗甚至沒有味道，像水一樣乾淨。不可思議。

黃澄不時回想著那一週的點點滴滴，然而一切美好總會隨著時間慢慢變得含混而霧化。好像那是一部電影裡她曾經很喜歡的一場戲。她從演員變回了觀眾，腦袋被許多畫面穿越，只剩下某些意象。一週的時間太短，她很想更清楚「實際的」感覺，譬如他手指的長度，膝蓋的形狀，還有那總是過熱的體溫。但沒辦法，突然就換幕了，層層不透光的黑幕把某些重要的細節隱藏了起來。之後，只剩訊號能發送的部分。

Ten回美國後，只要一有時間兩人就會視訊。通常是黃澄的夜晚，Ten的下午。如果黃澄睡不著，他們就會把電腦開著。黑暗中電腦鏡頭那微弱的光，比任何助眠精油都來得有用。黃澄已不再失眠，五點會準時醒來，那是Ten準備睡覺的時間。她會用黏膩的聲音，坑坑疤疤轉述自己的夢。Ten會仔細聽，從不分析，溫聲安撫著。她的晚安承接著他的早安，一天天堆起了數個月。

黃澄找不到家裡任何能放置這兩束花的容器。只好把還沒開的花苞挑出來，剪短，一枝枝插在啤酒瓶裡，像保齡球瓶一樣堆在餐桌上。剩下的全部用晾襪子的衣架倒掛在客廳做成乾燥花。

她在客廳的地毯上躺下，看著天花板那一片剝落的油漆似乎更大塊了。她第一次發現的時候正枕在Ten的腿上，比給他看自己飛蚊症的陰影。

學期結束，要離開了。

她原本預計再待兩個月，報名一個月的默劇工作坊，然後自己到蘇格蘭旅行一週。但計劃要改變了。她起身泡了一杯伯爵茶，開水滾的時候她被蒸氣燙了一下，那一刻，又讓她想起在舞臺上被男人騎著的夢。她想到要趕緊回公司那封Email。

芳華說這是一個非常，非常好的機會，是電視臺的年度大戲，講述三個女人的時裝劇《吾嫚》，指定要找黃澄去試其中一個角色。這種有三個女主角的戲很難得，還是真實故事改編，而且劇本全寄來了，完完整整二十集。開心吧，馬上就可以學以致用了。

黃澄當下邊看著信邊摀著嘴，怕自己叫出來。這個時機來得太好了，到英國唸書不但沒錯過任何事，還能在最佳狀態大展身手。只是開心不到十分鐘，她多疑的性格又開始了——這麼好的機會公司是怎麼爭取到的？為什麼會想到我？難道是看到之前拍的那些東西嗎？跟現在相比，黃澄覺得之前都在亂演，沒有動機，沒有內在，沒有任何角色的看見。但或許是有人看出了她的潛力，甚至是魅力、特質之類那種很個人的東西，剛好符合他們要找的人。

這些雜念，在她一開始讀劇本就全消失了。

黃澄花了兩個晚上，就把二十集的劇本看完。看了兩次。第一次看故事，第二次看角色。黃澄要試的角色是一個剛滿三十歲名不見經傳的女畫家「璐璐」，在不知情的情況下愛上一個有老婆的男人。另外兩個女生，一個是一直渴望發片的和聲歌手「西西」，一個是八點檔編劇「胡疊」。都是一些夢想的邊緣人，角色的設定非常立體，讓黃澄邊讀腦袋都充漲了起來。

她立刻開始寫起角色自傳，然後逐場回答演員的十個問題：我是誰／我在哪／我從哪裡來／時間／之前發生了什麼／我要什麼／為什麼要／為什麼是現在／會付出什麼代價／該如何做／阻礙是什麼。她研究起國內外近代的女畫家，尋找符合角色的形象與畫風，最後她選了「歐姬芙」當作原型。

黃澄自己都不確定，吸引她的究竟是歐姬芙筆下那些微觀的花朵、骨頭，還是她的伴侶史蒂格利茲鏡頭下的肖像與身體。歐姬芙是史蒂格利茲的繆思，因為他的照片，世界開始愛她。黃澄非常滿意自己的設定，能為角色牽出立體的軸線感到自豪，等不及立刻實現這一切。

她站在落地鏡前端詳自己，渾然新鮮的興奮與躁動的不安全感，全都捽在她的臉上。黃澄傻笑著，想像Ten從後面環抱著她。一個飛行員，一個女演員，幸福的感覺緩緩泛開又輕輕合攏。他還在天空中，等等才會降落，黃澄要告訴他，未來真的要準備起飛了。

「希望」本來就會不斷地回來，之前怎麼那麼難相信這件事。

Act IV

女人

30／

黃澄用拇指卡住門牙縫，讓上下排的牙齒能對齊中線。這樣下唇看起來就不會歪一邊。但維持這樣的位置時，她會感覺下巴歪向另一邊。所以不說話的時候，黃澄就維持嘴巴微微張開，說話的時候，她會在某些特定的音，有意識地讓下巴左下方用力扯一點，這樣講話的時候，露出來的牙齒看起來就會左右平均。

一回國，黃澄又開始練習這件事。

星彩的會客室，加裝了一臺電視，無聲播送著購物臺的節目。公司為了擴充業務量，直送一批模特兒去購物臺當show girl。電視上的女孩們，黃澄認得，是和她同期簽進公司的，還一起上過化妝課。她往放資料卡的牆面搜尋，好一會兒才在最底層找到她們。幾個人塞在同一格裡，用螢光便利貼做區隔。黃澄已被放置在第二排，右手邊數來第二格。不知為何比去英國前更往上了一層。

雖然只離開一年多，一切都變了。時間在軟綿綿的青春土壤上，很輕易就可以推動、翻攪。但隨著年紀越大，時間飛速，年恍若月。人像在發硬的土壤，難以推移。

黃澄知道自己也變了。前幾天當她去看牙齒填寫病歷個人資料時，她絲毫沒有猶豫地在職業欄寫下：演員。當她去百貨公司買化妝品時，專櫃小姐問她是做什麼的，她說，我是演員。那語氣跟她說出自己的名字，聽起來一模一樣。不是以前那種愛講不講的扭捏，或不好意思說出——喔我有在演戲——這種模稜兩可的話，只是單純在陳述一個像今天是幾號的事實。

那位小姐接著問，喔？難怪我覺得妳面熟，妳演過什麼？黃澄說了幾部戲，小姐聽了道歉說，我沒什麼在看電視。黃澄也能自若地聳聳肩化解對方的尷尬。這些都不會影響到她了。她可是靠著自己努力攀爬，越過如山巒般的恐懼與控制，連綿起伏都是在傳遞今天的自己。

芳華還沒踏進會議室，黃澄已聽見飾品噹啷啷的聲響。芳華換了造型，原本中長挑染的長捲髮，變成烏黑的齊瀏海學生頭，兩條誇張的眼線拉得比以前還高。她端上兩個馬克杯，裡面裝著新鮮的熱咖啡。黃澄竟有些失望不是以前紙杯裝的即溶咖啡，甜膩是入行最初回憶的一小部分。一切新變。

我還擔心妳會變胖。芳華說，氣色滿好的。

有養成運動的習慣。

很好。

兩人對看了一晌。

麥琪說妳在猶豫要不要去《吾嫚》的試鏡？

黃澄抿了抿嘴。我很想去，劇本都看完了，也做了好多功課——

妳應該比我還清楚，這是一個非常難得的機會吧？

我想知道為什麼製作單位願意給我們全本劇本？

芳華頓了一下，微笑瞅著黃澄。

在我看來，這試鏡大概就只是給上面的人確認一下。她說。

什麼意思？

有人保妳不好嗎？

黃澄臉沉了下來，想深吸口氣準備說話，卻只吐了那口氣出來。

我聽說王導一直很照顧妳。芳華說，公司基本上不會干預藝人的私生活，只要不影響工作，

我們都是樂觀其成——

但我們已經分手了。

喔？芳華把頭一歪，金色的耳環閃了一下。

在英國的時候，而且已經好一陣子沒聯絡了。

所以他沒有告訴妳《吾嫚》要找妳？

沒有，一開始妳的信也沒提到導演是他，麥琪說了我才知道。

芳華喝了一口咖啡，想了一下。

那，要我幫妳推掉嗎？

她的語調聽起來溫柔又寬容，卻讓黃澄再次湧現那股熟悉的挫敗感。她知道芳華是故意不說清楚，自己其實可以更早發現這一切的不合理。出國一年還有主要角色從天上掉下來，她真以為自己有那樣的本事嗎？她討厭自己只要一看到機會就變得盲目又遲鈍，像獵犬看到兔子一樣拚了命地往前追，卻忘了後頭還可能有支獵槍對著她。黃澄沒有忘記無止境等待時的恐慌與渴望，這道題根本沒解開過，一直飄浮著，她能閃則閃。明知處處是陷阱，還以為自己真有能力辨識得出來。黃澄不說話，芳華很自然把視線移到電視上，看了一晌。

這幾個女生妳應該都認識吧？芳華說。

黃澄抬頭看向電視。

一開始安排她們去購物臺，她們很反抗。但殘酷地說，她們身高不夠，走不了伸展臺，口條也不行，又沒有像妳一樣有演戲的機會。購物臺至少是一份相對穩定的收入，公司也需要有人在賺錢。

黃澄只瞥了一眼，就不想看了。

芳華說，妳不覺得她們很像嗎？有時候我還會叫錯名字。

黃澄腦袋有點亂，她很清楚自己與購物臺其實也不過一步之遙，完全可以想像自己在那裡面穿著泳裝，被扁平的亮光打得鼻子不見，只剩粗粗的眼線與假睫毛。她們之所以會像，是因為甘願別人把她們看成相同的。黃澄隨時都可以變得跟她們一模一樣。

你們是和平分手嗎？芳華問。

怎樣才算和平？黃澄在心裡反問自己，至少當下彼此都沒有第三者，但後來王導打過幾通電話，她都沒接。這樣是不是就不和平？還有她幾個月後跟Ten在一起了，如果王導知道，還會找她演《吾嫚》嗎？

我現在有男朋友了，如果去跟王導拍戲也不知道要怎麼跟我男友說。

芳華笑開了。親愛的，妳很想演戲吧？

黃澄聽了眼睛立刻發酸。

我覺得人生只要放棄一件事，就會出現更多放棄不完的事。

我沒有要放棄。黃澄說。

那妳想成功嗎？或說，想讓更多人認識妳吧？

黃澄點頭。

妳覺得人要成功的話，努力和運氣要各占多少？

黃澄想了一下說，努力七成，運氣三成。

芳華笑得更燦爛了。相反吧？妳很努力，公司都知道，所以妳出國唸書這段時間，我們合約也只順延了一年。如果妳真的不想接，我也不會逼妳。但妳得幫我想一個說詞，不是對劇組，是要對公司上層交代。芳華說完，臉色沉了下來。

她壓了壓睫毛繼續說，《吾嫚》是大案子要在中國拍，公司本來也想趁機會去拓展一下。原本大家都很為妳高興。

她起身走向窗邊，望著外面陰沉沉的天空。

黃澄面前的咖啡一口都沒動，她一直在桌底下捏自己的手指。沒有人會笨到拒絕吧？她又有什麼資格說不呢？這些年拚了命學習的一切，加上六年的碰碰撞撞，她總試圖在裡面尋找好的那一部分。即使是不完整的碎片都沒有關係，她寫成日記，透過不斷轉述成稍微完整有點意義的東西，來說服自己這些全都會成為她表演的「酵母」——黃澄不喜歡「養分」這個詞，太雞湯了。

這幾年好多人都去中國了。那邊市場大，才能有《吾嫚》這樣的製作。

黃澄腦中浮現歐姬芙的臉。她很想跟芳華分享她的角色原型，雖然芳華可能根本不知道她是誰。然後她立刻想到歐姬芙一開始走紅，某程度也是因為一個已經成功的男人推了她一把。

芳華說，其實我看完劇本，為妳捏一把冷汗。我不清楚一年的學習能讓妳進步多少？

黃澄有些防備地看著她，嘴唇動了動。

《吾嫚》裡三個女主角，會是多少女演員的夢想。如果我是妳，一定會爭取到最後一刻。

對啊，一個演員有什麼資格拒絕機會？拒絕來尋找她的角色，然後繼續枯等？黃澄開始意識到，其實她不是來談自己不能接《吾嫚》，而是來讓芳華說服她非接不可，或者她希望聽見公司逼她接，這樣就可以裝出一副自己別無選擇的樣子。誰會真的相信她想拒絕，連她自己都不相信了。那黃茜會怎麼想？要她自己決定嗎？Ten又會說什麼？會支持她嗎？黃澄無法思考這些。同時又覺得根本不該思考這些。這是她的人生，本來就該為自己爭取最好的機會。

我說一句嚴重一點的話，芳華靠著窗，面對黃澄。

妳還沒有充分發揮出妳的才華，也沒有好好地對妳的才華負責。前提是妳真的有才華的話。有道陽光特別刺眼，芳華背光。黃澄已經看不清楚她的表情。

我只能幫妳一件事，就是讓妳接到《吾嫚》，但不會把妳簽給他。

黃澄愣了一下，問，簽給誰？

王導有提出一個條件，是希望能跟我們簽三方合約，把妳成為他旗下的藝人。

黃澄終於發現早已瞄準她的那把獵槍。

這種合約很常見，電視臺、製片方常常都會要求這麼做。不然平白無故讓妳演女主角，如果中了，妳簽給別人，他們不就虧大了。不過也常常簽了，第一部沒中，不見得會有下一部。但不簽，連第一部都不會有。

黃澄以為自己是賭徒，其實別人把她當成了籌碼。她想了一下說，如果不簽，我還是演得到《吾嫚》嗎？

芳華恢復笑容。

這就看我怎麼去談判。我猜妳不會想簽給他吧？

不想。

但簽給他，或許可以保障他的每部戲都會有妳呢？

黃澄搖頭。

那如果不簽，就演不到《吾嫚》呢？

那就算了。黃澄語氣堅定，聲音卻在抖。

芳華點點頭說，當然以公司立場會把利益放在最前面，不過我確實也需要觀望一下王導自己成立的新公司的發展情況——她又壓了一下睫毛，喝一口咖啡繼續說，私底下以女人的立場，我也不建議妳簽給他。

午後的悶雷，把天空狠狠抽了一下。黃澄終於拿起杯子，喝了一口完全涼掉的咖啡。

我能為妳爭取的有限，但會盡量在我認知的範圍保護妳，好嗎？

芳華說完，整間會議室暗了下來。

黃澄回到自己木柵的租屋時，鞋子被雨水全浸濕了。

她搬進這個套房還不滿一個月，一切都很充足。有陽臺，小廚房，沙發，電視，和一張支撐度很好的雙人床。她把報紙塞進鞋裡，關上窗戶，開除濕機，準備泡一個熱水澡。

能有自己的空間，是邁向獨立的第一步。這是黃茜提醒她的，她說，妳不能再給自己留後路了，就從經濟依賴開始截斷。這樣的一個小套房，雖然租金不便宜，但盼望能成為一股推動力，讓企圖心跳動得更賣力。

要一個「家」的感覺。黃澄還想得更遠一些——雖然Ten的計劃還沒定下來，但當他們有機會窩在一起時，不會是一副可憐兮兮的模樣。甚至如果之後他們要同居，這個套房也能成為一個溫馨的小窩。夏天還能去社區的游泳池一起游泳曬太陽。

她把腳掛在浴缸邊，整個身體滑進水裡，熱水蓋過了她的肩膀。直到寒氣隨著額頭的汗珠被逼出來才坐起身。胸口燙得紅通通的，胸部上的微血管像彎曲的葉脈，黃澄想到歐姬芙豐滿的胸型。她此刻相信的是，就算歐姬芙沒遇上史蒂格利茲，她還是會成為一名被認可的藝術家，速度可能會慢一點，嘗試的主題會多一些，但最終她還是會成功。她畫得一定是夠好，不然也只不過被當成一位會畫畫的模特兒。

黃澄想起一個很小的記憶。她在三年級開始穿上半截的內衣，胸口有一個小小的蝴蝶結。她一直很羨慕黃茜穿的那種雙排扣的鋼圈胸罩，因為就算脫下來，胸部的形狀還是在，不像她的小內衣脫下來，像一件內褲。黃茜穿內衣的時候，兩隻手是如何繞到後面把胸罩扣上的一直讓她很驚奇。黃澄那時很多事都只能完成六成，拉鍊拉不好，蝴蝶結打成蜻蜓結，鞋帶總是鬆掉絆倒自己。於是整個童年，她都在期待膨脹到可以把自己扣起來的那一天。

或許生活可以是一個歡樂的記憶疊上另一個，但生命實在沒那麼簡單。生命必須迎接希望，然後期盼著希望不要破掉。當你掀起眼前那張牌後，得期盼下一張配在一起還能更好。皇后和國王的出現純粹是運氣。若有人做牌給你，你不要，就玩不下去了。

她把頭髮用浴巾包住，裸著身從浴室出來才穿上衣服。她邊吹頭，邊轉著電視。突然閃過一張熟悉的臉。一個女生正在播報下午新聞。因為不是主流的新聞臺，全是一些生活類的軟新聞。每則新聞播報完後，這主播會微笑。那個笑，是在她腦海中待過的。

黃澄關上吹風機，看了一晌。女主播穿著套裝，脖子繫了一條絲巾。臉頰上的疤痕不仔細看，看不出來。那真的是林姿儀。她變得更漂亮，受訓過的口條除去她原本聲音裡的稚氣。成熟溫柔，充滿自信。

可是，那樣一直笑好嗎？黃澄忍不住批判起來。以主播來說，她的表情實在多了點。用表演的角度來看，林姿儀的自我意識，一看就是放在那些新聞之前。與其說主播，更像是在約會時甜甜道出自己童年的那種人。

不過她終究是做到了，出現在螢幕上。不是會被剪輯的戲劇畫面，沒有任何角色的籠罩，以她「本人」存在於觀眾面前。黃澄重新打開吹風機，思索著出神，隨便吹兩下後就關上電視。

她想起曾坐在老家那張書桌，假裝對著黃茜播報新聞。那個很小的她，也想過要做主播。她取了一個自己的節目名稱，叫做「不可思議的新聞」，播報冷知識。譬如大熊貓喜歡在新鮮的馬糞裡翻滾，北極熊的皮是黑色的，停止呼吸三十秒可以治療打嗝，阿拉伯數字是印度人發明的等等。她的目的是要找出黃茜不知道的事，當她看到姊姊驚訝的表情時，黃澄會超得意。現在回想起來，那是一種自欺欺人的優越感，難得比姊姊聰明。那是「贏」的感覺。

她走到陽臺邊，看著遠方透出黃光的天空。大雨下完，雲散了，地慢慢在乾。後方的餐桌上放著一整疊《吾嫚》的劇本。黃澄憑著印象翻出某一集，打開。上面是密密麻麻的筆記，有三種不同顏色的螢光筆，看起來像中學生的文言文課本。

空白處全寫滿了，黃澄拿起原字筆趴得很低，把字縮到小到不能再小，擠進臺詞與臺詞的間隙裡，寫著只有自己看得清楚的東西。

31

腸胃咕嚕咕嚕發出了聲音。

那時剛好在停紅綠燈，全車四人應該都聽到了，但沒有人問。之後又咕嚕一次的時候，車在行進中，分不出到底是誰的肚子。還是沒有人問。黃澄坐在駕駛的後座，望著窗外的海，揉了揉肚子。Ten坐在另一邊，望向另一邊的窗外，那邊沒有海，只有無聊的山壁。

本來氣氛好好的，去完便利商店後就不對勁了。黃茜回來，坐上副駕駛座，甩門關上。Ten站在車門邊等黃澄上車，兩人都感覺到一股低氣壓。三人在車上安靜坐了好一陣子，小康才回來。之前他會像車長一樣宣告，出發了喔。他一聲都沒吭，發動就走。之後的路，開得飛快。

黃澄忍不住了，拿起剛買的飯糰，Ten轉頭看了她一眼。黃澄回應他的眼神，猶豫了一下，開口問。

小康，我可以在車上吃東西嗎？

吃啊！吃啊——

小康和黃茜很有默契地回答，像重唱。

那一瞬間，氣氛宛如冰太久的瓶蓋ㄅㄡ的一聲給扭開了。咕嚕咕嚕，黃澄的胃又哀號，這次所有人都聽到了，每個人同時開口說話——

黃茜說，妳到底多餓？Ten說，要肉鬆還是鮪魚？小康說，我也餓。

危機解除。雖然只有一下子，但四人心裡很明顯都在想著自己的事。黃澄從來沒看過黃茜和小康吵架，以剛才飆車的速度，黃澄好像重新認識了小康。從出發Ten的話就異常的少，黃澄一度以為他暈車了。

這趟兩天一夜的小旅行，是小康提出的。Ten回臺灣參加航空公司的招考，回來三天後外婆就過世，還得同時處理喪事。黃茜知道他們在交往時，只淡淡說了一句，遠距離不容易。然後她告訴小康。小康有些驚訝地說，Ten是滿有想法的，但一直以為黃澄比較喜歡年紀大一點的。黃茜想了一下，沒多說什麼。

他們要去宜蘭附近一間有溫泉的隱密民宿。導航上找不到，得依照店家給的指示路線才能抵達。沒有人去過，所以迷了一次路。但沒人為此吵架。

黃澄從後座看見小康不時把右手伸向黃茜，放在她的大腿上。黃茜把手疊放上去。她無名指的戒指是金黃色的，上面有一顆鑽石。黃澄捨不得把眼光從他們的雙手移開，那麼輕，卻又穩固著。黃茜的視線越過小康的睫毛，望向左方的海，小康專心看著前方的路。過了一晌，才溫柔抽回自己的右手，雙手握著方向盤。他詢問黃茜想不想開開看，這沿海公路沒什麼車。黃茜搖頭，喃喃說了句，我不喜歡開車。

黃澄伸手去碰了碰Ten。他像被什麼東西打斷，突然回過神。黃澄有些在意Ten的沉默，想著他是否為了遷就自己才答應一起出遊。可能還沉浸在外婆離開的悲傷中吧。Ten是外婆帶大的，外婆像是撐著見他最後一面才離開。但散散心也好。他是這樣說的。又可能他不習慣坐別人的車吧，還得坐在後座。黃澄想不到別的理由了，感覺Ten好遙遠。

Ten伸手拉住黃澄的手，放在自己的嘴唇上親了一下。黃澄對他笑，那表情是在問一切還好嗎？Ten笑著回應，黃澄一看到那排好看的牙齒才覺得他回到她的身邊了。

小康突然問，黃澄的戲什麼時候開拍？

黃澄假裝沒聽清楚。小康繼續問，不是要去上海？

黃茜轉過來看黃澄。Ten也看著她。

妳要去上海？Ten問。

黃澄看他，說，喔——就一部電視劇。

黃茜這時轉向小康，兩人知道不該再說下去，思索著要不要帶開話題。

怎麼都沒有跟我說？Ten問。

本來想更確定一點再跟你說。

黃澄答得都快聽不見自己的聲音了。手心開始在流汗。她想把被握著的手抽回來。她一抽，

Ten就握得更緊，視線在黃澄的臉和窗外的海來回游移著。

黃茜趕緊轉移話題問，等等我們女生按摩的時候，你們男生要幹嘛？

小康透過後視鏡看，等Ten回話。

Ten對著黃澄正想開口說什麼，打住。笑笑地轉去對著黃茜說，我們可以泡溫泉，一邊喝啤酒。很爽。

然後小康笑。黃茜也笑。只有黃澄沒笑，抿著嘴，感覺Ten慢慢鬆開她的手。她抽回手，扭著頭看窗外，脖子都快變成九十度了。

又過了一晌，黃澄轉頭，發現Ten一直望著她。

是王導的戲。黃澄說。

我猜也是。

這句話黃澄聽起來有點不舒服，好像沒有別的人會找她演戲一樣。

什麼角色？

女主角之一。她自己都覺得這句話有點矛盾。

女主角。Ten重複了一次，又說，那不是很好，幹嘛不說？

說完他主動去牽黃澄的手。掌心微微滲出的汗，似乎都被他的手掌吸掉了。

32 ／

那是一間近百坪的老穀倉改建的民宿。迎接他們的是兩隻雞。後來才發現一對年輕的夫妻，正在旁邊的菜園撿拾食材。男主人說，今晚剛好沒有別的客人，他們可以自在使用公共空間。雖然兩間房都有自己獨立的溫泉池，他們依然可以使用戶外的大池，享受在森林裡泡溫泉。一個小小孩，從菜園邊爬了出來，是民宿夫妻兩歲的兒子。黃西蹲下來喚著他，小男孩發出咯咯的笑聲，歪歪斜斜地向她撲走過去。其他三個人依然站著。黃澄用腳踝輪流搓著自己的小腿趕蚊子。

姊妹倆預約了按摩師，進行兩小時的深層筋絡放鬆。因為趴著，黃澄總覺得呼吸不順暢，頭一直轉來轉去。按摩師專注地用手指揉撥著她的筋脈，黃澄可以感覺到背部許多氣結，不知不覺，就像一袋糖一樣散癱了。

我覺得Ten跟以前不太一樣。黃茜說。

他最近壓力很大，一直在等航空公司的結果。

他知道王導的事嗎？

知道的不多，他說他不用知道。

小康要我跟妳道歉，其實是我要他問的。

黃澄抬起頭，很不高興地說，為什麼要這樣？

因為我覺得Ten完全在狀況外。

妳是想看我們難得出來玩，還要表演吵架嗎？

兩人繼續趴著，一陣子沒再說話。黃澄知道黃茜有時會用這種方法逼她面對一些事，不爽歸不爽，她確實得跟Ten好好談一次，只是沒想到要在出來玩的時候。習慣了兩地分離的狀態，當面談話變成一件不太容易的事。

療程進行一半後，她們換成平躺的姿勢。黃澄的按摩師按了一下她腳踝內側的太谿穴，黃澄痛得唉叫了一聲。她想起之前車上的事。

妳和小康很常吵架嗎？黃澄問。

黃茜嗯了一聲，不知是在回應她，還是回應自己的身體。黃澄本來沒打算問下去，卻聽到黃茜說出了關鍵字。

妳記得林叔叔嗎？

黃澄閉目養神的眼，立刻睜開了。她雖然望著穀倉挑高的屋頂，看見的卻是許多回憶的畫面。一度她覺得這是一場夢境的現場。

她說，記得。

黃茜講起有天回家整理東西，發現以前的舊底片相機。那裡面還有一卷沒照完的底片。黃茜隨手把它拍完，送去洗。一拿回底片，就學黃澄小時候那樣，迫不及待站在路邊對著陽光看到底拍了什麼。黃澄記得自己總小心翼翼不把指紋印在底片上。黃茜沒再繼續講下去，黃澄問是什麼照片？

我看到林。後面幾張還有多多。

黃茜直直望著天花板，嘴巴微開似乎想吐出更多聲音。按摩師正仔細揉著她軟細的小腿肚。

黃茜說當她回家讀光碟檔案時，發現店家給錯了。裡面全都是法國街景的照片。而且因為太暗，每一張都是糊的。她講到一半，又停了下來。黃澄思索著以前都是什麼事會讓姊姊哭。

我就拿起底片，想用檯燈看清楚。但負片就是只有輪廓，人臉是黑的，眼睛是兩個洞。我發現自己好失望，斷斷續續哭了一個晚上。小康就生氣了。

黃澄頓了一下說，小康才不會這樣就生氣。

黃茜轉頭看她。我跟林見了一面，他不太開心。

那語氣乍聽起來是漫不經心的。

但看起來是妳比較生氣——黃澄的髖關節正被扭轉，她的聲音卡成扁扁的。

黃茜笑說，小時候我最喜歡關心一些虛幻的東西，抓不到概念就會開始厭煩。後來覺得人要有自己的看法，最好能說出一番獨特觀點，不久又感到一天到晚談意義還真沒意思，開始隨著感覺出發。但可能我老了，感覺似乎變鈍了。難得哭成那樣，有種回神的感覺。

按摩師把枕頭靠在她們的後背，讓她們往後仰躺，進行最後脊椎的伸展。

妳的柔軟度真好。黃茜的按摩師說。

另一位按摩師笑而不語。

原來柔軟度不是基因遺傳的。黃澄說。

跟個性比較有關。妳們兩姊妹個性都倔強，但完全是兩個極端，姊姊會反抗，妳是忍過頭。黃澄的按摩師說。

反抗的人怎麼會柔軟？黃澄問。

聰明的反抗是懂得借力使力，忍過頭的人就比較容易把能量卡在身上。妳要學著從呼吸中去放鬆自己。按摩師對黃澄說。

最後按摩師點上線香，讓兩人平躺在地上休息。整個空間聽見的聲音，都是從外面傳來的。黃澄有些睏意，在半夢半醒之間，一個特殊的腳步聲把她拉了回來。是剛剛那個小孩，為了拿一朵小菊花給黃茜，赤著腳踏在洗石子的地板上跑了過來。還得意秀出膝蓋上紅腫的蚊子包。黃茜把小花插在自己的頭髮上，用指甲在孩子的膝蓋上壓一個十字。民宿女主人過了一下出現，直說不好意思，把孩子抱走。黃茜的臉上閃過一陣失落，又躺了回去。牆上映著一塊淡淡暖暖的橙色光影，太陽快不見了。

晚餐是樸實的小農料理，一人一份。都是好吃但說不出菜名的東西。前菜是酸酸甜甜的羽葉甘藍，上面撒的堅果從第一口就卡在黃澄的牙縫裡。自製的黑麥麵包她吃了兩個，黃茜只吃了半個，所以小康就吃了一個半。Ten兩口就吃完一個。湯是南瓜湯上面加了一坨咖啡奶泡，兩種味道毫無違和。黃澄用湯匙舀一口，在吹的時候不太專心，燙到了嘴唇。但沒有人發現。

主餐是雞肉，或許就是稍早迎接他們的其中一隻。看不出來是烤的還是煎的，總之雞皮焦焦脆脆的。黃茜把雞皮剝掉拿給小康。他們的刀叉在彼此的盤子上一直來來回回。黃澄和Ten則是專心處理著自己的。只有在最後甜點的部分，Ten把手工冰淇林給了黃澄，因為他不喜歡裡面的荳蔻味。黃茜只吃了一口就給小康。她說太冰了。

小康帶了兩瓶紅酒，大家喝得很平均。原本是小康在倒酒，Ten很快就接過去負責這份工作。他們倒酒方式不太一樣，小康只要看到誰的酒變少就立刻補上去，但Ten會等其他人都喝得差不多再全部一起加。黃澄覺得從沒喝過這麼順口的紅酒。

四個人酒量都滿好的，黃茜因為吃得少，臉頰開始泛出兩塊天然的腮紅，在昏黃的燈光下看起來特別嫵媚。她離小康坐得很近，手輕輕搭在他的肩上。小康說話時，黃茜的手指在小康的衣服上輕撫著。黃澄這剛好相反，Ten把整條手臂垂掛在她的肩，大拇指不時輕碰著她的脖子。

姊妹倆的視線偶爾會對上，傳遞某些只有她們能懂的訊息。黃澄難得感到自己可以不放任何事在心上，只需看著黃茜的笑，聽小康的聲音，感受Ten的撫摸。她聽見黃茜問，航空公司什麼時候會有結果？

Ten停住了他的大拇指。是因為他的動作，而不是那個問題，黃澄有預感自己如果這時往Ten身上倒，她會跌到地上。

Ten說，結果下午出來了，我沒考上。

大家你看我我看你，不知道誰該接話。

黃茜問，那還能再考嗎？

Ten說，我下週就會回美國。

黃澄轉頭瞅著他，想等他解釋。他只是回給她一個抱歉的微笑。

我想回美國拿教官飛行執照，繼續在美國累積時數。我第一次羨慕起小康有美國身分——這是對著黃茜和小康說的。沉默了一下，他才轉向黃澄說，這樣我考上機師能更有勝算。

黃茜問，這麼快？

有身分可以怎樣？小康問。

可以考美國的航空公司，或是直接累積時數。

所有人安靜了一陣子，直到黃茜把最後一口酒喝完，小康起身拿起酒瓶幫黃茜倒酒。

黃澄壓低了聲音，像之前在車上Ten問她那樣，但增添上一點撒嬌的語氣——你怎麼沒有跟我說？她還自以為幽默加了一句，要扣你一分，叫你Nine好了。

Ten冷笑地說，現在不是說了。

黃澄像被什麼東西蹭過，留下一道血痕。Ten一說完，小康看了他一眼，黃茜看了小康一眼，Ten的手依然搭在黃澄身上。她想甩掉他的手，卻只是深吸了一口氣，慣性地開始抿嘴。

她說，反正我也要去中國拍戲。

Ten沒有說話，拿起放在小康面前最後一點酒，平均倒在四個杯子裡。小康為了化解氣氛，讓大家舉杯，不知道是誰太大力，酒杯碰撞的聲音特別刺耳。黃澄以為杯子會破。一飲而盡。

一回房，黃澄就在石階的浴缸裡，打開溫泉孔放水。Ten說，剛喝完酒，等一下再泡。黃澄聽見了，但沒任何反應。她把衣服脫光，胡亂沖了一下，走到浴缸裡坐著等水放滿。過了一下，Ten遞一瓶礦泉水給她，然後去沖澡。

黃澄抱著膝想，慾望果真會營造出一種幸福的假象，把美好的輪廓，添加到現有的景況裡。然而就算刻出了那些框線——像底片那樣，她還是不會像黃茜一樣幸福。因為她們要的都是正片，一座基底，足夠在上面蓋出一棟房子，站穩一個實實在在看得清楚的人。

黃澄一直在找自己的那個「點」——所有動作都以它為支撐，並且最終能回歸的地方。每當她覺得有能穩固自己的「點」出現時，不久就會發現那在搖動，甚至背離她。如果她向前追，去抓取，去占有。在耗盡一切精力後，她會開始產生懷疑。無論是對那個「點」，還是對自己的判斷。那是一個永遠無法到達卻驅動她不斷前進的「理想」，有時是人，有時是生活與工作，有時是一個整體。在默劇裡，那個「點」有個專有名詞，叫做「un point fixe」。

Ten淋完浴，坐在浴缸的另一邊。兩人就聽著嘩啦啦的水聲沒有人說話。水已經超過一半，黃澄先躺進去，Ten跟著。兩人的腳以不同的角度靠向對方。因為習慣了距離，他們甚至不知道該怎麼吵架。黃澄在水裡找尋Ten的手，Ten往前坐了一點才搆得到她。

他望著黃澄濕漉漉的頭髮，主動湊過去吻她。他們的舌頭輪流在對方的嘴進出著。Ten興奮了。黃澄離開他的嘴。Ten站起來。她抬頭看他。他又往她靠近一步。黃澄猶豫一下，跪起身。

她用手抓住它，張開嘴巴，含住。

此刻那便是她的un point fixe——前進，後退，不斷回歸。

33 ／

上海的十月，已經涼了。

黃澄把深藍色的亞麻圍巾隨意圈在脖子上，套上黑色的皮夾克，自己叫車去拍片現場。皮外套是媽媽的，她嫌穿起來太年輕就塞進黃澄的行李裡。她難掩內心澎湃的喜悅，覺得自己的小女兒馬上就要紅了。黃茜撿起那件皮外套，端詳了一下說，這麼好的東西怎麼現在才拿出來。

黃澄照了一下鏡子，不習慣自己看起來那麼有氣勢。但想起芳華說的，要注意平常的穿著，不要像個大學生，永遠清湯掛麵踩著球鞋背雙肩包跑來跑去，要有「星味」。尤其到了中國，更要注意行頭，像個女主角的樣子。

女主角是什麼樣子？黃澄看到裴夢的時候就明白了。裴夢也是臺灣人，剛滿三十比黃澄大兩歲，在中國發展了好幾年。幾年前因為一部古裝喜劇快速竄紅，微博上有千萬的關注數。如果裴夢去逛超市，會像走在鏡面世界，轉來轉去都看得到自己。她戴著一頂棒球帽，穿著一件卡通圖案的寬鬆襯衫，短褲若隱若現。左右耳朵上夾著數個粗細不一的金色耳骨夾，整張臉沒有妝感，但皮膚和嘴唇都在發亮。只要離得夠近，就會聞到她身上一股特殊的香氣，不同於市面上人工刺鼻的香水味。而她說話的時候，像永遠都剛刷完牙一樣吐出一股淡淡的薄荷氣。黃澄知道女明星一定要香，因為她們是花。

裴夢坐在王導旁，兩人有說有笑，身後站了一群人，有男有女全都板著一張臉。黃澄後來才知道那些全是裴夢的助理，分工周密。

沒想到會遇到別的演員也提前來「探勘」。

王導看到黃澄，對她招手。黃澄得過去。

介紹一下，王導說，這是裴夢，演胡疊；這是黃澄澄，演璐璐。她剛從英國唸完表演碩士回來。留英的。

妳好——裴夢正準備站起，後面那群人也立刻跟著向前一步，像黑道電影那樣。我是夢夢。她伸出左手，黃澄伸出右手，發現伸錯了趕緊換手。裴夢手腕上戴著一款白玉鐲子，黃澄沒想過玉鐲能那麼時髦。

聽王導說了妳很多事呢。裴夢說。口條聽起來完全是中國口音。

黃澄掛著笑，看了一眼王導，不知該說什麼，只好繼續笑。裴夢坐回去，黃澄依然面對他們罰站，後面那群臭臉人每個都在打量她。

這是英倫風嗎？沒看過妳穿皮夾克。王導順手親暱地拉了一下黃澄的領子，好像其他人都不存在一樣。

黃澄不自在地扯一扯袖子。這是我——姊給我的。她不想在女明星面前說自己穿媽媽過時的衣服。

不太適合妳。王導說。

上海最近天氣涼了，皮外套最合適了，挺好看的。裴夢像幫黃澄解圍一樣，說完整個身體立刻轉向王導。

導演，裴夢甜甜叫著。你剛剛說到我演的這個女編劇是要代表哪一種形象？

女編劇是腐女，歌手是宅女，畫家是剩女。但其實三個主角全都有這些特徵。王導說。

腐女聽起來怪難聽的，裴夢嬌嗔地說。黃澄歪著頭消化了一下王導下的定義。

妳這角色雖然是寫家庭狗血戲的編劇，但其實私底下都在看BL的小說，這設定讓胡疊這角色很活，也很可愛——

黃澄想原來腐女是這個意思。

說到可愛，昨天定裝的那套衣服，我其實有一件類似的，但剪裁更俐落一些，質感也挺好的，我請人帶來——裴夢身後其中一位矮小的女孩立刻從包包裡拿出一件衣服，遞給裴夢。還推出了一個德國的高級行李箱。

啊，已經拿來了啊。王導你的行李箱不是壞了嗎？我趕緊幫你弄了一個來。裴夢說。

這怎麼好意思，王導笑。

小事。妳幫導演推到休息室去。她使喚著助理。

黃澄驚訝當紅的女演員還需要這樣巴結導演，說巴結或許太誇張了，就說會做人吧。還是她是因為這樣才紅的？

剛剛講到這件衣服，導演你看合適吧？她往自己身上比了一下。

可以，妳想怎麼穿就怎麼穿。王導說。

裴夢又繼續溝通頭髮的造型。黃澄知道剛才討論角色內在形象的話題恐怕帶不回來了。他們雙方一來一往的時候，黃澄默默飄開。她是想來看劇組搭建好的主場景，就是劇裡三個女生同居的「公寓」。明天開拍，連三天先把醫院的戲拍完，就會進到這個主場景。

無論是第一次拍戲，還是後來身經百戰了，每次開拍前黃澄還是會經歷這種焦慮。以前是因為無所適從而緊張，甚至演化成害怕。現在她知道很多「方法」，只要一點點的投入就能從這種恐懼中脫身而出。首先把自己的角色功課做足，劇本讀透，剩下的「未知」，如果能在開拍前熟悉一下場景與工作人員，就會有安全感了。

她繞著搭建的場景轉來轉去，像在看旋轉木馬要騎哪一匹。她詢問一位正在陳設道具的工作人員是否能進去。那人停頓了一下，問，妳誰啊？我是演員，我演璐璐。那人疑惑。黃澄又補充說，那個女畫家的角色。隨便吧，別亂碰東西。

客廳和廚房就像IKEA的樣品屋。廚房層架上整齊排列了全白款式一致的碗盤與杯子——依照劇本上的線索，這三個女人都不拘小節，甚至常常為了誰要打掃家裡而吵架。那會是哪個角色有強迫症呢？平常又是誰最常做菜？注重美感的畫家，會使用那種夜市牛排店的廉價塑膠杯喝水嗎？客廳整套的黃色L型沙發看似是全新的，但布面的材質非常粗糙。黃澄坐上去正想往後靠，就聽到嘎的一聲，趕緊站了起來。起身時又不小心踢到一幅靠著牆的畫框，裡面裝著一張複製畫，是一隻打了領結有捲翹睫毛的長頸鹿。黃澄想不透這張大圖輸出到底該掛在哪裡才合適。

她找到了自己的房間，更準確地說，是女畫家璐璐的房間。大床墊直接放在地上，左邊放了一個松木畫架。一張白色塑料的書桌沒有椅子。大概還沒布置完吧。黃澄想著如果在臺灣，她可以帶點自己的物品，或是她覺得適合角色擁有的東西，放在這房間裡。譬如一些外文書、畫冊什麼的。甚至可以跟那位做田野調查認識的畫家朋友，借她用剩的顏料條，還有那件作畫時會穿的髒圍裙。

黃澄坐在支撐度很差的床墊上，整個人陷了下去。她拿出自己的筆記本，上面已經把二十集裡發生在這主場景的戲全整理在一起，黃澄開始順場次。

第三集，璐璐與大任在藝廊一見鍾情，他們在外灘散步聊得很來，當晚她就帶大任回到這裡睡覺。隔天一早，大任就穿著四角褲與三位女士一起享用豐盛的早午餐。

第五集，璐璐得知大任是有家室的，甚至還有一個三歲的女兒。兩人起了爭執。

後兩集，蒙太奇。璐璐開始埋頭創作，外加幾段亂七八糟的一夜情。但沒有一個男人被留下來一起吃早餐。

第九集，大任出現在璐璐畫展的開幕會，璐璐依然無法忘卻他，決定走入地下戀。大任又回到這房間。

第十一集，大任太太發現，找到住處來談判，還帶著小孩。

讀到這裡，黃澄又確認一件事，璐璐身上的特質——性自由，特立獨行，敢愛敢要，跟黃澄對自己的認知有些距離。但如果她把這些璐璐的「形容詞」放在腦海中反覆提醒要這樣展現，不過就是在演繹這些「理解」。最後角色只會是扁平2D式的紙娃娃，無法帶來任何驚喜。不對。這樣會卡住。

黃澄望著布景四處各自忙碌的工作人員，試著看清楚每個人的臉記住他們的特徵，以便之後工作時能辨認出他們。看久了她開始放空，然後不知不覺思念起Ten，四肢像電流通過酥酥麻麻的。就在這一刻，她想通了——

唯一能把璐璐拉成3D狀的，是大任。她把自己「變成」璐璐是不實際的，但她可以「看見」大任。

譬如初次相遇的一見鍾情，她是看見大任在人聲鼎沸的畫廊裡，專心凝視著那幅現場她唯一傾心的畫。然後才發現他的眉毛又粗又亂，再聽見他沉穩的聲音說出與她心裡想的一樣的事。吃早餐的時候，她看見了他露出了青少年般的羞赧。她想逗他，欺負他，甚至讓他傷心。她想知道他會不會為她哭，掉眼淚的時候會不會別過頭去。當她發現大任有家室時，眼前的這個人，突然變得乾扁又寒酸。回憶中討喜的男人瞬間被攪爛，幽默成了一種嘴臉，誠懇變成愚蠢，實在該配上兩巴掌才對——這些「看見」不一定能在飾演大任的演員身上發現，但對黃澄不會有任何干擾。她得接受其實根本沒有「角色」的存在，只有透過「看見」與「情境」璐璐才會立體。所以我是誰／我在哪裡／我要什麼這些問題其實永遠無法讓她給予璐璐生命。觀眾是透過角色所見的世界，來辨認出他們。

王導不知從何時站在一旁看著黃澄。黃澄立刻收起茅塞頓開的興奮，要是以前她絕對會迫不及待跟他說這個領悟，而現在她只是淡然地垂下眼睛，蓋上筆記本。王導走向她，沒有問就拿走她手上的筆記本，在床的另一邊坐下。他也陷了下去。黃澄想著自己為什麼不阻止他。

王導欣賞了一下這本花花綠綠的葵花寶典，頻頻稱讚。他翻到第五集那場戲看了一下，告訴黃澄他很喜歡這場戲，他會這樣拍——攝影機跟著妳從外面進來，坐在畫架前，上面的畫畫到一半。妳拿起畫筆，隨意蘸了顏料繼續畫。鏡頭會停在妳畫畫的臉上。此刻大任站在房門口，半掩門望著妳，當他正要進來時時，妳會說——

出去。黃澄的視線望著房門。

對。再更冷一點。

出。去。

很好。然後他停住，妳再說一次。

滾出——去。

他會把門關上。妳聽見門關上的那一刻，眼淚才掉下來。不能先哭，要hold著，淚水全擠在眼眶裡，在門關上的**那一刻**，眼淚掉。

黃澄抽離情境轉頭看向王導。他沒在開玩笑。

一定要哭得這麼精準嗎？

這樣畫面才好看。

我不確定做得到。

王導沒回話，掛著輕浮的淺笑微微晃動著自己的身體。

黃澄不想再跟他待在同一張床上，起身站到畫架前，努力想像那幅未完成的畫是什麼樣子？她腦中跟王導有關的畫面，像底片被雙重曝光一般有兩層現實——對手演員陌生的手與王導的手。才見三次面就愛得難捨難分的臉與王導的臉。陌生的口音與熟悉的臺灣腔。「現場」與「場景」交疊在一起，在記憶中分不清楚彼此，彷彿兩種衝突在相互叫罵。

黃澄此刻心裡非常不舒服，但看起來沒什麼異狀。生活中，一個人內在的感受永遠大於能表達出來的。她感嘆著情緒果真無法被「表演」，唯一的方式是讓角色如當下的她這樣，試圖「控制」自己內在的感覺——這遠遠超越外在所能表演出來的東西。譬如此刻，她背對著王導，努力對抗著那向她蔓延過來的操控慾。她告訴自己只要不去討好，他的力量就會削弱。

一位工作人員把剛剛那幅長頸鹿扛了進來。在床頭量了高度，釘上釘子。直到他掛好後，王導才開口。

拿走。

工作人員愣了一下，導演，什麼東西？

你掛的那醜不拉機的東西，拿走，通通拿走。叫你們美術頭來找我！

王導非常不客氣，黃澄在他叫罵的時候閉上眼睛。

在長睫毛的長頸鹿底下說服自己是一個當代女畫家，對現在的黃澄來說並不困難。就像這個空蕩蕩的房間，在她想像裡隨時能夠堆滿璐璐的生活痕跡。若已成定局，她可以輕易忽略，倚靠著自己建立現實。

王導說，他們的美感實在很差，陳設全部要重弄，不然我就要換掉這美術。

黃澄沒有說話，繼續盯著空的畫架上那幅看不見的畫作。她已經懂得不把責任往外推，只要夠專心，她可以看見自己想見的。想像力是一種恆常的耐力訓練。

我們去附近吃個飯吧。王導說。

他們對坐。安靜看著菜單，點菜。等待的時候黃澄刻意保持著不與他的目光交會。王導無聊地拿起桌上的鹽罐敲了敲，裡面放了米粒和鹽巴。然後又拿起胡椒罐，敲了敲，再放下。再把餐巾打開對著，放在腿上，又放回桌上。食物終於來了，黃澄鬆一口氣。餐廳小聲播送著過時的流行音樂。

至少他不再伸手去撥她落在前額那一小撮瀏海，不用手指去掐她的臉頰，也不會把她攬到自己的胸前。他沒有跟黃澄討論眼前這份工作，沒有故意提醒她要好好表現。黃澄也沒有一股腦說著角色分析，不告訴他化妝師把她畫得太過老氣，不提旅館的枕頭太硬，水喝起來有怪味。儘管她好奇明天醫院的幾場哭戲順序，她也不會問，等著回去看通告表就好。她更沒有謝謝他，安排了一個這樣完整的角色。沒有告訴他，自己非常喜歡這個劇本。

他們只是小口小口把眼前的食物吃進肚子，誰都沒有和彼此分享自己的部分。

34／

副導叫人的時候，窩在角落的黃澄戴著耳機沒有聽見。

她還在消化剛才臨時插進來那場和大任的吻戲。劇本輕描淡寫敘述：大任的太太看見大任與璐璐在路邊打得火熱。王導說兩人要接吻，他們都沒有問題。但親上了之後，過了好久都沒有喊卡。他們不敢停。然後聽見王導在遠方大喊了一聲大任的名字。

黃澄先是感覺到大任把舌頭伸進她的嘴裡，然後原本扶在她臉上的兩隻手，慢慢滑到她的胸口，再到她的臀。黃澄只能繼續回應，把環繞在大任脖子上的雙臂，扣得更緊。不知又等了多久，才聽見那聲，卡——換場。

大任立刻放手。黃澄瞪著他一肚子怒火不敢釋放，她以為吻戲不能伸舌頭是圈內都懂的禮貌，難道是國情差異？而且一段小小的過場戲，為什麼要親那麼久？大任似乎讀懂了她的表情，小小聲地說，是導演吩咐的。黃澄一轉頭已經不見王導的身影，大隊像看完好戲一樣鳥獸散去。

化妝師拍了拍她，黃澄轉頭時她驚叫一聲——哎，我的媽呀小姐姐還沒上戲，妝都給哭花啦。化妝師向外一吼，三分鐘，馬上好。黃澄乖乖坐回鏡子前給化妝師補妝，讓腦袋回到沉浸在失去多多的「回憶現場」。

她不得不這麼做。在那場吻戲之前，她已經哭了一整個早上。一場大任出車禍在緊急手術的戲，他的妻子不願意看見璐璐要趕她走。拍攝的時候，璐璐哭得越慘，黃澄心裡越得意。因為她沒有使用任何「替代物」或「情緒記憶」來誘發自己，只是專心在當下，聽著對手，透過璐璐的身體觸動自己。

幾乎每次講到同一句臺詞的時候，她就開始掉眼淚，精準到把自己都嚇傻了。王導看她狀況不錯，連換了五個鏡位，扎扎實實拍了一個早上。眼淚的形狀，是老天爺賞飯吃，有人的淚是水，黃澄的淚是珠。攝影師一看到她亮晶晶的大顆淚，立刻換手持在她旁邊跟拍。黃澄的眼淚右眼比左眼多，所以她偷偷把右臉多轉過去一點讓攝影師拍得更清楚。黃澄很感謝對戲的女演員，當她的巴掌轟過來時，黃澄以為自己會昏過去，卻不感覺痛。每打完一次她就向黃澄道歉，確認力道不會太重。黃澄說，不要擔心，盡量打，就像當年那位男演員跟她說的一樣。打出去的巴掌，最後都會還回來。生命真是一場回家。那位男演員現在已經成為小有名氣的演員，或許就是因為吃了許多巴掌。

但突然插入那場吻戲，立刻切斷了她的狀態。黃澄現在的情緒也有些疲憊了。下午還有三場戲，每場劇本都有：**璐璐開始掉眼淚／璐璐紅了眼眶／璐璐偷偷抹去臉上的淚水**。這些文字下面，黃澄寫滿了璐璐該哭的各種心理狀態，但黃澄看不進去這些，腦中開始出現好多雜念

——眼睛哭腫成這樣妝都無法救了。為什麼通告非得把哭戲全部排在一起？後來哭得不該那麼多，好像大任已經慘死了。剛才攝影師誇讚她是水龍頭時，王導的冷笑是什麼意思？分心雜念同時加上得意自滿，把黃澄從那「容易觸動」的敏感狀態中一點點地被擠開。於是熟悉的「恐懼」又回來了，她趕緊把培養情緒的音樂塞進耳朵，連午飯也不吃了一個人待在角落，試著努力回想多多最後的樣子。

現場在醫院門口。黃澄到的時候，裴夢正在跟王導爭執。

裴夢說，我是覺得這場好姐妹和解戲，實在不用到劇本寫的這種哭哭又笑笑的地步，璐璐妳覺得呢？

重點是氣氛，黃澄說，氣氛不對我可能也哭不出來。

裴夢看了她一眼，她可沒說自己哭不出來。

王導說，我從來都不照劇本拍的，先走一遍戲感覺一下。

兩人拿著劇本開始走戲。裴夢的助理之一在旁邊幫她撐著傘，有點阻礙到王導的視線。裴夢發現，立刻凶狠狠地把助理趕到一邊去。黃澄的臺詞都記好了，劇本拿著只是做做樣子，她不喜歡那種因為臺詞背好就故意不帶劇本的演員，很像在炫耀什麼。裴夢臺詞沒記熟，她邊順邊感覺自己要站或坐。黃澄順著她，等裴夢確定後再想該怎麼配合。

裴夢說，我覺得講那麼多話沒事做怪怪的。這場戲有兩頁長，還是我們找個點坐下來吧？

王導環顧了一下。不遠處有個戶外的休息區。妳們就先打招呼，然後我跳接妳們已經坐在那裡了。讓美術去架個好看一點的遮陽棚。

那不如我們先去那裡坐著對戲吧？裴夢說，問一下道具組，我手上會不會帶一些探望的水果什麼的。

道具先給演員，不然我排戲幹嘛？王導對著副導吼。

道具先給演員！快——副導對著眾人吼。

一個年輕的男生拎了一個紙袋來，不知道該遞給誰。副導趕緊接過，拿給裴夢。

裴夢姐，這有點沉。副導說。

拿一點出來不會？王導說。

沒關係給我看看。裴夢說。

她從紙袋裡拿出一顆蘋果。導演，我等等能一邊講一邊削蘋果嗎？

我們試看看情緒順不順。他又對副導說，確認一下蘋果夠不夠。

確認一下蘋果夠不夠——副導對後方大喊。

給我把水果刀。裴夢說。

副導又準備要喊的時候，王導叫他自己去拿。黃澄在一旁看著這一切，覺得場面有些荒謬。

等的時候，她們繼續順臺詞，裴夢還是看著劇本，黃澄把劇本放在一旁。黃澄講臺詞的時候，一直被王導打斷。一下嫌她停頓太久，一下說她語氣太小心翼翼，甚至還說把那些「設計的」東西通通拿掉。

黃澄心裡納悶，早上都還好好的，突然怎麼演都不對了。這時裴夢開口了。

導演，你不能偏心，老顧著璐璐啊。

王導笑說，她是新人，皮本來就要綳緊一點。

裴夢笑而不答。刀子這時來了，黃澄看著副導額頭上滿滿的汗珠，瞬間同情起他來，因為她不能同情自己。

副導問，要跟著機器試一次嗎？

王導還沒說話，裴夢就先轉向一旁的攝影師，笑說，我們可以撞一個吧，反正我倆都坐著。

攝影師說，我沒問題，看導演。

好，王導說，直接來吧。

所有人各就各位。

場12-3，take one ACTION!

第一顆鏡頭是雙側，裴夢一邊說著臺詞一邊削著蘋果，黃澄忍不住盯著她手上的蘋果，因為只要蘋果皮一斷，裴夢的臺詞就跟著斷。黃澄在那些停頓中，很不自在。一度輪到裴夢接話，她沒說繼續動作，黃澄看到蘋果這次削了三圈都沒有斷。

裴夢抬起頭說，妳說完了嗎？

卡——王導喊，向她們走了過來。

他說，削蘋果好像不太合適，我們換個——

導演，璐璐會像從沒看過削蘋果一樣，死盯著看我削嗎？裴夢問。

黃澄一聽，把腰桿挺直了點，抿著嘴看向王導，又不敢看太久，那會像求救。

裴夢對著黃澄說，璐璐妳別老盯著我看讓我好緊張啊，這削蘋果我是練過的，能一刀不斷。對不起，黃澄說。

王導說，斷沒有關係，妳不要只顧著削就好，臺詞要接上。我們換一個緊一點的鏡頭，再試一次。

黃澄立刻發現裴夢的表情垮了下來。道具組把那顆已經氧化的蘋果拿走，換了一顆新的來。裴夢掂了掂新的蘋果。

場12-3，take two ACTION!

黃澄在不影響自己的狀態下試著東看西看，玩玩手指頭，或低頭望著自己的鞋子。但偶爾還是得瞥一眼裴夢在削蘋果，否則也太不自然了。這次進行得很順利，裴夢精準地在整段戲快要結束時，把蘋果削完，還切了一塊遞給黃澄。

黃澄毫不猶豫放進嘴裡，意外感到蘋果的香甜在她口渴的嘴裡散開。她聽見胡疊說，璐璐，對不起嘛——突然一股情緒湧了上來，眼淚撲簌簌掉了下來。

那一瞬間，她看見對手的眼睛閃了一下，但那冷冽的眼神是屬於裴夢的，不是胡疊。胡疊看到璐璐哭，或許就跟著哭了，這就是編劇原本的想像：兩姐妹哭哭笑笑地和解。只是這裡沒有姐妹，只有兩位女演員。

裴夢低頭切了一塊蘋果放進自己的嘴裡，因為沒有眼淚，她把頭微微背向攝影機。璐璐一邊嚼著蘋果，快速把眼淚抹掉，望著胡疊笑，但黃澄知道自己的笑容有點僵。

卡——

化妝助理立刻上前遞衛生紙給黃澄為她補妝，順便把剛才幫忙收走的劇本給她。黃澄跟她說，劇本不用了，先放妳那。

裴夢說，妳的劇本能借我看一下嗎？

黃澄沒有拒絕，裴夢接過翻了一下。

真是個用功的好學生。她淡淡地說，但一個好演員，不是知道該怎麼哭，而是知道如何忍住不哭。

黃澄一聽，不自覺又抿了嘴。這樣一句金句，竟然被她拿來酸人。自己哭不出來，還怪別人太會哭。

小姐姐別抿了呀，化妝助理說，唇膏都被妳吃光了。

對不起，黃澄說。

誒，妳有微博嗎？裴夢問。

前幾天剛申請。

我拍張妳這劇本的照片，艾特妳一下，讓大家關注妳。

黃澄有些驚慌說，劇本不太好吧——

內容看不清楚的。此刻裴夢的專屬化妝師正在幫她上唇膏。

畫成這樣不就是想讓別人看嗎？裴夢說得不大聲，黃澄還是聽到了，一股羞怒。裴夢一眼看穿了黃澄想要被認同的慾望。那條路，哪個演員沒走過。

這時王導過來，說先拍裴夢的特寫。道具組又遞上一顆蘋果。

裴夢用手抓了一下說，這顆蘋果太小了，我要跟上一個一樣的。

幾個關鍵工作人員在這一刻，全都停住了。

剛剛的手感和時間點抓得都很好，不是嗎？她說。

副導在王導耳邊不知說了什麼。

裴夢說，王導不然你先拍璐璐吧，不要讓她情緒等太久。

黃澄早預料到會有這一拍，裴夢要看她特寫怎麼哭，再決定自己要怎麼哭。她不能接受自己還沒哭，黃澄就先哭了。

黃澄深吸一口氣，努力讓混雜的情緒平靜下來。她跟自己說，只要照著剛才那樣演就好了。專心。

機器架好後。王導靠近黃澄，妳OK嗎？

黃澄點點頭，但其實她不太確定。

黃澄閉上眼睛，深吸一口氣。

場12-3 take 三 ACTION!

她睜開眼，把所有的專注都停留在裴夢的手。因為拍不到裴夢，所以她只是搭著臺詞，沒有在削蘋果，只為了連戲最後遞上一塊就好。但黃澄依然看得見那顆蘋果，皮在滑動，隨著刀片一點點地離開果肉。啊，斷了。她繼續說著臺詞，看向裴夢的臉，但為了不被干擾，她把視線放在裴夢的眉心。她正用四成的力在搭詞，六成的力在觀察黃澄。她不會再抱怨黃澄盯著她的蘋果看了，現在裴夢最關心的是黃澄還會不會哭，要哭到什麼程度。

沒有眼淚。

王導說，直接再來一次。

還是沒有。

沒有。

沒。

王導走過來，站得離她們有點距離，突然把手中的劇本摔在地上，扯著嗓子大吼——

馬的，**那女的**到底行不行啊?!不是**英國表演碩士**嗎？讀碩士有個屁用！

黃澄一聽，立刻紅了眼。但某種理智下，她又馬上武裝起來抵抗。王導可能在用這種方式把她罵哭，又或者他在用這種方式告訴裴夢她也得哭。不管他的動機是什麼，用的手段卻是這般低劣、老套。利用對黃澄的了解，去攻擊一個演員最在意的部分，甚至用叫臨演的口吻說「那女的」。如果她哭了，是不是就證明他成功了？黃澄可是一滴眼淚都不想掉。但她算什麼？全世界都在等她，大家只想早點收工而已，根本不會有人在乎眼淚是技術性的還是動真情的。黃澄閉上眼睛，狠狠幻想了多多被車撞爛的畫面，牠的身體破裂，在抖，多多搖著尾巴望著她……

開機！直接錄——

淚珠淚珠，好多淚珠。

她不想輸，她不能總是輸掉一切，再找個角度安撫自己。內在有什麼東西被撕掉了。

卡——換裴夢的特寫。

為了那顆蘋果，所有人又折騰了好一陣子。裴夢在利用拖延的時間培養情緒。她也會戴上耳機，聽讓自己傷心的音樂，眼神放得遠遠的，尋找那個啟動情緒的「替代品」。

最後還是沒有形狀滿意的蘋果，但裴夢好像不那麼在意了。開機前，黃澄看到她的專屬化妝師用身體擋著鏡頭，在裴夢兩邊的下眼瞼抹了東西。黃澄知道那叫做「催淚棒」，她永遠都不會使用的。

場12-3 take九 ACTION!

裴夢開始削蘋果了。她抬起頭時，兩眼已經紅了。黃澄想如果是這樣的話，璐璐應該會更早開始哭的。黃澄努力對著戲，無法控制自己不去評判。早上拍的那場戲，像是三天前發生的事。她開始無意識地搭著臺詞，看著裴夢亮閃閃的淚水灑在蘋果上。她想著，等等那口蘋果，可以不吃嗎？

但等裴夢遞過來時，即使鏡頭帶不到，**璐璐**還是吃了下去。因為黃澄是一個敬業的好演員。

35／

上海話劇中心街口轉角處的咖啡廳裡，坐滿了人。黃澄倚在靠窗的角落，劇本攤在桌上。面前擺了一杯用保久乳做的咖啡拿鐵，她只喝了一口就沒動過。上層那異常濃厚的奶泡，維持著一塊凹陷。

路上沒有風，葉子卻落了滿地。

她剛才買了一張當天晚上的戲票，是貝克特的《等待果陀》。她好奇中國導演如何再製這齣難解的經典。這間咖啡廳裡的許多客人，穿著黑衣黑鞋，看起來都像稍晚要準備進劇院的工作人員或演員。

黃澄打開微博想隨便發點東西，發現爆量的通知訊息。昨天還是兩位數的關注數，一下跳到五位數。原來是裴夢發了文，寫著：新戲同鄉的小夥伴@黃澄澄。附上兩張照片，一張是她和黃澄頭靠頭看似親密的合照，另一張是黃澄密密麻麻的劇本。

同鄉這兩個字，讓她皺了一下眉，小夥伴聽起來像小跟班。下面的評論大多在說很期待這部戲。幾則說黃澄長得沒有很好看，幾則說她們的笑容像姊妹，有一則說這樣的劇本可以捐給博物館了。黃澄看到突然增加的關注數，像看到戶頭的數字突然變多，即便不是自己賺來的薪水，領了紅包，還是會開心。

她的眼睛依然是腫的，頭也痛。但昨晚睡得異常地沉。頭過身就過，整部戲情緒最重的部分拍完了，可以鬆口氣。今天整組進主場景，接下來兩天都沒有她的通告，稍微休息一下。

鄰桌有兩個男人，一個胖，一個瘦，一直在講話。黃澄偷聽了好一陣子，聽得津津有味。他們在討論某位演員朋友，去演了電視劇後表演變了。

瘦子說，太水了。

胖子說，那是用輕的方式帶出重的情緒。

瘦子說，在舞臺上，他都像靈魂出竅一樣。

胖子說，但電視不過是一個小方塊。

兩人沉默對視了一下。黃澄想上廁所，卻不想錯過他們的對話。挪動了一下屁股，他們又開始討論起某部戲。

胖子說，是主角演得不好。

瘦子說，是配角演得不好。

胖子說，主角已經很多重點了，就不能那樣使勁地演。

瘦子說，配角講求功能性、精準和效果，他們一個都沒抓到。

兩人說完，很有默契地一起喝了口飲料。胖子瞥了黃澄一眼，黃澄趕緊低頭假裝翻著自己的劇本。兩人繼續討論起這部戲票房為什麼不好。

瘦子說，話劇要談普及情感，不能像搞沙龍一樣。

胖子說，不，話劇得展示痛苦，整個社會都在用甜蜜麻醉我們。

瘦子說，要像遊戲，娛樂裡面帶入意涵。

胖子說，遊戲娛樂到處都是，膚淺的位置不缺話劇一席，話劇得像打仗。

瘦子說，那沒有觀眾，我們吃土嗎？

胖子說，不是沒有，是還沒找到。

他們又一起喝了口飲料，然後拿起自己的吸管，把飲料調換。瘦子把吸管放進原本胖子的飲料裡喝了一口，胖子則直接就口喝了瘦子的飲料。黃澄用餘光感覺瘦子瞥了她一眼。雖然她一直低頭假裝在看劇本，他們還是感覺得到她在聽。如果她抬起頭和他們視線交會，就會打破某種東西。兩人的討論沒有終點，最大的衝突是他們說的好像都對。黃澄想搞不好晚上就會在《等待果陀》的舞臺上看到他們。

電話響了。

黃澄像看戲看到一半忘記關機的觀眾，露出羞愧又抱歉的表情。而那兩個男人，如專業演員一般絲毫沒有受到干擾，繼續像打乒乓球那般對話。

黃澄接起。她聽著電話那頭的聲音，愣了幾秒，掛斷電話。

整間咖啡廳的音效像是瞬間被抽走了，什麼都聽不見。她快速把東西收好，去洗手間，然後走到街上準備攔出租車。服務員追了出來，她忘了付錢。只好再走回去，她一直點頭一直說抱歉。服務員惡狠狠地瞅著黃澄，粗魯地抽走她手中那張全新的一百元人民幣。

這次換胖子和瘦子注視著她，等著好戲上場。

36／

又是醫院。

太陽的位置特別低，眼前所見的每個人都像是非常投入的臨時演員。

王導身邊圍了一群電視臺的官員們。看到他好好站在那，黃澄的一口氣鬆了下來。現場慣慣的，所有人表情凝重。

主場景塌了。

裴夢受重傷，為她撐雨傘的那位小助理當場死亡。

黃澄在遠處角落找了張椅子坐下，靜靜地等待。人群過了很久才散，王導終於坐下。黃澄起身走到他旁邊，不知該如何碰觸他，或是說點什麼。只能像隻小貓安靜陪他坐了好一晌。

經過他們的人越來越少，天慢慢暗了下來，

上了出租車，王導的手機在震動。他拿起來看了一眼又放下。黃澄把頭撇向窗外，想著也許是單純出於禮貌才不在她面前講電話吧。她不自覺又開始幫他說話了。過了一晌王導才開口。

這戲要停拍了，妳要有心理準備。

黃澄想問有可能復拍嗎？但她卻問起裴夢的傷勢。

她的骨盆碎裂，不知道要多久才能正常走路。她的未婚夫要告我，說有可能影響生育。

黃澄不敢吭氣。她不得不去想，如果今天她在片場，出事的可能會是她。但黃澄不過是個名不見經傳的女演員，劇組很快就會找到一個女生來頂替她，然後把過去三天的戲在場景重新搭建的時候重新拍掉。但是裴夢無法被頂替。製作單位寧可賠錢停拍，也承受不起輿論撻伐去找同等知名度的女演員來取代裴夢。若是黃澄受傷，在人生地不熟的上海可能無法得到最好的治療。更別說她可能會死。如果她死了，王導會被換掉嗎？還是他會辭掉這檔戲？但這麼好的機會，他可能放掉嗎？

原本沒有王導，就沒有黃澄，現在沒有裴夢，也沒有黃澄。無論什麼情況，她都是附帶品。

王導說，就算裴夢痊癒了，不見得還想演。我也不想再接了。

黃澄心裡僅存的一點微光被撚熄了。心理準備，就是不再抱著希望。

還好不是妳。王導說。

黃澄想不起那個死掉女孩的臉，甚至連她的名字都不知道，只記得那把傘。而此刻也沒有人再提起她了。明天的新聞她依然是一個沒有名字的助理。

回旅社後，王導有些恍神。兩人一起進了電梯，黃澄按了王導的那層，想先送他回去。

整個劇組工作人員都住同一間旅社，王導的房間跟所有人一樣，一張床，一套桌椅。他打開門，示意黃澄先進。黃澄猶豫了一下，王導輕推她的腰，黃澄往前一步，王導把門關上。

他坐在桌前用雙手撐著頭。黃澄沒地方坐，只好坐在床腳。

不知過了多久，王導起身灌了一瓶水，坐回床邊，手肘撐著膝蓋把臉埋在手掌中不作聲。黃澄過去看他，坐到他身邊。王導在哭。黃澄有種驚訝又迷失的感覺，眼前的一切像訊號不穩那樣開始遲緩地播放著。

她把手輕放在王導的背上，沒想過還會再次碰觸這渾圓的肩膀。可是她怎麼可以忘記，所有的經驗都是演員的養分。

王導靠上，抱住她，放聲哭了出來。

黃澄靜靜地讓他抱著，想著夭折的角色，悼念起世界尚未看到的東西。

她的上衣被掀起。王導的手穿過她的內衣，開始用力搓揉著她的胸部。被當成麵糰的那種厭惡感，她差點忘了。

死了一個人，慾望依然活得好好的。

黃澄望著手中威士忌裡的大冰球，想著如果有一點點東西改變了，譬如通告表，或是什麼東西晚了幾天掉下來，這顆冰塊就會在另一個人的杯子裡，泡在不同的酒精裡，進入到不同的身體，成為尿液後被灑在不同的馬桶裡。然後黃澄不會在這間酒吧，在別處。也許是一個冰冷又陌生的地方。

從王導房間出來後，黃澄直接上了出租車到衡山路，隨便找了一間店就進去。低俗的音樂、菸味殘留的空氣、打量的眼神，黃澄全都無感。

她無法接受要告別璐璐。

她活過璐璐的悲傷與痛苦，卻還沒體現那些自由與豪放。她想大喊不公平，但「公平」一點都不精確。黃澄以為自己等到了機會，難道老天爺還是覺得她沒準備好嗎？還是要逼她承認，自己真的沒有那個「命」——成功的命，紅的命，還是只是拿到一個好角色的命。都沒有。此刻黃澄真心相信存在某種上帝的旨意，阻止她繼續演戲。

一個男人走了過來，她聽見的不是大陸腔中文，而是一口正宗的美式英文。她盯著這ABC的臉，用英文回覆他。男人說她的腔調不太一樣，黃澄說自己的舌頭已經完全不會捲舌音了。男人靠近，與她舌吻。黃澄又喝下兩杯男人請她的酒。好睏。男人問她願不願意跟他走。

男人喚她Lulu，她才想到自己說她叫Lulu。

兩人赤裸地躺在床上。當男人的手在黃澄身上漫不經心地撫摸時，黃澄竟然沒有發現，因為她感覺不到。像視而不見，聽而不聞，她竟然把能互相感知的觸覺就這樣屏蔽掉了。她想著自己真像是一頭遲鈍的大象，自顧自地笑了起來。男人以為她很愉悅，也跟著笑。

他摸她。她回摸他。只為了確定他有戴上保險套。她聞到一股陌生的體臭，那不是她自己的味道。儘管她不香，她特愛不會臭的男人。但璐璐可不在乎。

男人一路親著黃澄的身體滑向她的腰際，在她的肚臍吐了一口口水。黃澄彎起身看他。困惑，不太高興。他往上看著她，一邊把自己的口水舔了回去。黃澄重新躺下，想笑。世界的怪人真他媽的多。男人還想再往下，黃澄拒絕，粗魯地抓著他的頭髮拉了上來。

男人開始找她的嘴，黃澄別過頭去。他讓黃澄反身跪著，從後面用力頂進去了。痛嗎？黃澄像每次Ten進入她時會問的那樣問了自己。沒什麼感覺。是因為保險套嗎？她太少使用保險套了，不敢確定。黃澄抬起頭看見窗戶上的反射，不知怎麼想起在小劇場的鏡子遊戲。男人一隻手抓著黃澄披散的頭髮，像牽著韁繩的騎士。現在她從大象變成馬了。

男人持續進出，始終緊抓住她的髮根。黃澄沒有掙扎。男人往前傾，用手揉著她的胸。

他說，Say my name.

黃澄根本不知道他的名字。他剛才有說嗎？好像有。那是Peter? John? Bryan? 還是Chris?

他混著喘息又吼了一次。

Say my name!

黃澄微微張開嘴，舌尖碰觸上顎，用璐璐的聲音叫出，Daddy——

男人突然鬆開她的頭髮跪起身，雙手壓著黃澄的下背快速地抽動。他的汗滴在黃澄的背上，順著皮膚落在床單上。

來了。

他發出一聲怪叫。原來這招還真的有用。

男人軟躺在一旁，喘著。

黃澄趴下，轉頭望向窗戶上自己的反射。她已經出戲了，怎麼沒有人喊卡？

37 ／

黃澄喜歡雨天。

今天喜歡雨，是因為昨天，加上好幾個昨天之前都出了太陽。尤其前兩個月在加州，讓她明白晴朗太過如常，會失去明媚感。擁有光，只會讓她這具被曬得稀鬆的身體掉落更多東西。雨不同。

水帶來實質的東西，流入，聚合，留下。雨會關閉生物的鳴叫，開啟撞擊的聲響。打落在樹葉，人行道，柏油路，鐵皮屋頂，車窗，以及每一把角度不同的雨傘上。

黃澄把傘壓得很低，思索著自己沒有一雙鞋能安然度過雨天。

從公車站到住處，步行大約十分鐘。她暫時忘卻填不滿的專業，只顧著專注感受每踏出一步，鞋子裡的積水被擠壓發出的聲音。漫不經心用舌頭舔著嘴角的傷口。

她的臉上還有妝，已面目全非。等等回到家照鏡子時，黃澄會產生一種複雜的情緒。落魄的神情，配上濕漉漉的頭髮與破掉的嘴角，果真是一個被家暴的女人該有的樣子，不再是「幸福的黃澄」。劇本最後是怎麼寫的？女人與三歲的孩子被社會局安置到了一個「安全」的地方。協助我們的朋友遠離家暴，行政院關心您。結局在前天就拍掉了。那個大晴天。

黃澄總是遇到先拍結局再拍開始的戲，所以演戲時，時間是假的。她是全知，得把「知」漂亮地偽裝成「不知」。至於各式各樣的伏筆，本該是編劇和導演的工作，但總會落在渴望完整自己角色的演員頭上。最困惑黃澄的是，這樣的拍法不管多會演，結局的表現其實都是「想」出來的。等到整個片子拍完後，她總是忍不住檢討起應該還有更好的選擇。演出永遠都有遺憾。

她沒把那三個數字記起來。不是一一九，那可以打一一〇嗎？

只拍了三天的防家暴短片，黃澄本來可以隨著散步回家，吃頓飯，卸妝洗澡，甚至睡個覺就從這情節輕輕鬆鬆走出來。但剛才那個鼻孔很大的男人（他根本不配稱為演員），使勁把酒瓶塞進她的嘴巴時，這雨天留下的就不只是雨了。

她反抗，但立刻發現反抗得越大，那酒瓶捅得越深。走戲的時候，男人只是做個樣子給導演看，往天空作勢揮一揮，手指在黃澄頭上假裝抓一抓。還主動拉起黃澄的手指示她該如何抵擋。這動作讓黃澄想到自己多痛恨男人的「手」，總愛拉著她的手去撫摸他們腫脹的性器，或在口交時用手按住她的頭。那代表她給得不足夠也不精準。一切得照他們的節奏來。

導演點點頭，只顧著確認鏡位而不是確認黃澄。她很疑惑，然後聽見導演跟攝影說，讓演員即興發揮，用手持拍，我們撞一個。

不是每個在現場發號施令的人就可以稱作導演。前一顆鏡頭這男人為了抓取某種黃澄一直達不到的東西，他靠近她，用只有彼此能聽見的音量說，不要再裝清純了，為了有戲演，妳這**破婊**什麼都做得出來。黃澄不為所動，冷笑。

撞一個，來！

大鼻孔男人只有把鼻孔撐得更大的部分是在黃澄的預料中。先是一巴掌，痛。然後他掐著她的脖子往牆上一撞，黃澄徹底被激怒了，狠狠朝他吐了一口口水。鼻孔的演出開始，黃澄覺得他長得真像猩猩，突然笑了。男人也笑，拿起酒瓶往黃澄嘴裡塞，起先黃澄緊咬著嘴唇，但一瞬間她擔心自己的牙齒會受傷，於是她半迫著張開嘴巴，酒瓶塞進她的嘴。有那麼一刻，黃澄思考過要狠踹他的下體，但劇本要她害怕，不是要她反擊。劇本的角色，她只是個「女人」。

爛劇本。

於是短短的幾秒鐘，她讓自己專注在男人憤怒的鼻息。男人眼中不斷閃過的快感讓她無法真的感到害怕，更多是鄙夷與憤恨。黃澄只好閉著眼，試著發出瘋狂崩潰的聲音。她的淚，是因為酒瓶卡進喉嚨深處而逼出來的。一結束她就去廁所吐。

從廁所出來時，所有人排成一列縱隊歡迎她。有人問，還好嗎？有人說，我都看到哭了。男人走過來誇張地在她面前雙膝下跪說辛苦妳了。大家笑，慣性矇混著充滿瑕疵的拍攝行為。黃澄垂眼瞪著他，動也不動。現場的氣氛變僵了。導演上前，黃澄狠狠撞過他的肩，逕自轉向化妝間。不是最愛「撞一個」嗎？

這種方式不是演戲。濫用「即興」，只能證明自己的無能。她在心裡對他大吼。然而戲劇的快感，對黃澄來說，是在這轉身後才發生。攝影機和觀眾等的，是有戲的片刻不斷地堆疊。但對現場的演員來說，這種片刻大多都未發生。各種幽微的真實感受，漂浮於角色與演員間的彌留之際，是像流星花火一般。那是每個演員都在努力追求的瞬間，但黃澄已學會辨認在什麼樣的天空中才可能遇見流星。絕對不會在一個莫名其妙拿命搏的政府短片拍攝現場。

她想起來了，是一一三。家暴防治專線。

那是從一個剛學會講話，細細軟軟的聲音說出來的。三歲的小男孩很喜歡黃澄，但他無法叫她「媽媽」，更別說看著她的臉叫。他甚至還不懂說謊，被逼叫一個陌生女人媽媽，成了他這輩子說的第一個謊。表演的本質就是謊言。

這是黃澄第一次演媽媽，快滿三十的母親，合理但看起來稍嫌疏離。黃澄得努力把小男孩想成一隻可愛的狗，才能找到內在親密的連結。

一一三。黃澄回到家，對著鏡子擦藥時嘴裡喃喃唸著。她想打這通電話，說，我被打傷了，可惜是在演戲，你要怎麼幫我？

她自拍了一張，裝出可憐兮兮的表情露出嘴角的傷口，上傳。

今天被家暴。

#女演員#黃澄澄 #捨命演出 #行政院關心您

她也傳上微博，不發文沒事，只要她一發文就會掉粉。因為那些本來衝著裴夢順便關注她的，想到竟然還有黃澄這個人，立刻取消關注。她會失落，然後又嫌棄自己的失落。

確認停拍之後，黃澄用《吾嫚》開拍領到的頭款，買了一張單程機票從上海直飛加州去找Ten。那兩個月，他們很有默契不談起那場意外。Ten在天空飛的時候，黃澄不是耗在公寓的小廚房裡，就是騎著單車去三英里外的超市閒晃。他帶著她飛過一次，還讓她稍微操控了一下方向盤。他們戴著耳罩說話，黃澄不知為何想到遊樂場裡的遙控汽車，更覺得這是一場遊戲。

兩人相依為命的感覺，有時的確有種幸福的錯覺，好像永遠離開了那充滿掠奪與變數的世界。這是第一次，黃澄想乾脆放棄演戲吧，反正老天爺是這樣告訴她的，屬於她的機會就像果陀一樣永遠不會來。但那股熟悉的怨懟與不甘，一直被留在記憶的西南方，每天太陽下山經過它們時，便如喪屍一般全竄出來。她被擾得睡不著覺，回想起以前失眠的時光，以及她是如何重新撿回了睡眠。這樣的循環讓她很感慨。黃澄躺在床上，睜著眼為自己打氣，鼓勵自己強大。這一睜就到天亮。作息出現時差，常常影響到需要早起的Ten。

有一次他們為了好玩，交換戴上彼此的眼鏡。Ten說，我一直很好奇六百度看出去的世界，超量的。黃澄戴著他只有三百度的眼鏡，看著他模糊的輪廓，想著能彌補自己缺陷的，從來就無法填補對方的。不是太多，就是不夠。黃澄覺得自己越來越醜，而Ten每天都在進步。她知道不能再待在這裡了。

電鈴響，黃茜來了。

今晚黃澄約她，說想一起吃飯。黃茜一看到她，皺了一下眉。

怎麼搞成這樣？她說。

黃澄發現姊姊根部的白髮全冒出來了，這樣至少有兩個月沒染頭髮。她們家的頭髮都長得很快，也很早就開始白了。

黃茜提了一大袋現成的壽司與生魚片，熟門熟路地在半坪不到的廚房忙了起來。黃澄通常會邊聊邊幫忙，但此時她不知道該說什麼。無聲的空間讓人有些不自在，她想開電視，竟然找不到遙控器。十五坪的套房，連一把遙控器都可以弄丟。她們家不會在吃飯的時候看電視。從一進門看到黃澄，黃茜就知道她有事。

找什麼？黃茜問。

算了。

先吃吧。黃茜說。

黃澄坐下，把桌上一疊劇本隨手放到地上。她從來不會這樣對待劇本，尤其是這堆幾個月都抱著睡覺的《吾嫚》。其實應該丟了，但她捨不得。

姊妹倆靜靜吃了一晌。一個在等對方開口，一個在等對方先問。

妳不是喜歡吃鮭魚？黃茜問，怎麼都沒動？

今天不是很想吃。

妳家有清酒杯嗎？

找了半天，兩人用威士忌杯喝著清酒。

黃澄轉述了今天拍攝的狀況，給黃茜看嘴裡其他幾處小傷口。黃茜說她得跟經紀公司反應，

黃澄敷衍地嗯了一聲。她並不期待公司能為她做什麼。從美國回來三個多禮拜，好不容易等到一個工作。雖然不是一個好工作，但她需要做點事把自己拼回來。

妳的合約還剩幾年？黃茜問。

兩年多。

不能提前解約嗎？

有個笑話說，經紀公司都是那種只有我能提分手的戀人。

沒有人覺得好笑。兩人倒是很有默契喝了一口酒。

妳待會有空吧？黃茜說，幫我染頭髮。

黃澄答應，儘管她沒心情做這件事。

從小看著黃茜幫媽媽染，這幾年變成她幫姊姊染，之後誰幫她染？兩人各自又塞了幾口壽

司。黃茜搬起椅子坐進浴室的鏡子前，黃澄拿了一個碗把兩管染劑混在一起。

她用尖尾梳細心地把頭髮分成不同區塊，再用髮夾夾起來。黃茜從鏡子裡看著妹妹的臉，突然理解到什麼，一股情緒巨浪往她衝來。在快要滅頂之前，她深吸了一口氣。

怎麼了？黃澄發現，看著鏡子裡的黃茜。

妳記得以前媽媽剪我頭髮的事嗎？

記得啊，然後妳也把我的頭髮剪掉了。

那年妳十歲，我二十二歲。

我不記得了。

黃茜突然擠出一個扭曲的笑，好像黃澄說了一個很低級的黃色笑話。

她說，如果我那時把小孩生下來，現在都十九歲了。

黃澄刷染料的手停住了。黃茜盯著鏡子裡的她，黃澄沒抬頭，抿了抿嘴又繼續動作。

黃茜繼續說，這件事，我腦中只記得幾個片段——自己發現的那一刻，媽媽知道的那一刻，告訴林的那一刻，和全身麻醉前的那一刻。怎麼出醫院的我都不記得了。

要全身麻醉？黃澄問，不是半身就好了？

黃茜一聽，頓住。黃澄心虛，繼續動作。

黃茜說，我那時是這樣的，感覺很差。睡著。醒來。一切都沒了。

那林叔叔什麼反應？

他聽見的第一時間沉默了很久。然後他說，無論如何會尊重我。

黃澄開始把腦海中的一些畫面拼接起來。

才三天，黃茜說，媽媽就帶著我把小孩拿掉了。但我花了二十年還在消化這件事。

妳想生下來？黃澄問。

黃茜笑，妳知道林原本是別人介紹給媽媽的嗎？兩個單親家庭，想要被湊合在一起。但林卻看上了我。

黃澄停下動作，有些不知所措。

媽媽說，如果我生下這小孩跟林結婚，她就去自殺。

認真？

我覺得她真的會這麼做。那時實在太年輕，也搞不清楚是她的自尊心在作祟，還是真的如她威脅的那樣，若生了小孩就會像她一樣，**一生都毀了**。

黃澄很想問黃茜是怎麼走進這齣劇碼的。可是隱隱之中她似乎不驚訝，她想起自己和他們出去的回憶，那畫面是舒服自在的，可是如果現在把媽媽放進去，實在不太對勁。但這樣想，對媽媽有些殘酷。

一直到進醫院前，林都還在告訴我要想清楚。他說，這是我自己的人生。儘管那時這句話聽起來很不負責任。我可能更想聽見他說要娶我。

他沒說？黃澄問。

黃茜搖頭，所以某程度說來，我也很失望。不過後來他還是再婚了。

黃澄重新刷著染劑，已經搞不清楚原本的順序是什麼。她終於明白為什麼黃茜與媽媽的關係一直都劍拔弩張。她思索著媽媽說的話。一生都毀了。即使大女兒幫她染頭髮，小女兒幫她補絲襪，黃澄與黃茜就是媽媽的白髮與破洞，不可逆卻急欲修正的部分。白髮變多蓋掉她的風采，破洞成了一個拖油瓶，女兒們終究有一天再也無法為母親覆蓋或修補些什麼，直到她們自己也成為母親。

黃澄問，為什麼從來沒有跟我說過？

黃茜頓了一下，如果我跟妳說，妳現在就不會懷孕了嗎？

黃茜繼續盯著鏡子裡的黃澄，等著她的眼神，用著一貫的方法在壓迫妹妹。

黃澄像沒聽見似的更賣力刷著染劑，但她的手宛如受潮的餅乾一樣軟。

黃茜能猜到，黃澄並不意外，因為她一切的行為、表情似乎都在給姊姊暗示。她說不出口，總是習慣被逼著才去面對。

是Ten的嗎？黃茜問。

黃澄瞪大眼睛，終於抬頭迎向黃茜的視線。原來黃茜是這樣看她的，沒想到姊姊的第一個問題，也是她問自己的第一個問題。

她面露不耐地說，不然呢？

去過醫院了嗎？

還沒。

妳要想清楚，不然會後悔一輩子。我這幾年懷孕不成功，都覺得是報應。

染劑不小心塗到黃茜的臉上，黃澄趕緊抽了一張衛生紙幫她擦。

Ten知道了嗎？

不知道，黃澄說，我還沒確定自己想怎麼做。或許也沒有必要跟他說。

黃茜看著妹妹，有些不解。他們的感情似乎與她的想像有些落差。

我們女人的命運，就不能再更有創意一點嗎？黃茜嘆了一口氣。

因為缺乏與父親的記憶，黃澄大概只有在夢裡見過那樣的畫面，孩子坐在爸爸的肩膀上，她從後方看著他們的背影。她從沒對任何人說過，也搞不清楚這畫面真的是她潛意識的渴望，還是只是某個角色腦袋的想像。她早已逼自己停止做任何幻想。因為每當她幻想自己可以拿到一個好角色，最終都會落空。黃澄越想要的東西，越不能期待。簡直就是一場詛咒。

她小心地不要讓染劑沾到黃茜的頭皮。這次會染得非常不均勻。

妳會怕嗎？黃茜問。

黃澄想了好久才說，我怕自己沒有選擇。

怎麼說？

黃澄放下染劑，洗手。

如果Ten想要的話，我會不知道怎麼拒絕他。

妳不想要？

我怎麼要？黃澄立刻紅了眼。她說，眼前努力的一切都會沒了。同時又反問起自己，除了不上不下的事業她究竟還有什麼？兩顆淚珠無聲地掉在地上。

水龍頭的水聲嘩啦啦響著，姊妹倆好一陣子沒有再說話。

黃茜說，有個法國女作家說過，每個女人心中永遠都有一個孩子。有人錯過，有人失去，有人正等著。沒有孩子的，也像有的那樣不時想起那根本不存在的孩子。

她沒有要說服黃澄的意思，只是把先體會到的人生結論告訴黃澄，她覺得這是自己的責任。黃澄沒接話，繼續搓洗著被染劑沾到的手指，卻感覺不到自己的手。黃茜把頭髮包起來清理廁所。黃澄走出去，癱坐到沙發上。

她不知道黃茜記不記得自己曾畫過那個奶嘴，「軟子」與「金子」的一堂健康教育。那時黃茜還沒有懷孕，否則她會告訴黃澄更多「行為」的部分，而不是把重點放在「構造」。黃茜那時不懂性愛，沒有人教她。

子宮，就是女人故事的侷限。

黃澄揉了揉眼睛，起身去收拾餐桌。拿起剩下的清酒隨手晃了兩下，一口喝光，又夾起一塊生鮭魚塞進嘴巴裡。

黃茜從廁所出來時，眼睛鼻子都是紅的。她往沙發一坐，閉著眼睛重新整理著思緒。黃澄應該也有很多事要想，但每次到了這種危急的時刻，她會啟動一種屏蔽的放空狀態，像有時戲演到一半，突然抽離遠望著正在演戲的自己。

黃茜用手揉著太陽穴問，除了演戲，妳還有想做的事嗎？

黃澄沒接話。

演戲原本是一場遊戲。然後變成一場競賽，一股想贏的慾望。接著，變成一場戰爭。最後，成了一顆射進黃澄身體裡卡住的子彈。她把自己拆解成破碎的組織到處亂放，甚至遺失了某些非常珍貴的部分。帶著身上一系列的錯誤走走停停，心裡的屑屑一直掉，身體正微微塌陷著。她想過放棄，然後又決定一搏。現在，這具七零八落的身體，居然開始承載一個生命。這到底是想諷刺她，還是想向她證明什麼？若不能演戲的話，做什麼都無所謂了。

黃茜又問，妳覺得Ten會怎麼反應？

黃澄聳肩，看起來像不知道，又像不在乎。

她不能想。任何期待都會變成詛咒。

38 ／

人有兩種沉默，一種在語言出現前，另一種在語言出現後。

第一次手機響的時候，黃澄在坐公車。一個年輕的男人，在搖晃行進中非常笨拙地在幫懷裡的小女孩紮頭髮。她發現男人少了一根手指頭。

第二次手機響的時候，黃澄光著下半身只剩腳上的襪子，雙腿開開掛在婦科床上。她發現右腳腳後跟破了一個洞。

第三次手機響的時候，她回到住處，正在吃一個加大的雙層漢堡套餐。她發現從不愛番茄醬的自己吃掉了三包番茄醬。

黃茜來的時候，她正在地上伸展暖身，手指細細搓揉著脖子聲帶兩側的肌肉，開始練習發聲。今天除了婦產科醫生和速食店店員之外，她還沒跟任何人說話。暖聲讓她進入狀況，不至於陷入情緒裡。黃茜說她要處理一下公司的事，會安靜坐在餐桌這陪她。直到黃澄把身體和聲音都暖開後，已經接近美國時間的午夜。黃澄在套房裡漫無目的亂走，一邊回撥過去。一聲嘟都沒響完，Ten就接了起來——

妳在幹嘛？怎麼都不接電話？

我沒有聽到。

一大早就出門？

有工作。

喔。

兩人不說話，她幾乎可以感覺到Ten呼出來的鼻息。黃澄靠著牆閉上眼睛，想好好看見他。

順利嗎？他問。

什麼？

工作啊。

就試鏡而已。

試什麼？

她想了一下說，一個廣告。

妳還會去試廣告？

廠商指定的。

他發出了一個淡淡的聲音，像是不知道該說什麼。一對專心追求各自夢想的情侶，對於關心與回應關心，會變得越來越笨拙。

我教官證拿到了，終於可以繼續累積飛行時數了。

好。

他笑，好什麼？

很好啊，終於。

黃澄是真的為他開心，儘管她的開心有些遙遠，因為每當Ten的人生前進一步時，她總變成後退一步。

要累積多久？黃澄問。

累積到一千五百個小時，我最多只有一年半的時間。

你現在累積了多少？

兩百八十。

黃澄想怎麼聽起來那麼少，他不是已經去好幾年了嗎？到底幾年？她搞不清楚了，不知道該回什麼，兩人又一陣沉默。

誒，妳怎麼了？

沒有。

感覺怪怪的。

電話有點斷斷續續的。

要換電腦視訊嗎？

我電腦沒電了。

不能讓他發現黃茜也在。而且如果看到他的臉，黃澄會演不下去。

黃澄問，那這一年半你有打算回來嗎？

Ten頓了一下問，怎麼了？

我想知道我們下次何時能見面。

要看情況，妳想來的話隨時都可以來啊，妳的腳踏車還在。

他的語氣聽起來有些故作輕鬆，黃澄知道他一向不亂給承諾，他的生命要按照計劃走，在沒有把握之前他什麼都不會說。這也是黃澄喜歡他的地方。

她靠在床邊的地板上坐了下來，黃茜轉過來看了她一眼，黃澄揮手叫她轉回去。她把電話緊緊壓在發燙的耳朵上。

你現在還是會覺得，為小事做決定很困難嗎？黃澄問。

什麼？太突然了，Ten根本聽不懂。

像披薩要不要加芝心這種小事。

我不懂妳的意思。

你說過，**結婚**就有人可以一起為小事做決定。

黃澄故意把結婚兩個字加重。她開始誤導他，準備要變這場魔術。

我什麼時候說的？

我們第一次認識的時候，在我姊的婚禮，在電梯裡。

現在為什麼要講這個？

你說這種話，是認為女生都喜歡聽嗎？

妳今天到底怎麼了？

你喜歡假裝自己是一個渴望家庭，尊重女人的好男人對吧？

到底在說什麼？我們沒有結婚但不是什麼都是讓妳決定，要吃什麼，不能吃什麼——

但所有重大的決定，你從來沒有問過我。

譬如？

譬如你想當教官，繼續留在美國。

妳明明就知道，這是我唯一能繼續飛的機會。

是，黃澄想，她不只知道還非常同理，所以她不會怪他，永遠都不會。她希望這樣Ten也不會怪她。

還有，不用**結婚**。她繼續加重結婚兩個字。

Ten頓了一下，所以妳是想要談這個？

我們從來都沒有談過。

拜託，我們在一起才多久？

但我已經快三十歲了，我感覺不到任何可能。

黃澄的呼吸開始加快，她突然擔心起來，如果Ten不如她以為的那樣抗拒結婚呢？如果他真的被這樣一激就做什麼行動呢？他很快就會發現黃澄其實不是在逼婚，而是在隱藏其他的事。她看到黃茜又擔心地轉過來看她，她們望看著彼此，用嘴巴呼吸著。

Ten說，妳去跟前男友拍戲有問過我嗎？

如果不是在這種情況下，黃澄聽到這句話應該會有點難過。原來Ten真的沒打算要跟她結婚。然而此刻她倒是鬆了一口氣。黃澄把電話換到另一邊，用手抹了一下原本那隻發燙的耳朵。

你會讓我去嗎？你明明知道，那是我唯一有戲演的機會。她冷笑著，發現自己手心都是汗。

她用了他的臺詞回嗆他，用自己的不堪挫傷他的愛。

妳就這麼看不起自己？

對，我就是這麼看不起自己。所以我的人生就只配一直等一直等。等別人施捨工作給我，等你完成飛行大夢。

Ten對著電話大聲地吸氣吐氣。

這些事我們在一起的時候就已經知道的，沒有人逼妳。不要把自己說得沒有選擇一樣。

黃澄說，你根本不該來英國找我的。

所以現在是在怪我？他從沒這麼大聲對她說話。

你的確帶給我希望，但我真的受夠這種不知道在等什麼，不知道要等多久的日子了。

為什麼突然等不下去了？

黃澄的心揪了一下。她保持冷淡的語氣說，耗完了。

這麼容易？

本來就沒有多愛吧。

電話那頭沒有聲音，黃澄以為斷線了。

妳不用等了。

黃澄苦笑，但沒有發出任何聲音。她讓他說出口了，但比想像更容易一些又讓她有點失落。如果真的是一年半，轉眼就過了，演員最習慣的事不就是等待嗎。Ten的難過讓自己生氣了，黃澄讓他憤怒，他不但沒反擊，也沒掛電話，他現在一定非常痛苦。

黃澄說，我真的沒辦法了。

兩人的呼吸早已不在同個頻率上。黃澄閉上眼睛，想到失眠時，她會用數著Ten的心跳讓自己的心跳慢下來，雖然不是每次都能成功入睡，但她很喜歡做這件事。她喜歡他寬闊的肩膀、健壯的四肢、永遠剪得短短乾淨的手指甲。他聽到有趣的事，會徹底笑出聲來。黃澄想哭了，但此刻絕對不行。黃茜躡手躡腳地走到沙發上盤腿而坐，看著黃澄。

總之我就是在這，妳要怎樣，自己決定。Ten說。

這句話就是她要的答案了。黃澄會當作好好問過他，然後為自己做了決定。她半跪起臉朝下，讓眼淚直接掉在地板上，試著努力維持聲音正常。

那就這樣了，她說。

他們從來都不是那種會把分手掛在嘴巴的情侶。她清楚Ten的個性，說了就算後悔，也會做到。黃澄不再有任何、任何後悔的餘地。

就這樣？

那是Ten冷笑的聲音。黃澄想著她已經失去了全世界最好看的笑容，這輩子她第一個真正愛過的人。他一輩子都不會原諒她的。

希望有一天，會坐到你開的飛機，黃澄說。

嘟——

黃澄沒有馬上放下電話，繼續跪在地上。她想起Ten說過的那句話：有時人是靠拒絕，而不是接受來成就自己。黃茜把她扶了起來。

她幾乎是立刻就後悔了這一切，躲進棉被裡嚎啕大哭。她試著回想剛剛自己說了什麼，卻只記得一大堆「沉默」。這棉被如中性面具一樣拉回了她的理智，她的演員腦竟然開始思考起在對話中的前後沉默——宛如太極，二化成一。很多東西在其中流動、解體、散化，到消弭。每多一次沉默就多打碎一些東西。她知道自己的目的是要粉碎這段感情，不夠碎的話，就算赤足也得踩上幾腳。她甚至告訴自己，記住這種痛，記住這一切細節，以後會很好用。

在通話之前，黃澄猜想 Ten 會說出的臺詞可能會是——是我的嗎。我現在沒有辦法。我陪妳處理掉。那會讓黃澄恨他，進而否定所有美好的過去。可是一聽到他的聲音後，黃澄覺得 Ten 其實更可能會說出——那妳想怎麼做？我們就生下來吧。妳來美國待產。那麼她會無法拒絕他，就代表，黃澄得放棄她的事業。所以打從一開始，黃澄就沒打算對 Ten 說出懷孕的事。這是她打這通電話前就做好的選擇——她相信黃茜說的，只要永遠不知道 Ten 聽到時的反應，他就無法傷害到她。

孩子，演戲，飛行。

三者不可能共存。任何人來看，要放棄的都應該是黃澄。她的未來是賭局，賠率極高，更何況身體是她唯一的工具，而這工具現在有別的任務。這七年來，黃澄始終覺得自己沒有得到上戰場的機會。她總是在場邊敲鑼打鼓，吼著沒人鳥的戰略。沒人真正見過她的本事，她已暖身太久，不願未戰而降。因此她更能同理Ten也不該放棄飛行。

只是這不可逆的意外生命，已在他們這段不算長的感情裡，繞成了一個結。黃澄唯一能做到的，就是保住過去已足夠完美的部分。事物的反面與其本身有著同樣的分量，有時能讓希望延續下去的，是全然相反的絕望。孩子、演戲、飛行與愛情，黃澄做出了能守住最多的那個選擇。

黃茜拍拍她，遞了一杯水給她喝。

她接過水杯，目光支離破碎。她讓自己最愛的人陪她做了一場即興演出，這成了黃澄目前為止，演得最好的一場戲。

從今以後，他們不會在同一齣戲裡了。

Act V

女角

39／

這不知道是第幾次把咖啡灑在劇本上了。

黃澄把包包裡的東西全攤在黑膠地板上，用衛生紙壓著被咖啡浸染了三分之一的劇本。排練室的前端，演員們輕鬆坐成一個虛線圓在聽柏盛說話。當所有人都聞到那股咖啡味時，柏盛喊她，黃澄。

黃澄是從轉頭的速度，發現自己變成熟了。她為這戲毫不猶豫剪了俐落的短髮，五官看起來立體許多。少了加速度的髮尾可甩，她眨著藏著完美內眼線的大眼，從容地轉頭回看柏盛，手裡繼續搧著被汙染的劇本。

八年前，柏盛曾是黃澄的戲劇啟蒙老師，現在他在舞臺劇《未完事》和黃澄飾演一對夫妻。半年前意外地接到柏盛的電話，黃澄已經很長一段時間除了家人的來電，一概不接。她的經紀合約還有兩個月就期滿，公司以為她人在國外。兩年多前她向經紀公司說自己要出國一陣子。芳華只是淡淡問她，不做了嗎？黃澄不敢說死，怕公司以後會找她碴。她把原因推給家裡，一下說要去國外探親，一下說媽媽不喜歡她演戲。芳華聽著覺得自己有點看走了眼，當初還以為黃澄的企圖心是真槍實彈的，一個意外就擊敗了。她找了份英文家教，其餘時間都躲在家裡有系統地看老電影，正苦惱著是要跟星彩續約，還是想辦法簽給有固定戲量的製作公司。只要有戲演就好了。但不知道去哪找戲，壓根忘了當年是自己從《破報》上看到舞臺劇的徵選。

於是柏盛的電話一來，黃澄決定冒一點風險，在還有合約的身分下去徵選。她賭的是星彩不會帶藝人來參加，因為他們對舞臺劇沒有太大的興趣。而且就算選上了，演出時她也約滿了。連兩天的徵選，來的都是戲劇科班的學生與線上的舞臺劇演員，沒有任何一個人是有經紀公司的。黃澄在這些人之中一站，看起來精明又複雜。讓她脫穎而出的部分，是那些燃燒過她，又自己熄滅的東西。在一旁觀看的柏盛想，時間把大女孩的青澀一點一點搬走了，此刻正是一個女演員最佳被採收的時節。

徵選最後挑出三位女演員，搭配已確定的三位男演員。三男三女飾演同一對夫妻的過去、現在，與未來。黃澄與柏盛搭檔，代表現在。黃澄知道自己的對手是柏盛時，有些不適應。私底下還是老師老師叫著，改不了口。柏盛倒是一聽到黃澄決定把黃澄澄的藝名改回本名後，就一次也沒叫錯過。黃澄不再是劇組裡最年輕的演員，但儘管大學時在小劇場演出過，也念了碩士，在劇場她還是覺得自己很新。每次一卡關，黃澄就忍不住問柏盛問題。柏盛總是用問題回答問題，他不指路，只會掏出地圖讓她自己認。《未完事》剛在國家劇院完成首演，準備開始為期三個月臺港中三地的巡演。

柏盛說，牛導來之前每一對要把臺詞互換練習，妳準備好我們就開始。

黃澄聲音宏亮地回應著，馬上來！她期待角色互換的練習，把它當成一種遊戲。每當對手唸出自己已倒背如流的臺詞時，她還是可以找到臺詞的「暗角」，就像房間裡那些總是被吸塵器忽略的角落。

不過她的活潑高亢是一種圓滑的慣性防備。她知道牛導和他太太蘇老師早就來了。走廊上瀰漫著蘇老師的精油味，牛導正躲在後面的小房間裡，一邊整理著他兩道濃密的眉毛，一邊觀察演員們如何工作。他們是戲劇圈知名的夫妻檔，鍾情於複合媒材的表現形式，近年喜歡將劇場結合影像，打破傳統線性敘事與觀看視角。他們關注的主題核心都不脫離人與人之間的愛戀關係，只是不斷透過各種嘗試與創新，重複探討著大同小異的東西。他們的作品總是爭議性高，毀譽參半。黃澄去徵選前，只聽過他們的名字沒看過他們的戲。或許就是因為不了解，她沒有任何包袱與預設，反而發揮得宜。牛導出現在排練場時總是一臉殺氣騰騰的模樣，準備把一股腦的問題往演員的腦袋砸去。蘇老師則永遠穿著寬鬆的亞麻罩衫，維持著翩翩氣質，儘管在「小房間」裡也是那樣溫言軟語。

那是首演的第二天，星期六。

黃澄是在下午場演出結束後，便當吃到一半被叫進「小房間」。離晚場演出只剩一個小時。

助導把她引領進去後，輕輕關上了門。

請坐。牛導說。

黃澄坐下，小房間裡有聖木燃燒過的味道。

牛導問，黃澄澄與黃澄的差別，真的只有一個字嗎？

黃澄一聽到之前的藝名，就湧起一種驚慌又羞愧的感覺，像是不小心望見自己歷史底部的爛根。她沒說話。

牛導說，改回本名對妳有什麼意義？

黃澄想了一晌，說，我以前一直都不懂得欣賞自己，總想著怎麼成為別人——

可是我坐在臺下真的不會想看妳，怎麼辦？牛導打斷她。

黃澄閉上嘴巴，立刻後悔剛才一副要掏心掏肺回答的樣子。蘇老師坐在牛導的後方，臉上掛著微笑注視著她。

牛導說，有舞臺魅力的人，會讓觀眾在妳開口前就已經看著妳。

妳知道我們為什麼會選妳嗎？蘇老師開口了。

黃澄搖頭，想著演員知道得越少越幸福。

蘇老師繼續說，是妳眼睛裡的光。Audition的時候我是看到那道光才看到妳。排練的時候也很好，但怎麼一進劇場，這道光好像不見了。去哪了呢？

蘇老師最後一句是對著牛導說的，像幫他起了一拍。

我已經兩年沒有任何工作。黃澄用淡淡的語氣直接插上話，她對接下來要發生的事有心理準備了——最糟的情況就是她要被換掉。

牛導說，喔，所以那是慾望。現在安逸下來一切就弱掉了。

黃澄又開始抿嘴。

蘇老師問，妳覺得自己是一個值得被愛的人嗎？

蘇老師最主要的功能，就是提出這些有扒皮功能的哲學問題給演員們，然後私下解構他們。她能把雞蛋豆腐過馬路溜滑梯講到最後都是愛。

黃澄想了一下說，我曾經很渴望愛，但值不值得愛不應該是被愛的人來回答，否則就是自戀了。黃澄在提醒自己不該正面回答問題。

所以妳過三十歲就已經不渴望愛了？牛導挑了一下他的粗眉。

黃澄說，有時太過渴望的東西會變成災難。她決定把第一人稱拿掉，陳述性的句子聽起來像論述，會蓋過她的情緒。

蘇老師點點頭，表情化得更軟些說，妳的角色階段，內在雖然混沌，但因為比過去解了自己，所以站得更穩反抗起來也更強悍。可是妳所有情緒的掙扎都只有**姿態**，沒有真正的**力道**——可能她的對手柏盛太強了。牛導插話。

蘇老師瞪了他一眼，繼續說，我觀察妳平常和大家的互動，妳總是很活潑，顧慮著所有人。說話也特別客氣，但我覺得妳這種刻意放低的姿態，不過是為了容許自己犯錯罷了。

黃澄吞了一口口水，這句倒是說中了。所以現在是因為一點點的虛偽要把她換掉嗎？

牛導問，兩年沒工作在幹嘛？

在休息。有一股東西在黃澄的身體裡小小地流動了一下，她眼神閃爍，但沒有人讀到。夫妻倆依然專注在他們想要達成的破壞上。黃澄希望話題不要繼續在這上面打轉。

牛導說，我覺得妳戲演不好，是因為妳**太幸福**了。

黃澄嘴角抽動了一下，克制自己不要笑出來。但同時又知道這夫妻檔不就是在等她複雜的表情，真是臺上臺下都讓他們失望了。

牛導又說，我想要看到妳的角色又堅強又脆弱，現在這兩個都不夠。如果妳這個**現在**不成立，會影響到過去與未來。

蘇老師說，妳要對自己**更殘忍**，去挖掘最頹喪的部分。否則妳是六個人裡最弱的那個。

黃澄聽完，等了一下。她還在等那句，所以首演結束妳要被換掉了。可是牛導和蘇老師像下臺一鞠躬一樣突然放鬆了。黃澄眨著大眼看著他們，他們也對她眨了眼睛。

黃澄起身，說了謝謝才離開。

回到休息室時，演員們都去舞臺上試音了。她把吃了一半的便當直接倒掉，走去舞臺。音控叫她名字的時候，所有人都轉過來看她。那代表他們都知道她剛從小房間出來。黃澄若無其事地順著自己的臺詞，然後坐在自己開場的定位上伸展。大家陸續離開，黃澄盯著被膠帶與道具拖痕弄得傷痕累累的舞臺地板，明白所有的崩潰與自癒，本來都是無聲無息的。她總是因為折服於才華，忘了不該太過信任導演。這比王導以前在片場破口大罵羞辱她，稍微藝術一點，但取巧的本質是一樣的。

他們這樣一搭一唱在演出前試圖崩裂演員的做法，是帶風險的。眼前被擰到這狀態的演員因為在劇場無法逃跑，可能會崩潰，或是把自己擠在情緒的臨界邊緣。然後一上舞臺，那股演員的嗜血本能便會帶來導演所期望的東西。黃澄還是被搖晃到了，兩年沒演戲的她想著殘忍殘忍還要更殘忍，觀眾真的不會想看我嗎？她習慣挑剔地看著其他演員演戲，暗自挑出一大堆毛病警惕自己不要犯同樣的錯。她怎麼可能會是最弱的？

柏盛走來問，還好嗎妳？

還好啊。黃澄故作爽朗。

妳不是第一個在演出前被找去小房間的。

老師也去過嗎？

柏盛笑，他們不會這樣對我。

黃澄也笑說，真好。有筆記要給我嗎？

只想告訴妳，不要永遠把自己當成新人。人越弱，壞人就會越多。

黃澄愣了一下，原來柏盛也覺得她弱，那真得檢討一下了。

他們也不算壞人，某種程度導演和演員都一樣，把結果放在最前面。黃澄說。

有時覺得我們跟那些股票操作員也沒什麼兩樣。

可惜無法暴富。黃澄笑說。

燈光音響都還在調整，藍色與紅色的光不斷閃過他們的臉，後方正落下看不見的雨聲，黃澄聽著都覺得手掌似乎有了濕氣。劇場可以實現所有想像。

我以為他們會把我換掉，不過至少得等到首演結束吧。她說。

柏盛從那語氣聽得出來，黃澄在別的地方學到的痛苦可能已大於他了。

他說，舞臺劇要換演員所有人還得重新來過一次，臺灣的劇團沒本錢任性。

黃澄掂了一下這個答案，心裡似乎踏實了一點。她得要改掉這壞習慣，停止用過去的結果套在現在的自己身上。

柏盛轉身面對著觀眾席，視線從一樓到二樓到三樓，好像在看著眼前被放掉的一顆氣球。舞臺上的追光動來動去，就是沒有打在他身上。

我一直很好奇，你究竟比較喜歡教戲，還是演戲？她問。

沒有一個演員的夢想是當表演指導的。

柏盛的語氣像是一根針，把氣球戳破了。他收回視線，按了一下臉上固定麥線有些翹起的膠帶，伸手把黃澄拉起來。

走吧，快去換衣服。

後來三場，黃澄不確定自己有沒有達到牛導的期望，但當她在舞臺上找到「安全感」時，她就決定先暫時放過自己。那股安全感來自於她知道自己做的東西遠比觀眾看到的還多。因為無論是臺詞、走位，甚至是故意換上的破絲襪都是她親手讓角色長出來的。這是黃澄第一次在「創造」角色。

他們已花了兩個月的時間把這劇本慢慢建造起來。整齣戲的排練，稱為一種集體創作。導演丟情境，演員即興激盪，導演再丟——多帶一個杯子，做一個動作指令看與不看，加上一種質地與顏色。當時沒有人對這工作方式產生異議，就算有也不敢說。大家都認為這劇本可以無止境發展下去。沒有一個故事可以真的被說完，未來之後還有更遠的未來。導演讓三對夫妻同時存在於舞臺上，在下半場的時候打散配對。黃澄飾演的「現在」，會遇上角色的「過去」與「未來」。

現在跟未來說，活在過去的，會創造過去的未來。

未來對現在說，原諒，是確保自己不會再受到傷害。

他們一起對過去說，未來，永遠是浮動的。

《未完事》是用關係去談時間。每天，每小時，甚至每一秒人的情感都在變動，是進化也可能退化，但沒有人知道前行或後退的目的地究竟是何等光景。黃澄一直以為時間是一條河，不斷在流逝。她發現時間或許更接近河床，安靜堆積著。它不會把人腐蝕一空，而是堆疊輾壓讓人慢慢變形。

出道那麼多年，沒想到接到的第一部舞臺劇，就能站上國家劇院。黃澄抵達一個從未想像過的地方。她很快就著迷於舞臺與觀眾席間一種性感的空氣對流。一旦觀眾被征服，連呼吸都會與演員同步，一股全然的沉溺與交付。黃澄還發現全世界最好聽的聲響，是大幕剛起的完全寂靜，與謝幕時的掌聲。舞臺上沒有鏡頭，沒有閒雜人等，沒有能在演出時隨時卡斷她的導演。她擁有舞臺時，得到了前所未有的自由。

黃澄摸著耳環，一邊聽柏盛讀著她的臺詞，兩人一齊清掃更多的暗角。往上走，往下滑，一句一字指指點點，還有好多功夫要下。五場首演不過形塑出一個嬰孩，她還有幾十場的機會，讓孩子長成自己的樣子。牛導頂著整齊的粗眉毛進來，難得一派輕鬆。蘇老師滿臉笑意向大家宣布，巡迴演出的票券已售出九成。大夥歡呼，黃澄也就跟著叫，覺得牛導和蘇老師看起來都特別可愛。

給她機會的人，黃澄總是特別寬容。

40／

排練結束後，黃澄快速換下排練服準備回家吃飯。今天是媽媽的生日，每年小康都會提前訂好餐廳，每次都讓難以取悅的媽媽笑得花枝亂顫。黃茜說今天能順路接黃澄一道過去。

一出劇院，遠遠就看到小康的車停在愛國東路上。車裡沒人。小康靠在車旁，似乎在抽菸，黃澄不太確定，因為從沒看過小康抽菸。她刻意放慢腳步走過去，心裡默默希望在這路程中黃茜能快點出現。

直到黃澄走近時，小康才趕緊把菸往地板摁熄，菸蒂放回車上喝剩的咖啡杯裡。他還是不習慣黃澄的短髮。

他說，她們去散步，應該快回來了。

黃澄點點頭。

妳要先上車嗎？我幫妳開冷氣？

沒關係，在排練場吹了一整天的冷氣。

兩人杵著，氣氛怪怪的。黃澄從包包裡拿出水壺把最後一口咖啡喝掉。

都演完了，巡演還要排練？
因為永遠都可以更好。
我覺得看起來已經很好了。
你們看的是哪一場？
週六晚場。
那天我演得不好。
怎麼不好？
有點太用力，因為演出前被導演關到小房間裡說了一頓。
說什麼？
說我太幸福了，所以戲演不好。
小康看著黃澄。黃澄的眼光在夕陽橘色的天空上挪來挪去。
當然他們什麼都不知道。這圈子就是你還不是誰的時候，任何人都可以覺得他是你的誰。
我覺得妳演得很好。
黃澄笑，還好我也不小了，只想說演個戲何必搞成這樣。
她沒有說原本自己有多怕被換掉。這種恐懼，外人不會理解的。
妳還很年輕。

你覺得戲好看嗎？

小康想了一下說，我看的時候會忘記臺上那個人是妳。

黃澄的眼睛亮了一下，她一直都覺得這種話是對演員最好的讚美。

妳變得，嗯，很亮眼。

可能是短髮的關係吧。黃澄有些不好意思地用手撥了一下頭髮，心裡又矛盾著是否不該把自己人的好話當成讚美。

小康說，有些瞬間，好像黃茜。

黃澄聽了垂下眼睛，竟然有一股失望的感覺。

大劇場有種神聖感，我都還記得第一次看妳演戲，是在那個天花板很低的地下室。小康繼續說，沒有發現黃澄的失落，陷在自己的回憶裡。

我只記得黃茜哭得唏哩花啦。黃澄說。

妳還記得第一次演戲的感覺嗎？

說真的，有點忘了。

妳說，很好玩。

不知怎麼這句話有點打到黃澄，這兩年她很努力把自己的記憶變成負的。

因為我第一次看見妳是在舞臺上，就覺得妳本來就應該在**那裡**。看到妳上了大舞臺，很為妳驕傲。

黃澄聽著有點感動，兩人沉默了一下。

Ten最近訂婚了，妳知道嗎？

黃澄把本來要關起來空了的水壺，拿起來假裝往嘴裡倒。混著剛剛剩餘的咖啡味，她吞嚥了一口空氣。

黃澄故作輕鬆地說，怎麼會知道，都沒聯絡了。

她又開始把第一人稱拿掉，陳述會蓋過情緒。

小康沒有接話，慣性摸著他下巴的凹陷處。隨著年齡，凹槽似乎更深了。

他考上機師了吧？黃澄更關心這個。

嗯，考上了。

終於。

小康說，我和他也不太聯絡了。

黃澄沒反應。過了一晌說，你們不要再幫我付房租了。

跟妳姊說。

我說過了，黃茜要我跟你說，你們不要推來推去，我感覺不太好。

小康轉頭看著黃澄苦笑。反正再過兩個月我們就要回美國了，就付到那時吧。他頓了一下又說，夾在妳們姊妹之中，有時真的好難。

黃澄知道小康是一個很細緻的人，他的習慣裡有種無比寬容的耐性。然而這一切還是沒有那麼容易。但她想所有事物都有不只一種可能的不是嗎？不因為它是美好或殘酷的，明智或愚蠢的。這幾年成為演員最大的收穫，就是明白失敗是一種必然，絕非結果。他們要準備移民去美國，黃茜很憧憬國外的生活，現在，一切如願以償了。此刻夕陽的柔光被雲層斷出一條界線。

她們來了。

黃茜向著陽光往車子這邊的陰暗處走。康濡被背在胸前，頭上別了朵小花，黃茜用手遮著她的眼睛，兩條嫩白的小粗腿隨著黃茜的腳步晃動著。已經一年多了，黃澄依然會被姊姊那幸福的表情給震懾。小康越過地面那道光線上前幾步，掛著一種黃澄從沒見過的笑容。

黃澄突然明白童年其實只會有一個片刻。那不是無憂無慮的在大象撲滿裡投下五十元那一刻，也不是冰淇淋融化在手上黏黏的那一刻。而是上小學後，她第一次自己在中午放學時數著紅磚走路回家的瞬間。黃澄的一生就沿著這安靜又炙熱的一刻展開，地板上除了紅磚，還有縫隙的雜草，狗腳印，拉得長長的影子，之後走向舞臺與拍攝現場膠帶標記的定位。如果站得不夠準，她不是失光，就是失焦。她始終記得那童年片刻中最精彩的一瞬，就是當時眼前的塑膠袋飛了起來。她清楚知道那是風，不是雨。

她曾以為世界上所有的問題都有答案。

41／

太巧了。迎面的標示一路都是禁止前行。

一開始是紅綠燈，於是黃澄錯過了那班公車改搭捷運。悠遊卡餘額不足，閘門打了個X給她。然後是電扶梯在維修，技工在圍欄裡指著樓梯的方向。她在瑜伽教室門口因為找不到會員證又耽誤了好幾分鐘，眼看課程已經開始了。這堂印度籍的老師一向不接受學生遲到。黃澄看著牆上的鐘，猶豫乾脆不上了。櫃檯小姐好像看懂她的表情，催促著說，快進去今天是代課老師。

黃澄躡手躡腳進了教室。幾乎滿位。短髮纖瘦的女老師走過來試著幫她喬出一個位置。當她從黃澄身旁經過時，黃澄認出了一股在記憶中的味道。她沒多想，把眼鏡脫下放在瑜伽墊旁邊，跟著口令開始貓牛呼吸。

沒工作的時候，她盡量不戴隱形眼鏡了。《未完事》中國巡迴時，每週換一個城市，不知是因為水土不服還是空氣太髒，她一直長針眼。有時不會痛，長在上眼皮裡，眼睛閉上的時候，柏盛說看起來像多了兩顆眼球在裡面轉。最嚴重的是長在右下眼瞼的那顆，持續發紅化膿，讓黃澄兩眼的臥蠶變得一大一小。最後幾場演出，眼妝也不畫了，把眉毛塗粗一點，只戴一只隱形眼鏡上場。柏盛在臺上偶爾會發現，黃澄看著他的其中一隻眼睛，像走神出戲似的小小偏移著。

她很焦慮。什麼炸的辣的油的都不敢吃，每天晚上把水壺裝著熱水用蒸氣熱敷。她慶幸至少不是在演影像，舞臺劇除了對手之外沒有一個觀眾能看清楚演員的臉。平日得像書呆子一樣掛著厚重的眼鏡，讓她的自信瞬間收束了起來。一回臺灣，她就去眼科動手術，把發硬的幾個膿包處理掉，其餘軟的還要等。醫生說，隨時可能會復發，這跟荷爾蒙有關，壓力，心情那些造成的。黃澄聽了沮喪，去投靠中醫，中醫師笑笑地說，妳是看什麼都不順眼，要學著眼不見為淨。黃澄聽得懂但做不到，頂著藏膿的視線，吞著中藥粉，乖乖到瑜伽教室報到。

雖然是代課，但這老師有自己的教學系統，黃澄得拿起眼鏡看她的示範動作。這次看清楚了。她先是驚訝兩人的髮型在經過十年，竟然還能如此相似。而這相似，像在這裡相遇一樣，需要累積多少事件的巧合才能撞在一起。黃澄一直記得她的名字，方雨彤，演了一次女主角就消失的人。現在竟然站在黃澄的身旁，幫她調整英雄式的停留。黃澄的手舉高貼著耳朵，她想著自己腋下正對準了方雨彤，想到止汗劑，想到那間狹窄的廁所，然後想到王導，想到Ten，想到小濡——她聽見方雨彤說，尾骨收，這樣力量才不會落在腰部。

她記得她嗎？

從她的表情什麼都看不出來。那還是一個女主角的質地，不上戲時表情都好好儲存下來了。不像重新復出的黃澄，喳呼喳呼的聲音塞滿誇張的表情和語助詞。可是她幹嘛這樣想，人家都不當演員了黃澄還在比較什麼？黃澄一直為方雨彤感到可惜，如果她繼續演，現在所有代言人都要洗一輪牌了。

她的腰確實不太舒服，排練時常常拉傷。最後的輪式她不敢做，先躺平在地上。每次到了大休息的時候，黃澄的腦子反而開始濾出亂七八糟的雜念。她想著即將要與牛導引薦的一位電影投資方碰面，煩惱著自己的眼睛會不會又發作。下課結束後要去跟方雨彤打個招呼嗎？該怎麼開場？她或許根本不記得黃澄的名字，因為那時在片場大家都只叫她「女生」。

她聽見方雨彤用一種特別沉靜低鳴的嗓音說——

鬆，就是不用力的專注。

黃澄張開眼睛，擠著下巴望向方雨彤。她恨不得立刻起身去更衣室拿筆記本記下這句話。她曉得怎麼專注，但始終學不會像柏盛演戲時那種鬆鬆的狀態。好看死了。

結束的時候，黃澄故意放慢動作等到最後一個把課卡遞上。

沒想到方雨彤先開口，嗨，黃澄澄。她淡淡笑著。

黃澄自動堆起喜劇般的驚訝表情說，妳竟然記得我！而且還知道我的名字。只要誰能精準叫出她的名字，黃澄都會迎上這種笑容。

不過我現在改回本名了，我叫黃澄。

是嘛，偶爾有看到妳的戲。她說話就是沒有主詞的，有種抽離的空靈感。

兩人一前一後走到更衣室去換衣服。黃澄繼續跟她聊天，像打著機關槍的主持人在逼問來賓一般——瑜伽學了多久？有去過印度嗎？吃素嗎？做什麼動作能疏通眼部血液循環？腰常常不對要怎麼改善？方雨彤說話慢，但回覆得也算熱絡，不但讓黃澄取下眼鏡，研究還沒消掉的麥粒腫，更讓黃澄做動作來幫她檢查是哪些肌肉問題導致腰痛。她的手在黃澄身上摸來摸去，黃澄想著還好剛才流的汗都已經乾掉了，而且現在只要出門，她一定會擦止汗劑。一個人的味道，沒有那麼容易改變。方雨彤身上那股天然的乳香味也還在。女主角都是香的，她們是花啊。

大話小話都說完了，原本黃澄最想問的那句始終沒說出口，為什麼不演戲了？她感到這次偶遇是一次性的，方雨彤沒有開瑜伽課，說自己主要是接一對一私人訓練。除非黃澄找她上課，否則不會有機會再把談話提到這種熱絡的程度。不如，就把重逢在這做個漂亮的收尾吧。

黃澄還在左右扳著自己的腰，她聽見她問，王導還好嗎？

她停下動作，聽出了那股假裝的隨意。原來真正想問的是方雨彤。黃澄微微收起了喜劇笑容，說，不知道耶。

還真的勒。方雨彤頭一撇，像是對著身旁一個看不見的朋友說。

她不藏了，表情急凍成一塊冰。

什麼？黃澄其實聽到了。

我以為他只看得上女主角。

黃澄懂了，不自覺抿了一下嘴，感覺方雨彤盯著她的嘴。
後來看到他的新戲都有妳，就猜到了。他也追過我，可是那肥肥矮矮的身材我真的不行。
方雨彤的口氣輕輕浮浮的，說完直接在瑜伽服外套上連身的亞麻洋裝。黃澄不知道的是，在她出現之前，方雨彤短暫接受了王導的追求，但她堅持絕不在別人面前上他的車，在維持形象方面她比黃澄有原則多了。

因為她的本性比黃澄脆弱，一次只能抵抗一件事。那時同時要抵抗的東西至少有三件，經紀公司，替身黃澄，還有王導。短短一個月的拍攝過程差點毀了她。一拍完就消聲匿跡，上映時的宣傳活動永遠缺了女主角。經紀公司寄了存證信函到她家，花了好幾年官司才解決。方雨彤當年無法理解，為什麼一個人可以把所有殘酷都說成是愛。過了很久她才想通那不是愛，是某種獵捕行為。承認這些像是推翻她的整個青春。

黃澄不搭話，上衣套上後，也把牛仔褲直接穿上。她可不想在方雨彤面前脫到只剩一條內褲。彷彿眨兩下眼，十年就這樣盪過去又盪回來。她被夾在時光隧道裡，身體的分子因為錯亂全都扭曲變形了。還以為她們在敘舊，原來唯一舊的只有不堪而已。

方雨彤說，其實在拍電影之前就看過妳了。聚聚場的戲，叫什麼我都忘了。

黃澄依然沒作聲，坐下來穿起襪子，慶幸今天的襪子沒有破洞。心想都過了那麼久，女主角到底還想怎樣？

想起來了，《失眠》對吧？有去看喔。

黃澄很久沒想起團長那分開的門牙，還有在她面前刻意含顆滷蛋的說話方式。

我知道妳原本——

妳的角色原本是我的。方雨彤搶話。

其實黃澄本來要說的就是這句。這種話她聽過太多了，自己也說過不少次。演員們喜歡在別人接了角色後不忘說出這一類的話——噢他們也有來問我，但我時間不行。噢本來是我要接的，但劇本我不喜歡。把先被詢問說得像自己是第一人選，是演員攢給自己一種如灰塵般的尊嚴。一吹就散。

她說，那麼難看的戲，妳還能演得那麼好。

黃澄有些意外，軟了一下。這是一種「演員病」，一被誇讚，偽裝就會鬆掉。這句話明明是充滿了諷刺。

不過最近沒看到妳什麼作品，還是又在當誰的替身？

方雨彤今天就是要戰到底了。黃澄決定先停下來仔細觀望她那淡淡的表情，再思考要怎麼陪她演下去才能賓主盡歡。黃澄這一看，方雨彤反而有些不自在，因為黃澄的眼神非常混濁，夾雜著憐憫，善意稀薄。與記憶中那雙好奇敏感的眼神完全不一樣了。

黃澄說，我最近在演舞臺劇，剛巡演回來。

噢想起來了，妳還去英國讀書。

黃澄當下立刻意識到一件事，在她很少想起方雨彤的這十年，她像個黑粉一樣持續更新著她的動態。有時確實需要一個對手來讓你發現自己的弱點，譬如體味，譬如一段關係的真相。但如果發現自己緊咬的對手，其實根本沒把自己放在眼裡，她會不會崩潰？黃澄已經開始同情起方雨彤了。

方雨彤看了一眼她的嘴巴，說，演舞臺劇就看不到妳歪嘴的特色了。

黃澄笑了，說，妳好累喔。

她放出溫柔的聲線，說得沒脾氣，帶著一股憐惜，甚至一點悲憫。方雨彤不說話，努力保持低溫的雙眼像兩顆冰塊被丟進熱水裡，裂了。黃澄早習慣各種批評。演員都像平底鍋上的肉，反覆被人翻炒著。這種人身攻擊早已不新鮮了，所以她連說話的口氣也懶得刻意諷刺些什麼。臉型的不對稱其實帶來一些利多。讓許多哀傷憂愁的表情更扭曲到位，讓左右臉看起來像不同的人。

無論如何，還在舞臺上的是黃澄，現在不過中場休息一下，方雨彤這個觀眾，憑著一張過期的通行證混來後臺，還想找回自己的梳妝臺和戲服。那句諺語不是說了嗎？戲棚底下站久了，就是你的。

黃澄一股腦把東西塞進包包說，好多演員沒戲演都跑去教瑜伽，我常好奇臺北街頭究竟是瑜伽老師多，還是想演戲的演員多？

不就是讓他睡了妳，妳才能混到現在？

方雨彤的聲音都抖起來了。難道她在後悔自己沒被睡嗎？她大概不知道，就是因為被睡了，所以黃澄就只能演女三四五六。其實任何人都有天賦把自己拋回置身過的痛苦中再翻攪一次，差別在於演員能系統化地達成，一般人往往會失去控制。如果方雨彤繼續演戲，她們間隔十年的對手戲一定可以跳脫「更衣室」，在某個更公開的片場或試鏡現場發生，那肯定更有看頭。如今，她已不是黃澄的對手了。

我還打算繼續混下去呢，黃澄笑笑地說。

此時櫃檯的小姐探了一顆頭進來說，雨彤我還以為妳走了，今天的鐘點費先給妳。

黃澄瞟了一眼她們手中過渡的幾百塊，抓著背包輕輕擦過雨彤的肩先離開更衣室。在那個錯身的瞬間，黃澄想通一件自己從沒想過的事，那就是她已練就連瑜伽老師都缺乏的柔韌，能夠彎折自己去承擔殘酷與傷害，再看似毫髮無傷地全身而退，繼續在演藝戰場上舒展筋骨。

黃澄一出瑜伽教室，沒有像往常一樣待在樓下的便利商店喝牛奶。她往反方向走，一直走，路上的號誌全順著讓她通行無阻。仇恨對她來說是一袋餿水，隨時都要清理乾淨，否則一定臭氣熏天。不知走了多久，她覺得有點餓，立刻進了一家麥當勞。

她點了一個雙層漢堡，把飲料換成咖啡。加大薯條，又加了一塊炸雞。

一靜下來，她立刻就想到小濡。想起幾週前在機場送行，她趁著黃茜上廁所時偷偷餵了一根短短的薯條給她。小康在一旁笑。黃澄想讓她記得這世界上第一口美味是她給的。她知道小濡馬上就會忘記她，下次見面時她得重新認識黃澄。

他們走後，黃澄比預期的更失落，尤其是每天在浴室的時候。她想起那時完全不受控制的身體狀態，從來不吃辣的她總是在找辛辣的食物與酸澀的果乾。長年多夢的睡眠，竟然能無夢到天亮。她有一種是自己又不像自己的感覺。當她漱口，她會想著這是多麼複雜的動作，一個孩子要幾歲才能學會呢？當肥皂滑過腹部那道淡淡的疤痕時，她會聽見聲音。是黃茜抱著孩子叫醒她，對她說，小濡來了。濡跟澄一樣有水，代表黑，能包容一切。小濡在哭，響亮無比。

黃澄確實動過墮胎的念頭，也知道這遺憾注定會占據情緒抽屜裡最大的空間，她會像不斷複習多多的死亡一樣，複習自己殺了一個孩子。她會後悔，開始痛恨戲劇，痛恨自己，痛恨到像那被吸走的胚胎一樣血肉模糊。

一個兩全其美的辦法，是被姊妹倆妳一言我一句編織起來的。黃澄讓出了母親的角色，給她心中永遠的女主角。黃茜比她更渴望當母親，隨時準備沉浸在滿足與掛念的狂熱之中，一秒入戲。最後僅剩的遺憾，是黃澄犧牲掉了Ten——她的愛情。如果愛情還在，這個計劃不可能實現。只是愛情在這齣戲裡早已微不足道。

如果方雨彤沒有掉入過去的深淵，她們或許真能坐下來好好聊天。那麼她就有機會偷窺到黃澄身上的殘敗硬傷。也許她們會用最刻薄尖酸的話一起數落王導，然後方雨彤會離當年懵懂的自己，寬容地再靠近幾步。替身從臺上當到臺下的過去，不再讓黃澄有任何感覺。搞不好她連B cast都不是，後面還有那麼多字母。她知道王導有所隱瞞，是自己放棄不去追究的。也許她早已預料到自己的一生，不願被任何人追究。

《吾嫚》的意外讓黃澄想通了一件事，沒有一個演員無法被取代。演藝圈是一片海，缺了一口別的就補上，改變不了什麼。方雨彤自己先爬上岸，站在岸邊甩著弄濕的裙襬，一邊持續幻想著美人魚的樣子，怎能不痛苦？黃澄吃下最後一口漢堡時想，方雨彤得學習更多，才能成為一個真正的瑜伽老師。那時，她就能像黃澄一樣放過自己了。

42

周老闆示意王蕾幫黃澄倒酒，她趕緊雙手捧上杯子。

黃澄說，一點點就好，已經第三杯了。

周老闆說，這個黃澄不錯，酒量很好。王蕾笑著附和。

五人坐在包廂的小圓桌。黃澄坐在周老闆和王蕾中間，牛導夫妻坐在周老闆的右側。懷石料理吃了快兩個小時，主菜終於來了。黃澄看著眼前一個石板，干貝上面鋪滿了魚子醬，旁邊放了一個高腳杯，裡面裝著處理過的石蟳。每道菜來，她因為不知道該怎麼吃，只好假裝欣賞一下擺盤，等別人開動了，才跟著開動。通常，她以王蕾為準。

第一次見面時，兩人自我介紹時說的是，我是王蕾。黃澄回的是，蕾姐妳好，我是黃澄。王蕾維持優雅的笑，沒什麼反應。確實大家都叫她蕾姐，當周老闆的特助，沒人敢直呼她全名。儘管被叫老了她也不在意。周老闆前半生不乾不淨，出獄後積極潛入影視產業，撒錢投資電影，入股電視臺，創建娛樂公司自製電視劇。現在決定成立經紀公司。不過他的想法跟一般人不一樣，他對培育新人沒興趣，也不屑撿已經闖出名號藝人的肥水，他對王蕾說，要找已經滾過幾番有能力沒名氣的那種演員。王蕾的父親是周老闆的拜把，從小和媽媽被丟到美國去沒見過父親幾次。父親過世時她回臺參加葬禮，就跟著周老闆沒回去過。周老闆把她當女兒疼，疼到王蕾都開始懷疑會不會他才是自己的生父。

王蕾比黃澄還高，顴骨高單眼皮，有種超模的氣勢。她大學讀的是藝術，在美國和朋友們拍過不少前衛的短片，有時她拍，有時被拍。但她對於看到自己完全沒興趣。回到臺灣，總喜歡一個人到處亂走，平日跑電影院，假日跑劇院。在看完《未完事》首演後，她找上劇團，要問黃澄這個人。牛導和蘇老師年輕時也玩過實驗電影，算半個電影人，一聽說是周老闆的人，立刻像嫁女兒一樣張羅了起來。臺灣的劇團養不起團員，政商關係好的就靠企業養，否則就是每天寫企劃書靠政府補助餬口。黃澄的經紀約其實跟他們無關，但藉著機緣總有好處。夫妻倆近幾年努力拓展中國與香港市場，這與周老闆的版圖計劃也算不謀而合。周老闆的黑道背景，全臺灣都知道。黃澄也聽說了，但不清楚要防備什麼。主要是因為她跟王蕾很投緣。

黃澄上禮拜拿合約去他們公司，看到一個人坐在大廳旁的椅子上正在研究一個紅色的茶罐子，老花眼鏡都滑到鼻尖上了。他對黃澄招招手。

妳來幫我唸一下這罐子上面的字。那人說。

黃澄接過罐子，從「東方美人茶」開始唸。唸完介紹，色澤香氣，一路唸到沖泡方式的最後一個字。唸完，抬頭，王蕾已在她身後站了許久。

這位是周老闆。王蕾說。

黃澄禮貌笑著問好，其實早已猜到了。

黃澄黃澄，這名字不錯。妳覺得自己是**青衣**，還是**花旦**？周老闆問。

她不懂京劇，但基礎概念還是有的。黃澄想了一下說，我演一堆小花旦時都把自己想成大青衣。殊不知，臺灣的影劇圈只懂得看大花配小花，青衣無地自容只能孤芳自賞。

周老闆笑，聽出黃澄話語中的自嘲，也頗認同她點出了戲劇市場的角色侷限。他對王蕾點點頭，王蕾領著黃澄進入她的辦公室。

映入眼簾的是整片ＤＶＤ和外文書籍。黃澄忍不住研究起來。兩人從電影開始聊，像身體裡各自起了個音，一對上，拍子下，就合奏起來了。從電影聊到國外生活，聊到各自的家庭與童年。過了一個多小時，黃澄才想起包包裡的合約。王蕾接過合約確認後，突然問了一個問題。

妳有沒有黑歷史？

什麼意思？

王蕾邊想眼珠子轉了一下。譬如有沒有拍過性愛裸照那種會破壞妳形象的東西？

黃澄搖頭。

妳現在單身嗎？

對。

沒結過婚吧？

沒有。

雖然我的想法是演員盡量保持神祕，不需要交代私事給大眾。但拜託不要介入別人家庭，那種新聞很傷。如果哪天妳真的不小心愛到了，至少先跟我知會一聲。

好。

不是說談戀愛要跟我報備，又不是小朋友了，公司也沒有什麼禁愛條款啦。

黃澄點頭。

沒有未婚生子吧？

黃澄頓了一下，隨即堆起一點笑意說，沒有，希望這輩子有機會。

妳會想生小孩？王蕾有些驚訝。

如果未來一切都更穩定的話。

那如果不能演戲妳也OK？

演員如果夠紅，好像就沒有這問題，現在一線女演員生了孩子全都水漲船高。

好像是。

公司該不會不讓我生孩子吧？黃澄故意開玩笑問。

當然不會，周老闆很重家庭的。我們公司產假是半年起跳耶，可惜看來我用不到。

黃澄笑。她真的很喜歡王蕾的爽朗，她們聊天的方式讓她想念起黃茜。

但如果真有這打算，最好也是提前告訴我。我們在各處都有開發案，可能前期就有安排但不見得會告訴你們，這點可能跟妳以前接觸的經紀公司狀況不太一樣。我們通常都是出資者，所以說話可以比較大聲。

黃澄點頭，她又更欣賞王蕾了，把這種事淡淡吐出，而不是用畫大餅的方式給演員一個虛幻的期待。

我很好奇，妳為什麼想簽我？

一種直覺。或者說，妳讓我有想像的空間。我喜歡這種，看不清楚妳的樣子的感覺。

原來沒有型，也是一種優勢。就像觀葉植物沒有花期。黃澄自嘲。

王蕾笑。對了，妳之前是不是有參與過《吾嫚》？

黃澄點頭。

這戲真是紅翻了。

劇本是好的，角色也都很有發揮。

中國電視臺前期的那個選秀宣傳的策略也很聰明，成功化解了誰來接演的窘境。還順便做出一批新偶像。

黃澄點頭，只是她連預告都沒看。她不想自己的內心又敲鑼打鼓起來。

妳會覺得可惜嗎？王蕾問。

說不會是騙人的。但我比較宿命論，相信角色自己會找演員。

王蕾頓了一晌，說，我也相信。

離開公司的時候，黃澄一心想著能否跟自己的經紀人當好朋友，卻把自己撒的大謊給忘了。回到家後仔細一想，才開始害怕。畢竟周老闆背景複雜，如果未婚生子被爆成醜聞，違約懲處恐怕不只是錢的問題了。但誰會知道？除了腹部那條淡淡的疤痕，和保險醫療紀錄，誰能證明黃澄生過孩子？更何況，女兒成了外甥女，已被「媽媽」帶離臺灣了。

黃澄胡亂搔了一下自己的頭髮，把這事給撥掉了。她上網查詢《吾嫚》，發現為了迎合演員的年紀，全部角色的年齡都降了五歲以上。原本三十歲出頭的璐璐成了二十五歲，飾演璐璐的演員個子細小，鼻子翹翹，要演高中生都勉強說得過去。花開不了五年，植物五年絕對爆盆，女人的二十五歲和三十歲怎麼能這樣水平移動呢？

黃澄點開幾集跳著看，好好的一部女性成長故事被拍成了甜膩的偶像劇。她感到頭部一陣抽痛，拿出茶几下那整疊的劇本。她沒丟，卻也沒再翻過。那段回憶每去一次，腦袋的畫面就會重新剪輯一遍，有些部分會快轉，有些部分放慢甚至停格。但黃澄已經下定決心要把過去鏟成一個窟窿，讓記憶都變成負的。她拿了一個垃圾袋，劇本塞進去，連回收都不做了，最好一口氣燒乾淨。她換上短褲，趿著拖鞋，邋裡邋遢地把璐璐給丟掉了。

周老闆又叫了一支三十六年的威士忌。輕輕敲著黃澄的酒杯。黃澄趕緊回神捧著杯又多喝了一點。真順。她兩頰開出了小花。王蕾跟她喝得差不多，依然面不改色。她負責幫所有人倒酒，確保每個人的狀況。

一向滴酒不沾的蘇老師，也貪了一杯三十六年的好貨。她特別向周老闆敬酒。

我們黃澄以後就麻煩周老闆了。她用手肘推了一下牛導，牛導趕緊舉杯，大聲說——

周老闆得把黃澄當女友一樣照顧。

大家全僵了。只有見過大風大浪的周老闆面不改色依然呵呵地笑著。

我看你喝太多了，不知道在說什麼。蘇老師趕緊責備牛導。

王蕾立刻打圓場，說，牛導是要說女兒啦。

對對對，像女兒一樣照顧。牛導用袖子擦掉因為激動掉在嘴邊的口水。

黃澄沒見過牛導那麼狼狽，乾笑兩聲，跟著大家把最後一口比她還老的酒倒進肚子裡。

她小聲對王蕾說，我不能再喝了。

最後一道甜點上來時，大家都喊飽。還好就是用湯匙盛著的一口水果雪酪，黃澄把湯匙放進嘴裡，酸甜的百香果味瞬間沖散了酒氣的燥熱感。

蘇老師眼看飯局要結束了，趕緊跟周老闆提了《未完事》明年再次巡迴的事。她希望能讓周老闆公司主辦，不再委託中國那邊。周老闆聽著點頭，交代王蕾好好處理。最後他敲敲杯子，搖搖晃晃站了起來。大家再次舉杯。

周老闆說，今天我的心情特別很好，公司簽到黃澄這塊未開發寶地。而且，而且——他刻意停頓，把杯子舉向王蕾。王蕾幫我拿下今年最火的電視劇的電影版權，預計兩年後開拍！

蘇老師問，哪一部啊？

周老闆說，Woman，《吾嫚》。

黃澄一聽，轉頭看向王蕾。她難得露出牙齒燦笑，拿著酒杯輕碰黃澄的杯。她靠在她的耳朵旁說，角色來找妳的時候，逃都逃不掉。

黃澄把已空的酒杯，往嘴巴裡倒，什麼都沒有嚐到。

43

在上海虹橋機場落地時，原本還在回應王蕾的黃澄，突然截斷了自己的笑。她感覺身體瞬間繃了起來。王蕾問是不是哪裡不舒服，黃澄搖頭，藉故去了趟廁所。她用剩下的礦泉水漱口，洗了把臉。望著鏡子呆了一下，找出唇膏往嘴巴抹，再用食指沾一點打在兩側顴骨上充當腮紅。她不確定，讓自己不舒服的究竟是上海，還是馬上要參加的《試鏡說》。

這是近期興起的一波演員實境秀的其中一檔節目。唯一的區別在於裡面的十二名參加者，都是尚未成名的新進演員。在經過一連串的訓練與驗收淘汰，觀眾不只能見證演員的成長，同時也能一窺表演工作的殘酷與現實。製作單位標榜有別於其他生死鬥節目的炫技與毒舌，強調宣揚表演藝術的初衷。

黃澄要去錄製其中兩集，當所謂外來的「挑戰者」，與原本的十二名成員一同進行《吾嫂》電影版的角色公開徵選。電影版要接順著電視劇的操作方式，結合當紅的節目炒作一波選角熱度。但王蕾說了，就算公司有出資也不能保證黃澄一定會被選上，更不能保證是哪個角色。唯一能做的就是安排她去上節目，當成一次有利的曝光機會。

是因為這保證，黃澄才答應的。她不怕被公開檢視自己的能力，甚至還有些迫切。若被要求試演劇中片段，沒有人會比她更通透；若是要求現場即興，經過舞臺劇的磨練她也勝券在握。她可以輕鬆證明自己是一個不需要被內定的演員。

唯一讓黃澄猶豫的，是實境秀裡利用「操作」，製造各種偽真實的衝突來達到節目效果。王蕾想了一下說，這不就跟演戲一樣嗎？黃澄沒接話。王蕾又說，如果效果好畫面就多，效果不好畫面會被剪掉，我們也不會有太大的損失吧？也是。自從黃澄知道是一位香港女導演接下了電影版，她對《吾嫚》的懸念又開始了。她期待女性創作者的切入能讓那三個女角真正魂回，更渴望以現在成熟的自己再次撐起璐璐。黃澄沒有跟王蕾再多說什麼了。

她對王蕾的信任，是一次共謀中瞬間建構起來的。黃澄還在拍攝一部迷你電視劇，飾演一位女檢察官。因為故事圍繞著刑事局，主要角色全由男性組成，女檢察官是戲分最重的女性角色。不過，最初劇組是要黃澄試一個只有幾場戲的女法官，所以只給了兩場獨立場次的劇本。王蕾不知用什麼方法，要來了六集完整劇本給黃澄，什麼都沒說。黃澄看完說女檢察官的角色很不錯，王蕾說但對方要我們試的是女法官，戲少，卻是關鍵角色。黃澄又低頭翻了翻劇本，在那紙張嘶唰的聲響之中，兩個女人在心裡做了同一個決定。

隔天黃澄自己一個人去劇組試鏡，她一到就開始和導演聊起臺灣幾位著名的女檢察官，現場的人聽得津津有味。本來導演說不用試戲了，黃澄堅持說還是試一下吧，這樣彼此都能更確定。

結果黃澄翻開一場女檢察官的戲請副導對戲，所有人都錯愕。黃澄立刻投入地丟出第一句臺詞，副導只好接。演完後，現場一陣沉默。副導尷尬地說，其實我們是想找妳演女法官的。黃澄立刻露出驚訝又羞愧的表情，趕緊再掏出劇本翻找場次，嘴裡連忙說著，可能經紀人沒溝通清楚，我以為是檢察官的角色。導演看著她，思考著什麼，說，沒關係這樣就可以了。

黃澄一踏出那棟樓，在附近的咖啡店等待的王蕾就已經接到劇組的電話。黃澄一看到王蕾臉上詭異的笑，就知道自己拿到角色了。從那一刻開始，黃澄找到戰友了。

剛剛在飛機上，她跟王蕾避重就輕聊了一些過去的事。提了與王導的交往，去英國學習開竅的過程，與Ten短暫的戀情，還有黃茜當了媽媽變得多愛哭。王蕾很專心在聽，沒太多回應。黃澄對於能三言兩語帶過自己，感到有些暈眩，像是舞者快速轉了幾個圈回到原點時，多少會產生一種現實的誤差感。

抵達《試鏡說》劇組宿舍時，剛好是晚餐時間。學員們圍在長桌吃飯聊天，黃澄與王蕾一到，大家全站起來跟她們打招呼，男男女女嘴裡還嚼著食物來不及吞下去。黃澄立刻發現，自己的年紀比他們大上不少。女孩們全沒化妝，穿著拖鞋與居家服頭髮隨便一擼，每個人的臉，因為還沒過度扮演別人而保有自己的本質，帶著同一種渴望，同一種脆弱，相去無幾的掙扎與美麗。再過幾年，他們會因為被磨損得太嚴重而流失眼前的性格，成為一張張維持合宜，隨時供人取用非常相似的臉孔。他們不認識黃澄，客客氣氣打量著她。黃澄有種誤闖學生宿舍的感覺。

工作人員引領她們到走廊盡頭的一間雙人房，黃澄瞥見角落休息區坐著一個人在看書，她多看了一眼。那人禮貌地放下書本站起，跟她們點了點頭。黃澄對著他，嘴巴微開，好像想走過去說什麼卻突然被自己的腳絆住了。那人不明所以微微歪了頭，撐著臉上的微笑。黃澄瞇起了眼睛，回點個頭，轉身跟著王蕾進了房間。

他不記得她了。

即使黃澄在他那俊俏如彎月的臉上，狠狠揮打過好幾巴掌。他一定記得自己被打過，但是誰的手一點都不重要。一個演員的記憶是用事件串起的，人在記憶裡會被塗得越來越淡。

王蕾把行李箱一放，坐在靠牆的床邊喝水。

妳認識徐滄宇嗎？王蕾問。

以前碰過。那時我連他的名字都不知道。

這幾年他發展得不錯，也算熬出頭了。

連他也要來試鏡？

這是個好機會可以證明自己。我覺得你們兩個滿搭的，妳應該去跟他敘敘舊，明天上場如果對到，就會有些默契。王蕾說完就逕自去梳洗。黃澄從行李袋裡拿出道具包放在桌上，只要工作就一定會隨身帶著這個小包包，王蕾笑稱是演員的魔法袋。她換上拖鞋，上網查了一下徐滄宇的近況，這些年他拍了些戲，新聞全是為戲如何快速增肥又瘦身，沒什麼緋聞。看累了，她往床上一躺，閉著眼休息。

她看見自己開門走了出去，站到徐滄宇面前。她問，你在看什麼書？也許是《百年孤寂》或是某本精彩的推理小說，也可能是《演員自我修養》或是某個他即將扮演的角色的一本傳記。黃澄坐下，徐滄宇闔上書，稍微挪動身體轉向她。他的動作如黃澄記憶中一樣的緩慢，鎮定，全神貫注，似乎總是在思考著下一步該做什麼。黃澄說出以前他們相遇的場景，徐滄宇盯著她的臉，想著是哪裡不一樣了，然後說，我記得妳。

黃澄當然是變漂亮了，但徐滄宇看起來不是那種能輕易誇讚女孩外表的人。他的禮貌與溫柔，會招惹許多麻煩，於是無論是對同性或異性，他學會不帶殘留物的相處方式，不製造任何會卡在中間的東西讓別人去作文章。以至於他最常面臨到的批評成了，徐滄宇太乖了，演不了複雜的角色。他搔搔頭髮，看起來很苦惱。黃澄笑說，有限制就有動力，每個演員都有自己的限制。

他們互相傾訴著這些年是如何經由滲透「理性」，讓被挫敗捅得殘破的熱情，變得依然可以接受。黃澄想起自己每到一個環境，就要鎖定一個目標的壞毛病好久沒犯了。她總習慣沉降一個錨在某個人身上，利用對方射散出的力量讓自己無時不感到一種模糊的壓迫，使她保持警覺，同時釋放荷爾蒙——將會轉化成Charisma的東西。

黃澄沒說什麼，徐滄宇也笑了起來，露出尖尖的下巴與一排雕刻過的貼片皓齒。黃澄恍了一下神，想著那如月亮的光芒，不該變得那麼犀利才對。她動了一下身體，墜落感讓她重新睜開雙眼，回到漆黑陌生的房間。

外頭天光透藍，估計馬上就得迎接清晨了。她聽見微微的磨牙聲，轉向隔壁床，過了一會兒才想起捲在棉被裡的人是王蕾。

這裡是上海，她曾翻覆的地方。

44 ／

剛梳化好，工作人員就到宿舍來給他們裝上了麥克風。

不用王蕾提醒，黃澄知道這麥克風會跟著她一整天不關機，表示隨時都有人聽得到她說話。她和其他挑戰者共乘一臺小巴士到攝影棚，車程要三十分鐘。徐滄宇一個人坐在最後排，掛著的耳機從頭到尾沒拿下來過，黃澄覺得那只是一種偽裝，裡面根本沒有音樂。其他的經紀人互相寒暄交換名片，演員們低聲交談。黃澄沒有說話。

望向窗外的街景，她感覺上海像是上輩子的記憶。過去一些重大的時刻，都成為黃澄演戲時常使用的意象。她看著自己全身赤裸，一具陌生的軀體伏在她身上喘著氣——有時那軀體是病態的骷髏，有時是一具灌滿脂肪的巨獸——始終她想不起來那一夜情的男人真實的模樣。黃澄也會看見小濡出生時那沾滿血水綠綠藍藍的小拳頭，拚了命揮舞著，好像嚴正抗議著自己被推離溫暖的子宮。

這些意象會打開黃澄身後的那扇門。她使自己熱淚盈眶，伸出一隻腳抵住門，讓一同噙著淚水的觀眾穿越過去。但是更多時候，她沒有跟上前，等觀眾通過後，她將自己留在門外。

抵達現場後，黃澄與其他挑戰者和十二名學員都被安置在外圍的攝影棚，等廣播叫到自己的名字，就進主場景試鏡。除了自己的順序之外，還有可能會被叫進去幫別的演員搭戲。大家在猜，被叫進去越多次，代表評審對你越有興趣，他們期待看見不同配對下產生的火花。

黃澄自己預先準備的片段，是與裴夢拍過的那場在醫院門口和解的戲。他們叫一位女學員幫忙搭胡疊的部分。女學員的個子很小，聲音細細甜甜的，往那一站，黃澄瞬間覺得自己像個粗獷的男人，一不小心就會與風情萬種的璐璐錯開。她們演到一半就被打斷，導演露出為難的表情，操著廣東國語問，能不能調換一下角色？

雖然看不出來，但黃澄有些驚慌，因為她的腦海裡還存著裴夢版本的胡疊，這樣突然演起來，她很容易複製起裴夢的演法。女學員用力點頭說好，黃澄在那一刻明白她本來準備的也是璐璐，有一瞬間她懷疑這是設計好的。她站起身，順了順衣服，走到一旁準備開始。她告訴自己，就演裴夢吧，反正沒有人知道。

當她看到女學員先滴下兩行淚的時候，那股不服輸的感覺，也完全承襲了當時裴夢的妒忌。黃澄快速翻閱腦海中儲存的意象，因為太著急，畫面顯示得黯淡又扭曲。她衡量當下自己是哭不出來了，於是決定轉換一種傻大姐的語氣和肢體，把那情緒用技巧包裝成一股壓抑，並且用舌頭的肌肉用力壓了一下喉嚨的深處，製造出想要打哈欠的感覺，讓眼睛濕潤微紅。因為有別於其他人的處理方式，幾個導師對黃澄這種抑制感強烈的詮釋感到新奇，甚至讚賞起她在兩個角色間轉化自如。黃澄因為有些心虛，聽了也沒覺得特別高興。於是又不同於其他人對讚許毫無掩飾的雀躍，黃澄淡漠的表情，看在導演眼裡成了另一種反差與神祕。

第一輪的自選片段結束後，黃澄還被叫進去搭配兩次，一次演璐璐，一次演合音歌手西西。她從來沒有好好研究過西西，以為這角色就是設定給歌手飾演。所以當下只好完全憑著直覺走。

那一場戲是西西失戀，三個女孩在家裡喝到全醉翻了。黃澄演過酒醉，知道表演的關鍵是努力保持平衡，卻又不斷失去平衡。她把眼神失焦放軟，任意變換動作重心，連說話的聲音都像為了找到音準而變得忽高忽低，無意間製造出一種喜感，連自己都感到意外。

演到一半，黃澄突然跌跌撞撞地往那道具包衝去，本來想拿的是口紅，掏來掏去卻摸到了那顆紅鼻子。其實有那麼一瞬間，她出戲了，還好因為低著頭沒人發現。她立刻回到醉態，拿起那顆紅紅的塑膠小球瞇著眼傻笑，一時之間沒人意識到那是什麼東西。

她把紅鼻子歪歪扭扭地套上，抓起酒瓶道具充當麥克風，胡亂唱起一首在英國學的爵士老歌〈All of me〉：

All of me
Why not take all of me
Can you see I'm no good without you——

她並沒有打算認真唱，只在假裝深情，可是唱著唱著，有什麼東西被鼻尖那紅紅的影子給掐住，一股熱的感覺湧上。她繼續嬉皮笑臉唱著，腦袋浮現一個久違的意象：她看見Ten在抽菸。抽完最後一口，他把菸摁熄，收進另一個菸盒裡。那一刻她明白為什麼這個動作會讓自己醉心多年，原來她一直把自己想成那個菸蒂，使用後可以逃離被棄擲的命運。她見證過這樣柔情的善行，驕傲又心痛。她看見Ten坐在昏暗的客廳地上，戴上這顆紅鼻子笨拙地想逗她笑，她扶起那溫暖的雙手，貼在自己的臉上。

You took the part that once was my heart ——

黃澄突然低頭，停住。

那看起來就是一個戲劇性的完美停頓，所有人都被凍結住。黃澄重新深吸一口氣，抬起頭來，兩個眼窩都是紅色的，眼光迷濛憂傷地望向鏡頭，微微走著音，唱完最後一句：

So why not take all of me ——

身後的那扇門自動開啟了，這次不用腳抵著也不怕門會關上。

她沒有在演。一開始有，但唱歌的時候西西就已經消失了，剩下的是被紅鼻子保護著的黃澄，以及曾用炙熱眼光望著她，與她交換過夢想、信任與失落的Ten。

她一直在等這一刻，想好好送走他。不知道什麼時候會來，也不清楚該用何種方式。更不願這一刻來得太快，也許再過一年，兩年，甚至更久都沒有關係。她以為這送別會發生在某個聲嘶力竭的排練現場，或是更有挑戰的角色獨白裡，沒想到，是在一個真人秀的錄影現場。

臺上臺下都在鼓掌。

幾個導師們用手指抹去眼角意外的淚。黃澄轉身背臺摘下紅鼻子，像完勝一場球賽般與另外兩位學員擁抱。導師們七嘴八舌說著自己如何被真正的情感一棒擊中，黃澄微微喘著氣什麼都沒聽進去。她正努力擊退腦海中，如浪潮般襲來一波又一波的意象。

她同時沉浸在一種從未感受過的「表演滿足」裡。原來不用討好觀眾，不用順服導演，不用通過自己嚴格的審判是這種感覺。她只存在於當下，沒暖身，沒培養情緒，沒注意攝影機在那。門開了。她看見他，她讓他先過，跟在他身後，安安靜靜地把門帶上。

黃澄覺得不可思議，能一直帶著這份道別的渴望，同時又完成那麼多事——生孩子，繼續成熟，拚命演戲，慢慢衰老。她一度懷疑這是一場潛意識的預謀，曾啟動過他們情感的紅鼻子，從英國回來再也沒有用過了。它待在那魔法包裡，成一道奇蹟的誘餌。她一直都知道，哪怕一句臺詞，一本小說，一部電影，甚至一個小道具，裡面全都葬著愛。

45 ／

中午休息時黃澄拿著盒飯，跟幾個學員坐在同一桌。她吃不下，一邊聽著大家聊天，一邊用筷子來回夾著幾口白飯嚼得很慢做做樣子，免得人家以為她嫌伙食不好。趁沒人注意的時候，王蕾偷偷幫她把盒飯拿去丟。

黃澄在化妝間一直拖到導播來催，才回到演員的等候廳。她被指示在徐滄宇旁坐下。兩人互相點了一下頭，這是他們第二次交流。黃澄整了一下自己的襯衫，把雙腳對著鞋頭等齊，兩腳踝緊緊地併攏，感到小腿肚輕輕靠上彼此。她低頭看自己的大腿，因為太瘦中間有條縫隙，她把兩手交扣垂放在其中。徐滄宇用餘光瞥了她，也挪動身體，把手肘撐在大腿上，向前傾著。他覺得身邊的女生有一種很強的存在感，感到些許不自在。

廣播同時叫了他們的名字，兩人不意外。他們起身，步伐踩在同一個節奏上走了進去。導師們迎面而來的眼光跟之前有些不同，黃澄下意識往徐滄宇站近了一步。

導演說，你倆認識嗎？

徐滄宇搖頭。黃澄說，我知道滄宇。

第二階段即興的部分，我想給你們出難一點的，好嗎？
黃澄點頭。徐滄宇說，沒問題。
導演說，你們是兩個演員，剛合作完一部戲。今天被迫要來上一個很犀利的訪談節目宣傳。設定是，你們曾經**祕密**交往過，但因為有一方劈腿而分手了。我們不知道是哪一方，你們也不能先討論。
他們不能討論？另一位導師有些驚訝。
因為那樣演員就會設定很多情緒，我想看他們丟接的即興能力。導演說。
太刺激啦，那我可以來演訪談主持人？那導師問，大家笑他犯了戲癮。
導演說，可以，但要犀利的那種，不許胡鬧。
導師拍胸脯保證會好好演，現場熱烈一陣。黃澄和徐滄宇依然保持鎮定，兩人不時視線交會，好像試著交流什麼。
導演說，那我們就開始吧。

今天非常高興兩位能在百忙中抽空，來到我們這個《明星來了》的現場。首先，要先恭喜你們，竟然同時獲得最新一屆坎城影展最佳男主角與最佳女主角。這是我們節目第一次影帝、影后一同現身——

（現場笑聲此起彼落，兩人反應，立即接受主持人的情境設定，點頭致謝）

老實說，一起上我的節目，是不是壓力很大？

黃：我覺得單打獨鬥比較可怕。

徐：我們很習慣了。都一起演戲了，宣傳當然也得一起。

所以你們會把宣傳當成一種演戲嗎？

徐：其實大部分的人，我指的是在日常生活中，都不知道自己在演戲。

黃：我覺得演自己最難。至於演得好不好，也沒有真的標準。

這次你們演一對中年夫妻。若問心智年齡，你們覺得自己大概是幾歲？

徐：我本來就是老靈魂，六、七十歲吧。

黃：我就跟實際年齡差不多。

對年齡會敏感嗎？

徐：我會著急。一方面覺得自己沒有代表作。另一方面又想趕快四十，這樣才能得到更複雜的角色成為代表作。

現在都得了影帝算有代表作了吧？

徐：（反應）可以……算是。

黃：（趕緊插話）我覺得能活得像自己的年紀，在這世代是一種里程碑。當然在工作上，女演員確實會面臨工作減少的問題。這是現實，損失本來就是整體的一部分。

女演員不怕老嗎？

黃：我滿享受現在的自己。

所以妳不追求青春了？

黃：某方面我覺得少女是很無聊的一個階段，想的事情單一又擾人。

徐：不過對未來充滿想像的感覺很刺激，不是嗎？

黃：你現在還是可以充滿想像。

徐：好像無法像年輕時那麼有衝勁了。

黃：你的口氣果然像六、七十歲的老人家。

如果看到徐滄宇搭配更年輕的女演員，黃澄不會吃味嗎？

黃：（思考一晌）這問題很有趣喔。如果反過來問徐滄宇好像就不成立了。

徐：怎麼說？

黃：如果看到我搭配比你更年輕的男演員，你會吃味嗎？

徐：會喔。那通常會是姊弟戀，或師生戀的劇情。

黃：（笑）我們的文化，是不太接受成熟女性搭配年紀較小的男人。

徐：我其實滿想演這種角色。

黃：你愛過比自己大很多的女人嗎？
徐：還沒有這個機會。
黃：那你會為了詮釋這種戲，去體驗看看嗎？
徐：愛不是用來體驗的。

這麼說的話，要在戲裡愛上彼此，還有親熱的床戲，對你們來說有沒有難度？

（他們各自微笑，沉默一晌）

徐：不難。黃澄是很有魅力的。
黃：你這樣說，就是要讓我說你也很有魅力嘛。
徐：難道我沒有嗎？
黃：（笑）不方便說。愛無論如何不可能沒有難度的，對吧？

演愛一個人，需要真的愛上對方嗎？

黃：完全不需要。投射就好。
徐：（打斷）不。我需要。
黃：那不就演一個愛一個。
徐：誒，抽離也是另一種演戲的技能。我算演技方法，體驗派的。（停頓）所以最後不能在一起，是真的痛。

（兩人看向彼此）

黃：徐滄宇，你爆雷了。要罰錢。

徐：哈那就剪掉吧，再重來一次。

黃：你知道這樣說，他們就一定不會剪掉。

徐：（對主持人）你不覺得我們擺在一起，根本就是一場煙火秀。

黃：（笑）沒錯我和徐滄宇，是真正的不打不相識。

那談談你們第一次的相遇。

黃：第一次見面，我就差點把他的臉打爛了。那時我才二十歲只是個小替身，看著他拍廣告。想都沒想過有一天能跟徐滄宇同臺。

（徐滄宇微微張開嘴，隨即又低頭陪笑）

黃：我私底下最喜歡糗他這件事，那時他連我的名字都不知道。

妳當時看到他是什麼感覺？

黃：他人很好。

徐：就這樣？

黃：善良的人很可貴。

徐：黃澄她就是特別容易緊張，一緊張就會抿嘴巴。（黃澄愣）看，是不是又想抿嘴。而且害怕的時候，會傻笑。

（主持人對著其他導師們）他們說的像真的發生過。

黃：（不受影響）你看他觀察女孩子那麼細微，誰抵擋得了。

徐：我是對誰都觀察入微。不觀察怎麼當個好演員？

黃：我不認為作為一位演員就必須隨時隨地在觀察別人，拆解動機，那很容易把自己框住，會忽略更重要的東西。

徐：有什麼比觀察更重要的？

黃：（思考）所謂**中間**的東西。

徐：妳指的是關係嗎？

黃：不是，是語言之間的東西，呼吸，沉默那些。甚至是從A點走到B點那段移動的過程。我覺得那是真正戲劇張力的來源。

徐：那也是動機的結果，應該要自然地發生。如果妳專門去想這些中間的事，表演就全部都是設計，感動不了觀眾的。

（主持人對著其他導師們做了個手勢）他們自己槓起來了。

黃：（繼續說）我不是說要刻意去填補這些中間。我覺得拆解動機分析角色才是設計。如果你抓到中間這些流動的張力，就像攝影師等到了他要的光線，角色是都會長出自己的意識，會帶著你走，改變你，甚至控制你。然後當一個角色離開的時候，一定有東西會被留下，那就成為下一個角色的養分。演員才會不斷成長。這種成長是有機的，不是強迫灌注或拉提的。

徐：（笑）妳可以去教表演了。

感覺黃澄是一個對抗性很強的人。

徐：她只是在製造節目效果。

黃：我確實是一個非常較真的人，但我對事不對人。

徐：演員一談到表演，都得認真起來。

這是為了證明什麼嗎？

黃：證明不了什麼，只證明自己能說一口好戲。

徐：或是證明自己沒有代表作。

黃：你為什麼那麼在乎代表作？真的有任何一個作品，可以代表一個演員嗎？

徐：我覺得那是一種**自我期望**與**外在認同**達到一致的時刻。

黃：專業和業餘就是差在這裡。業餘者總是會露出那種誠惶誠恐期待被人喜愛、肯定的表情。但專業演員，演完的當下就知道自己有沒有做到了不是嗎？

（故意挑撥）妳是暗指我們的影帝是業餘演員嗎？

黃：我哪敢。我只是明白演員那種渴望到處討好的習慣，是會帶來盲點的。

徐：妳這樣說太武斷了，演員能控制的是很小的一部分，離最終成品還有段距離。妳能保證自己演戲時完全不考慮效果？

黃：不可能全部都這麼好，但至少能允許那時刻的出現。或許你應該演舞臺劇。這種時刻，會出現的。

此時導演出聲，中斷了即興對談。

導演讓工作人員搬了兩張沒有靠背的椅子上臺，讓原本並排坐的黃澄與徐滄宇呈現對坐姿態。導演要求他們維持同樣的設定，並確保眼睛完全鎖住對方，到結束為止誰都不能飄走。

兩人盯著彼此，像在比誰先把對方看出一個洞來。

黃澄發現徐滄宇的眉毛好亂，眼睛一大一小，右眼是雙眼皮，左眼是單眼皮。她突然想起自己很小的時候也有過這個困擾，那根本就是在意歪嘴前的熱身。那時她暗戀著班上一個很會打躲避球的男同學，每當她準備和男同學說話時，她就會揉一揉那隻小眼睛，把它揉成雙眼皮才有勇氣開口。此刻徐滄宇的臉慢慢變成一個小男生的樣子。

黃澄看得出神了，想著自己究竟是哪隻眼睛從單變成雙的。而以徐滄宇的角度看來，黃澄兩顆眼球正看著他快速地左右跳動。他想笑，忍住了。黃澄感覺到了，也努力在忍。要是笑場，肯定會出局。他們的視線，在現場建構出另一維度的空間，有些怪異、曖昧不明的張力正悄悄擴散開來。導演指示主持人重新開始問。

剛才你們談到專業與業餘，不管怎麼樣，你們現在都是大明星了。我好奇名氣對你們來說是什麼？

徐：我從沒想過要當一個明星，我只想當一個**好演員**。

黃：運氣好的人才會這麼說。

徐：出名的結果就是，儘管我追求的是某種真實生活，在別人眼裡的我還是各種不真實的樣子。人們對我的想像，總是大過於我所創造的角色。

黃：我認為大部分的演員一開始都想要成名，成名就是一種認可。但慢慢你就會發現成名的條件，完全不是取決於戲演得好不好。這是一個非常殘忍的事實。有人認清就放棄了，有人決定繼續搏鬥，但越搏越不甘心。然後，才開始想著一定得成為一個好演員來證明我也可以。最後就自我洗腦成你說的這句話。

徐：妳不能說洗腦，這是理想，一個健康的觀念。

黃：健康只是相對的。我懂越多表演，越覺得自己什麼都不會。但當你越走越遠之後，會發現整個世界本來就是一個超大的幼稚園。

徐：保持童心對演員來說很重要。

黃：我在說的是幼稚的部分。老實講，從一開始我就想要成為明星，但就是因為一直沒出名，不得已才成為一個好演員。不過礙於面子，這些我可從來沒有承認過。

徐：妳現在承認了。

黃：因為我現在是影后，就可以大聲說自己是一個好演員了。

徐：大明星和好演員不見得是衝突。

黃：（笑）我們現在侃侃地談表演、談藝術、談生命，說得好像多有一回事是因為我們已經在這裡了。但當我們什麼都不是的時候，幾乎不可能意識到這些好像信奉了一輩子的道理。而且我們講這些，根本不會有人想聽。

徐：黃澄妳的眼睛快飄走了。

黃：對不起，我看得眼睛有點乾。

有沒有想要放棄過演戲？

徐：從來沒有。

黃：從來沒有？太不可思議了。

徐：（笑）怎麼會？

黃：開始演戲的時候，誰的心裡沒有一團小小的火，說熱情也好，企圖心也好，那團炙熱只能燒給自己看，別人只看得見從嘴巴鼻子耳朵冒出來的煙，久了之後，那火也就要滅不滅的了。

徐：我懂這感覺。所以有時需要煽風點火，或是跟別人借火。
黃：怎麼借？
徐：跟志同道合的人一起合作。
黃：這是一種奢望吧。我其實在想，現在終於得獎了，是不是就可以不用演了。
徐：那妳演戲不就只是為了得獎？
黃：最終會需要認同，可是一直證明自己很累。
徐：演戲這件事我看得比較遠，是超越事業的一種生活模式，而不只是當作一個目標，拿獎賺錢成名那些。如果演戲是妳的目標，就會有這種放不放棄的問題。對我來說，演戲是一種技能。像游泳，你不會問一個人，以後不打算游泳了嗎？這問題對我不成立。
黃：但如果你是一個奧運金牌的游泳選手，這問題就成立了。
徐：那我用磨刀來比喻。那是一種技藝對吧？但你總不能二十四小時都在磨一把刀。磨的過程一下火燒，又要冷卻，磨一陣子得放一下，讓它經過空間時間的調和慢慢達到你要的鋒利程度。這技術看似單一重複，其實有很多細節要調整。耐得住的，才能留下來。
黃：談放不放棄這種問題，對男演員來說單純多了。
徐：現在只要牽扯到女性問題，都會變複雜。
黃：你這話要當心，很容易被套上**厭女**的標籤。

徐：那妳又是真的喜歡被套上女權嗎？

黃：我沒想過自己追尋的是一種權力。我是在某一刻突然了解到，無論是在檯面世界或檯面下的現實，我，女演員，永遠是一個被獵者。這幾乎讓我的忍耐達到極限。

徐：但妳還是沒有放棄。

黃：我一天到晚都想放棄。

徐：可是妳還是撐下來了。

（兩人對視沉默一晌）

（輕聲打斷）你們這輩子做過最後悔的事是什麼？

徐：讓她離開。

（黃澄不作聲，只是看著）

誰？

徐：妳。黃澄。

（黃澄愣，看著徐滄宇思考許久）

黃：我從來沒後悔離開你。但，我後悔把孩子生下來。（停頓）不對，更準確地說是，我後悔放棄當母親。

徐：什麼孩子？

黃：與你無關。我曾愛過一個人，生下他的孩子。但我無法放棄我的表演工作，所以我就放棄他們。

徐：等一下，妳現在說的是真的嗎？

黃：哪種女生會開這種玩笑？

（沉默一晌）

徐：妳應該跟我說。

黃：我沒有跟任何人說。

徐：妳跟我說，一定會有辦法的。

（沉默一晌）

黃：所以說了，你就會懂得珍惜一切嗎？

徐：那妳要瞞為什麼不瞞到底，在這裡說出來是想毀了自己嗎？

黃：（眼眶泛紅）我不知道，嘴巴就自己說了出來。

徐：（對著主持人）不能錄下去了，這段絕對不能播。

黃：（冷笑）來不及了，這個雷夠大了吧，我不知道還能給你們什麼了。

徐：為什麼妳老是想要給？

黃：有爆點也是一種價值。我想超越你嘛。

（出戲）他們真的沒套好嗎，我怎麼感覺我才是被考驗的角色？

導演喊停。全體稍做休息。

兩人深深吐出一口大氣，緊繃的雙肩垮了下來。黃澄用手胡亂抹去臉上的眼淚。徐滄宇上前擁抱她，兩人小聲交談了片刻。

我真的沒認出妳來，對不起。

那你怎麼知道我愛抿嘴？緊張就會想笑？

我今天一直在觀察妳。

黃澄聽了被一股純粹的暖意包圍，她一直在觀察徐滄宇以至於忘記別人其實也正觀察著她。

導演問，你們感覺如何？

黃澄說，對視後的感覺完全不一樣，很難同時盯著對方的眼睛，一邊思考表達。不過最後有一種完整被接住的感覺。

是徐滄宇劈腿吧？但妳好像不怎麼恨他？導演問。

黃澄說，應該說是一種比恨更複雜的情緒，因為如果兩人都是演員的話，我覺得情感裡一定有很深的較勁、嫉妒之類的東西，會因為背叛讓這些東西更外顯。

我會一直忘記自己是影帝，剛剛一下發生太多事了，徐滄宇說。

黃澄點點頭，對著他笑。

我很好奇，你們剛剛說的話都是真的嗎？其中一位導師意味深長地問。

兩人對看了一下。

徐滄宇苦笑說，我其實有點搞不清楚了。

黃澄卻說，我只能努力**假裝**，我很怕老，也不是明星。

她說謊。

除了某些微小的竄改，黃澄說的都是事實。她在扮演自己。一個對自己的「想望」。

為什麼最後會突然提到生小孩的梗？導師問。

我覺得張力足夠，但整體的節奏一直都沒有到達一個高點。滄宇突然說後悔讓我離開，我立刻明白他在丟球，因為他的眼睛閃出一道只有我看得見的光。於是我就回丟一個更大的刺激給他，我有信心他一定接得住。

我其實有點嚇到，徐滄宇說。

但你接住了，謝謝。黃澄說。

導演說，這場戲中戲中戲，拜主持人加持，有很多層面的阻礙，兩人情感的嫌隙，表演理念的衝突，以及現場的公開性不能讓你們張牙舞爪對待彼此、表述情感。後來我讓你們用對視的方式，去強化張力，就是黃澄說的那種**中間**的東西被披露出來。一般人如果不了解演員的話，對演員的想像往往是平板可笑的。所以我覺得最好看的部分，是在角色的外殼裡聽見了屬於你們自身這些年所經歷的挫敗與體悟，是額外的大彩蛋。含金量特高，非常感動。

兩人露出像小孩子的笑容，不自覺站得比之前更靠近。

導演問，你們，不是在談戀愛吧？

兩人一起搖頭，相視而笑。那讓他們看起來更像一對戀人。

黃澄發現徐滄宇的牙齒，其實是有一些不整齊的，也沒有貼片那種不自然的白。對於一個要上鏡頭的人來說，他太寫實了。也難怪這一切能順著流動到最後。成雙共舞才玩得起來。

兩人踩在同一個節奏轉身退場。黃澄忍不住轉了一下緊繃許久的肩膀，骨頭在肌肉間喀喀作響，像在為她鼓掌。她的心臟，漸漸回到溫柔撞擊胸口的節奏。

46／

她們都選擇不用餐。整個機艙瀰漫著一股雞肉飯的味道。王蕾跟空姐要了一杯黑咖啡和一杯冰塊。黃澄要了烏龍茶。很燙，無法入口。她看著王蕾熟練地把黑咖啡一點點倒進那杯冰塊裡，冰塊發出碎裂細微的哀號。

妳怎麼不喝咖啡？王蕾問。

飛機上的咖啡感覺都燒焦了。黃澄說。

王蕾搖了搖手裡的冰塊，好像那是一杯威士忌。

妳喝喝看。

黃澄接過杯子，抿了一口說，好多了。

王蕾又要了一杯。於是他們的小桌板上，總共積了五個杯子，最後還多了一瓶可樂，是黃澄要的。兩人露出滿足的表情。

效果應該會很好。

黃澄知道王蕾在指《試鏡說》，只應和了一聲沒接話。

王蕾繼續說，我其實滿想認識以前的妳。

那妳可能就不會想當我的經紀人了。

如果我當了妳的經紀人，就不會有現在的這個妳了。

黃澄微笑，低頭看了桌板上的水印，用手抹了一下。她過去一直有種在繩索上走路的感覺，那持續毫無間歇的恐懼感，是她存在過最好的證明。現在她明白即便摔落，也不會有事。墜落會是清醒的瞬間。

王蕾轉著機上的小螢幕挑選電影。她問，妳有看過這部《海上鋼琴師》嗎？

黃澄很早以前看過，印象最深刻的是男主角歪斜的大鼻子。王蕾開始談起電影原著的義大利作家，寫過一本叫《Mr. Gwyn》的小說。王蕾拼出Gwyn給她聽，用手指頭在桌面上抹著水漬寫下字母。那是在講一個暢銷作者決定再也不寫書的故事。因為他覺得「唯一讓他活下去的東西，其實會慢慢殺死他」。譬如寫作之於作家，創作之於藝術家，山嶽之於登山者——

演戲之於一個演員。黃澄接話。

王蕾笑問，妳喜歡自己把這件事看得那麼重嗎？

黃澄視線垂下又抬起。她一直覺得在現實生活中經歷的戲劇性，已遠遠大過於她扮演過的角色。她和王蕾談起最近重新回想灰姑娘的故事，發現女演員其實都是灰姑娘。大部分的人老早就準備好那雙玻璃鞋，卻遲遲等不到南瓜車。等不及的，就跳上了別的車，卻再也沒抵達舞會。而黃澄則是一直緊緊守護著那雙鞋，怕弄髒而不敢穿，等得不耐煩又不願亂上車（因為她上錯過一次，自己跳車了），最後她只好一手撩著裙子，抓著高跟鞋赤腳前行。走著走著也開始懷疑，這舞會真的值得去嗎？

黃澄說，以前演員對我來說只是名詞，代表一種職業，一些人名。後來變成了形容詞，好看的漂亮的有特色的。之後變成動詞，就是那各式各樣的動機與演戲技巧。然後，它才會再慢慢變回一個名詞，跟我這個人產生連結，黃澄是一位演員。

王蕾越來越覺得黃澄像一本小說，因為沒有機會從頭翻到尾，每次打開都能發現驚喜。她花了一些時間在心底閱讀黃澄說的話。

王蕾說，我得告訴妳一件事，希望妳不會生氣。徐滄宇也簽給我們公司了，妳和他是《吾嫚》內定好的演員。只要你們在節目裡沒表現得太差，導演也無法換掉你們。而且事實證明，我們的眼光很好。

黃澄眼珠子轉了一下，好像在看回放的情節。

角色也先決定了嗎？她問。

沒有，導演說得看到你們本人。

徐滄宇知道嗎？

知道，他的經紀人有先告訴他，我們跟他們是三方合約。

那他演得真好。

會不高興嗎？

謝謝妳現在才告訴我，演員知道得越少越幸福。

黃澄把剩下溶化的冰塊全倒進咖啡裡，兩人各自在心裡思考著什麼。

黃澄問，妳剛剛說的那個故事，不寫書的Mr. Gwyn後來怎麼樣？

他決定幫人寫畫像。

怎麼寫？

他每天在一個布置好的空屋裡跟對方單獨見面，維持一個月，最後寫出一段故事，一個場景，像一本書裡的片段。我最喜歡他設計屋子裡的燈泡像計時器一樣，時間到了就會非常乾脆地滅掉。

真的有這種職業嗎？黃澄的語氣裡一股羨慕。

妹妹，這是小說。

我也想被寫。

妳已經在做類似的事了。

怎麼說？

每次接到一個虛構的角色，我猜妳總能在上面找到跟自己相符的特質。一部戲的某段情節，可能會跟妳經驗過的雷同。妳把這些框了起來。妳戴著紅鼻子唱歌時，我原本覺得好笑，但笑著笑著眼淚就流出來。那一個瞬間代表了妳，是妳的**定格**。

黃澄聽著，突然有種是黃茜坐在她身邊的錯覺。她心裡湧上一股莫名衝擊而來的失落。那是一場三人的大風吹遊戲。黃茜坐上黃澄的位置，唯一的空位讓給了小濡，黃澄沒位置了，只好一個人繼續當鬼。可是遊戲突然就結束了。

王蕾問起黃澄的爸爸。黃澄說父母很早離異，只聽說他是一個酒鬼。

聽說？

我姊說的。

妳覺得成長中缺乏父親對妳有影響嗎？

黃澄思考了一下。要說的話，可能對我姊影響比較大。她第一個愛得死去活來的人，看起來就像個爸爸。不過那影響應該是因為她和我爸相處得更久，而不是**沒有爸爸**。

我懂。小時候我有很多叔叔，每個都對我很好，但從小我就學會分辨那些好不是真的好。

難怪妳那麼精明。

所以真正影響我們的，不是父親的缺席，而是他們怎麼存在。

黃澄想著那如果不存在呢？思索起印象中從來沒有跟黃茜聊過爸爸。

妳說的，都是真的。王蕾的語氣聽有些不同。

什麼？

和徐滄宇對談時，你們說的那些話都是真的。

黃澄望向王蕾，感受到一股張力，好像她在跟自己對戲。

包括未婚生子那段。我覺得沒生過小孩的女演員，是說不出那些話的。妳自己都說了，哪個女生會開這種玩笑。

黃澄微微牽動了嘴角，讓冷卻的笑容重新加溫。她掏出手機，找出小濡的照片給王蕾看，像每個新手媽媽會做的那樣。

王蕾看看手機，又看看黃澄。像每個好朋友會做的那樣。

嘴巴很像妳，下唇中間也有一個凹陷，很性感。王蕾說。

我們家的嘴巴都很有特色。這是小濡，我的外甥女，後面都是她的照片。

王蕾接過手機去看。

黃澄說，畫家畫自畫像的時候，不是都會照著鏡子畫嗎？我和我姊像是隔了很多年出生的雙胞胎，不過她的生命比我精彩太多了。很多時候，我是看著她，畫出自己的畫像。她生一次孩子，我也就生過一次。

王蕾微微瞇起了眼睛，試著從黃澄的話語和表情中釐清真偽。

她問，那妳姊以後會告訴她嗎？

告訴她什麼？

她的身世。

黃澄笑，妳入戲太深了。

她拿回手機，自顧自地看起照片。王蕾凝視著她的側臉，想著眼前這本小說，有幾頁已經被撕掉了。

47

小濡在黃澄的床上午睡，嘴巴微微張開。黃澄撥開她臉上細細的瀏海，塗了一點藥膏在她過敏的前額與雙頰。她起身把電視關掉，坐到餐桌前。黃茜一直看著窗外發呆，她濃密的頭髮漂成了淡金色，估計是讓新生的白髮看起來不那麼明顯。金髮讓她的膚色變暗，臉上的妝感厚重許多。黃澄猜想她是因調不過來的時差在恍神，還是在思考該如何治療小濡的異位性皮膚炎。

黃茜說，我突然想起紐西蘭的一口火山井。那個火山國家公園，到處都是粉紅色的石頭，簡直像是天堂裡的地獄。

她的視線定在一個點上，卻似乎在看更遠的東西。黃澄從來不知道她去過紐西蘭。只是「不知道」這個狀態，儘管是對最親密的姊姊，也不再會讓她感到驚訝。

知道從來都不會帶來更多好處。

黃澄問，妳昨天有睡覺嗎？

三、四個小時吧。

要再睡一下，還是我泡杯咖啡給妳？

妳有菸嗎？

我很久沒抽了。

為什麼？

周老闆說如果被拍到抽菸，我就得喝下菸灰水。

我也很久沒抽了。她打了個哈欠說，幫我泡咖啡吧。

從美國回來兩週了，黃茜的時差還在。以至於她的表情看起來總像在想著自己是不是忘了什麼。康濡快滿五歲了，很聽話有些文靜。因為她們常視訊，這次見面的時候，小濡只害羞了一下子，走出機場就讓黃澄牽起她的小手了。

要不是因為辭演《未完事》，黃澄也不會有時間陪她們。《未完事》二度進中國巡演的事，除了黃澄之外，沒有其他演員被通知。直到柏盛來問她，黃澄才知道牛導和蘇老師選用了一批中國當地的演員來取代臺灣演員。黃澄之所以會被留下來，是因為她是周老闆的人。大家對這件事非常不高興，主要原因是整齣戲是演員們一起即興出來的，包括所有的臺詞、情節、走位，甚至是道具的使用。但因為本來就沒有簽署二度巡演的合約，大家也只能吃悶虧。何況牛導到處公開表態說，「集體創作」是他工作一個主要的核心概念，二巡的版本會依照當地的演員做修改。可是誰又知道最後會改多少呢？

黃澄表面上跟柏盛說要與他們同進退，私底下則是和王蕾討論起有沒有其他的拍攝計劃。儘管巡演二、三十幾場的收入不是小數目，但舞臺劇的曝光度還是不及影視作品。況且三個月被綁在中國，若有其他試鏡的機會也去不了，等到巡演結束，也不見得能馬上接到戲。兩人討論過後，決定賭賭看把重心放在影視，辭演舞臺劇。黃茜一聽到她可能會空幾個月，立刻訂了機票帶小濡回臺灣。

黃澄把兩匙咖啡豆倒入手動磨豆器裡，走到陽臺關上玻璃門磨豆。她怕吵醒小濡。西曬的太陽讓她瞇起了眼睛，手中喀喀喀的聲響，突然在她的腦海裡搭上了徐滄宇的聲音。黃澄對他的聲音比他的臉更熟悉。這一年多來，為了籌備《吾嫚》，兩人斷斷續續有些聯絡。徐滄宇大部分時間都不在臺灣，喜歡用微信的語音訊息，但黃澄還是習慣打字回覆。

《試鏡說》節目播出後，他們在觀眾眼裡真的成了一對。黃澄最後選上合音歌手西西的角色，徐滄宇是小馬，西西的男朋友。黃澄對這結果並不滿意，相較於璐璐，西西的內在單純不夠立體，擔負著電影裡酸甜的部分。而黃澄最想演的還是負責苦辣的璐璐。於是能和徐滄宇搭檔，成了唯一讓她期待《吾嫚》的理由。

她的知名度因為真人秀確實提高不少，連好幾年沒聯絡的王導都因為看到節目而傳了一封充滿暗示的訊息給她。大意就是細數著當年發生那件意外後，儘管他表明想一個人靜一靜，黃澄卻依然「主動」用身體安撫了他。這些年他總會不時回想起那一晚，對他來說意義非凡，最後當然不忘提出敘舊的邀請，說自己在上海買房了，歡迎黃澄來坐坐。

許多男人深信世界永遠停留在那最輝煌的一刻，老款深情成了自作多情。王導這種意有所指把過去當武器的手段，讓黃澄倒盡胃口。他以為殘喘的力氣還能操控、威脅一場「過去式」。一個半百的男人，無視於自己退後的髮線與臃腫的肚子，到處打撈過往的韻事，絕對不是只有黃澄會遇到。她封鎖他，決心不憤怒，因憤怒會帶來報復，她可不願再多花一秒鐘在這種人身上。

黃澄在上海接到幾部戲，因為總總原因，最後播出的只有一部，沒什麼討論度就下檔了。徐滄宇則又接了幾部電影繼續尋找自己的代表作。黃澄不時會在他的發文下點個讚。徐滄宇生日的時候，她在自己的微博發了一張他們錄節目時的合照祝他生日快樂。這時徐滄宇的死忠女粉絲們就會發動網軍攻擊黃澄，說她不要臉蹭什麼熱度。黃澄從來不看那些留言，很清楚自己這麼做是要維持《吾嫚》的討論度直到電影上映。但某一方面，她也確實在示好，只是連自己都不確定是手段多一些，還是好感多一些。

她走進房間，把咖啡粉倒入濾紙，忍著不為了倒出靜電的粉末去敲磨豆器的邊緣。裝滿九十度的熱水，轉著手沖壺，看著咖啡粉一圈圈浸濕，香氣慢慢擴散出來。

黃茜的眼神依然在虛空中徘徊。她問起，電影什麼時候開拍？

月底。

那快了。真妙，繞了一圈又回到同一部戲。

命運太愛對我擺臉色，我就閉上眼睛不去看。

期待嗎？算是妳的第一部電影，而且是主要角色吧。

我都先想最後結果是什麼都沒有，儘管根本還沒開始。

黃茜喝了一口咖啡，像沒聽見一樣。

那是什麼？黃澄在問黃茜包包裡露出的藥袋。黃茜轉頭看了一眼，把包包拿過來。

褪黑激素，之前的心理醫生開給我的。

心理醫生？黃澄試圖讓自己聽起來不要那麼驚訝，但她的聲音還是大了點。躺在床上的小濡動了一下。

我以前斷斷續續跟她諮商過一段時間，後來就停了。

多久以前？

很久很久以前，妳什麼都不懂的時候。這次去找她，她問我要不要做家族排列。妳聽過嗎？

黃澄搖頭。在很久之後她才想到那就是在英國時Monica說的東西。

黃茜描述起她旁觀過一次排列現場，場面很像是看著別人演自己的家庭。說演也不對，諮商師用的詞是「代表」。代表媽媽、代表爸爸、代表兄弟姊妹、丈夫或孩子。代表們在空間裡隨著身體直覺任意遊走互動，就能呈現成員間的關係——親密或疏離，痛苦遺棄或是過度依戀。只需要在一旁觀看，就能發現潛在卻明確的東西。

要理解家族排列對黃澄來說並不難，演員是直覺的馴化物。她好奇的部分是諮商師為何建議黃茜做排列。從黃茜的話語中，聽出即使感到好奇，又帶著一點不屑、微微恐懼的複雜情緒。

黃澄突然想到什麼，自己一直笑個不停。黃茜看得莫名，催促她說。

黃澄邊笑邊說，我想起妳以前說媽媽是老少女戰士，然後我腦中就浮現在排練現場，有個人突然大聲喊出——我要代替月亮來懲罰你。

黃澄做出月光仙子的招牌動作，逗著黃茜露出不再牽強的笑容。

黃澄繼續說，妳知道《美少女戰士》會出現在《灌籃高手》的漫畫裡嗎？因為井上雄彥沒娶到武內直子，所以只好把兩根辮子的月野兔畫進他的籃球宇宙。

那月光仙子嫁給了誰？

幽助啊，《幽遊白書》的作者。

還真的有種平行時空的感覺。三部漫畫的宇宙其實是一場三角關係。

我倒是滿好奇家排裡爸爸會怎麼樣。

黃茜冷笑一聲。

笑什麼？

他可能就是像妳在《試鏡說》裡那樣拿著酒瓶醉醺醺唱歌吧，他真的是一個小丑。

他很會唱歌嗎？

應該說他唯一會做的事就是唱歌。妳不記得小時候睡前他都會唱歌哄妳睡覺？

黃澄搖頭，這部分的記憶完全是零。而黃茜的語氣中，竟意外地帶有一股淡淡的懷念。

每年我生日時他都會準時出現。先祝我生日快樂，再跟我要錢。上次說自己投資了哪裡的木材，被卡在港口進不來要補關稅什麼的。總之他有各式各樣的理由急需要錢。

黃澄很驚訝他們還有聯絡。

每年嗎？

對啊，很準時的炸彈。不要跟媽媽說，她會氣死。

那他都不會想見我嗎？黃澄口氣有些失落。

黃茜笑，妳想見他？

我其實對他沒什麼印象，走在路上也認不出來吧。

沒印象總比壞印象好，等妳再更紅了，包准他會立刻出現。

黃茜說完喝上一口咖啡，一副懶得講下去的樣子。黃澄意識到姊姊直到現在都還在為她抵擋家裡的事，從未在她面前邀過功。黃澄不知是否該感謝她。

黃茜隨手翻起桌上的樂譜，那是黃澄在《吾嫚》裡要唱的歌。王蕾幫她找了一個歌唱老師，每週兩天黃澄要去練唱。

妳會不會去發片啊？結果一心想當演員的人，最後變成歌手。

可能喔。但如果唱得不好，最後還是會讓別的歌手幫我配音的。結果合音歌手被別人合音。

黃澄自嘲著。

不用自己的聲音也太奇怪了，也許妳會遺傳到**那個人**的好歌喉。黃茜的笑容看起來又更累了，她連爸爸兩個字都說不出口。黃澄看見她從包包裡拿出一盒像撲克牌的東西放在桌上。

這什麼？黃澄聲音有些防備。

塔羅牌啊，妳沒看過喔。

妳什麼時候開始信這種東西？

這跟信不信無關，有時會需要一些小道具來檢視自己內在真正的想法，妳抽一張。

我不要。

為什麼？

我很清楚自己在想什麼。

全部都清楚？

黃澄有些惱怒，不想回答。

還是妳怕抽到不好的牌？我跟妳說，沒有真正的壞牌——

妳和小康沒事吧？黃澄打斷她。

黃茜愣一下笑了出來，甚至過度延長她的笑聲說，我們**很好**，妳不抽我幫妳抽。她掛著隨時要鬆掉的表情，一邊看著黃澄，一邊洗了幾次牌後抽出一張放在桌上。

上面的圖樣是兩個赤裸長著翅膀在跳舞的天使，他們頭頂有一顆太陽放射出十二道光芒。底下寫著：The Sun。

超級好牌！

噓，小聲點。黃澄說。

這表示妳將迎接一個全新的開始，所有走過的路都會回到同一個中心點。

黃澄盯著黃茜的眼睛，黃茜沒有逃避，但很明顯只是空空的在那讓妹妹看著。她緩慢眨了眨眼，又喝了一口咖啡。

這是哪種豆子？酸酸的很清爽。她說。

黃茜從來不喜歡果酸味重的咖啡。但是，或許她在某一刻突然喜歡了。就像在某一刻她決定隨身帶著牌卡，然後想起紐西蘭的火山，想起曾有個諮商師能開藥給她。那些時刻是屬於黃茜自己的，絕對私密，任何人都無法分享。黃澄賭氣地想自己當然也有這些時刻，而且還有很多，想著想著腦袋卻一片空白。她難過了起來。之後她常會夢見與黃茜這場崎嶇的對話，每一次都希望能與她再多談一點什麼，卻都在失望的淚水中驚醒。

黃茜說，晚點妳載我去買個東西。

黃澄有些疲憊，想拒絕她。妳在美國不是都自己開車？

我一直都不喜歡開車。在美國開慣了，回來更不敢開。

小濡往床緣一翻，眼看就要掉下來了。黃茜立刻放下杯子，過去抱她。

咖啡潑濺到餐桌上，沾濕了牌卡上跳舞的兩個小孩。黃澄動作緩慢去抽了一張衛生紙，擦乾。牌卡沒有髒，木桌也安好，沒有任何東西留下痕跡。咖啡只剩一小口了。

48／

徐滄宇在開鏡當天一見到黃澄，二話不說把右腦勺歪向她。距離兩人上次見面，也已經半年多了。

怎麼了？黃澄問。

妳看。他一隻手壓著自己的頭髮。長了好幾根白頭髮。他的語氣聽來非常滿意。

啊，恭喜啊。黃澄故意敷衍地說，其實一根白髮都沒看到，只發現他的頭皮好白。

我慢慢就會變成喬治克隆尼了。他說完就搖搖晃晃地走掉，連走路的姿態，似乎都跟以前不一樣了。

徐滄宇無厘頭的舉動或許是在為進入角色做準備，當然也可能真的為自己邁向老態而感到興奮。以黃澄的觀察，徐滄宇的內在和那微微陰鬱的外表反差極大。不過這也僅止於通訊軟體世界的認識，所以黃澄會把這印象保留成一種想像。總之在旁人眼裡，他們看起來非常要好。

徐滄宇開心自己能拿到小馬這角色，他說從來沒嘗試過喜劇。西西與小馬，是這部電影裡最討喜的組合。聽他這一說，黃澄大夢初醒。她已經不像以前那樣用讀說明書的方式拆解劇本分析角色，而且她花太多時間在練習唱歌，完全沒有意識到西西是一個喜劇人物。這挑戰，讓黃澄因興奮而緊張起來。

開鏡記者會時，徐滄宇自然搭著她的肩，黃澄頭稍微歪靠著他對鏡頭微笑。他們站在中間偏左的位置，飾演璐璐的演員緊鄰在黃澄旁邊，她矮黃澄一個頭，身材豐腴皮膚特白。黃澄看見一個水藍色的墜子在她刻意露出的乳溝中閃爍。她感覺到黃澄在看她，微微仰頭堆起甜甜的燦笑。別說男人了，連黃澄都差點被魅惑。徐滄宇捏了一下黃澄的肩小聲地說，笑美一點，這張照片會留在網路上很久很久。黃澄覺得陽光有些刺眼，微微皺起眉頭。

新聞出來的時候，她第一眼先看見了那個璐璐，才看到自己。她好像忽然接受璐璐原本就該是那嬌小豐腴的樣子，而高眺乾扁的自己才是西西。那一刻她好奇當年王導不知得說服多少人，才讓黃澄成為璐璐。

《吾嫚》開拍的第七天。

黃澄很清楚記得是第七天。因為隔天劇組就要迎接進組後的第一次放假，是老天爺開玩笑後吐出的一小口喘息。

那天黃澄五點就起床，看到黃茜深夜傳了一封簡訊問：下午有空幫我顧小濡嗎？黃澄回：我今天要拍到很晚。黃茜的個性很少會臨時安排事情，除非有什麼緊急狀況。所以黃澄又補傳一句：妳要去哪？

這日就像每天拍完隨意被揉成一團的通告單，沒什麼特別之處。後來很長一段時間，黃澄努力撿回這團廢紙，小心地打開，試著找出能超越「殘酷」的蛛絲馬跡，來燙平一切的皺褶。

當天現場的工作氛圍有種迴光返照式過分的積極、粗暴。他們在美術館裡拍攝，西西與樂手們要在開展日做一個表演。表演結束後，西西與小馬會隨意逛著美術館，然後對眼前各種摸不著頭緒的當代藝術品大肆評論一番。劇本上並沒有寫他們的臺詞，導演希望兩人即興發揮，像他們在《試鏡說》那場對談。

黃澄一聽就微微皺眉，等導演一走就默默說了一句，以後我們都要記得領編劇費。徐滄宇瞥了她一眼，沒吭氣，指了一下胸口的收音麥克風。黃澄聳聳肩表示不在乎。徐滄宇說，我們是organic的，有機演員。黃澄被他逗樂，兩人開始認真研究起眼前的藝術品。

順利錄了幾條之後已接近中午。便當還沒有來，導演決定再單補兩人的特寫鏡頭。攝影機直接正對著他們的臉，要兩人用各種誇張的表情來回應導演問的問題。這讓黃澄意外發現自己臉部表情能有無限細微的組合。最後一次，黃澄聽見徐滄宇的肚子發出一聲咕嚕，於是她用角色的語氣非常嚴肅地詢問他是否感到肚子餓。徐滄宇回答在逗笑導演之前，全組人員不能放飯。導演笑了，遲到的便當剛好熱騰騰抵達。現場氣氛不能再更歡樂了。

黃澄記得，她看了一下手機，媽媽在家裡的群組問小濡的皮膚藥膏在哪裡，黃茜沒回。她傳給黃茜的訊息也是已讀未回。黃澄不以為意，拿著便當和徐滄宇坐在美術館的落地窗前吃，就只有他們兩人。

她拿的是炸雞腿便當，徐滄宇的是沒有飯的排骨便當。這些細節，讓黃澄的這段記憶像被熱油潑濺，遍布瘡痍。她記得徐滄宇說之後要露上半身，得把體脂肪弄低一點。但當黃澄用筷子把炸雞皮剝放在一旁時，他卻忍不住夾走一塊，兩人又互損一陣，連天空響起一聲悶雷他們都沒有注意到。

當時在窗外的狗仔記者倒是快速抬頭望了一下烏雲的位置，又趕緊對他們拍了好幾張照片。他衡量著素材是否已經足夠，要是下起雷雨就得提早收工。落地窗前的黃澄像平常一樣跟徐滄宇說話，唯一不同的是她讓自己歪著頭笑得更多，眼神放軟。兩人起身的時候，她刻意製造微小的肢體碰觸。黃澄知道有人在偷拍，但王蕾沒讓徐滄宇知道。她說半真半假，看起來最曖昧。

在距離美術館幾公里處的外雙溪，黃茜也正歪著頭笑。

I've lived a life that's full
I traveled each and every highway

天空打了好幾聲雷。黃茜開著黑色雙門轎車，被Frank Sinatra的〈My Way〉迴繞著。她試著找出調整冷氣的按鈕。為了趕在下雨前抵達目的地，黃茜的視野被窗外快速抹過的綠蔭一點一滴淹沒。

Regrets, I've had a few
But then again, too few to mention

在一個過彎處，迎面而來的一輛小貨車，是黃茜看到最後的景象。

下一秒，她動彈不得。

I did what I had to do
And saw it through without exemption

黃茜感覺臉是濕的，想起的第一件事是包包裡小濡的過敏藥膏。

她想轉頭看向副駕駛座，但做不到。她想出聲問，林？她發不出聲。

幾乎同時黃茜的腦中浮現一個畫面。那是高中戲劇公演完，她穿著戲服，戴著那頂超大的花帽抱著黃澄。黃澄還在上幼稚園，是五歲？還是四歲？她一直吵著說姊姊在臺上看著她，但舞臺光那麼亮，黃茜什麼都看不到。和一個覺得被看著的人說其實我根本沒看到你，是多麼殘酷。那就當看到了，只是沒注意到吧。黃澄那張歪頭嘟嘴的小臭臉，在黃茜的腦袋裡，慢慢與小濡的臉重疊在一起。她們生氣的表情好像。

她想到小康。

那張永遠靜肅的臉，給予過她前所未有的安全感。她看過他哭嗎？他會哭。黃茜想著他的眼睛，像是正望著他。她的嘴唇微微動著，說著再也沒有人聽見的話。

這短短的一瞬不超過半分鐘，黃茜腦裡的畫面從此消失了。

黃澄的手機在一小時後會開始無聲震動到沒電為止。明天的報紙，他們的緋聞與這場死亡交通事故會同時占用媒體資源的一部分，像兩個平行時空。只有少數人會知道其中的關聯。

悶雷繼續打著。

那天的午後陣雨始終沒下下來，陰沉的天空重重壓迫著臺北盆地。山區的救援正在進行，市區的攝影機在捕捉黃澄的笑容。城市一路悶到夜晚。直到深夜，大雨終於落下。

Act VI

女兒

49／

她微微仰著頭，眼珠在眼皮底下像被困住的小魚一般游移著。化妝師正拿著電動美膚機，沿著黃澄的雙頰使勁地往上滑。力道有點過頭，黃澄不太習慣，想著自己的臉皮到底鬆垮到了什麼程度。她硬是忍下好幾個哈欠，眼底滲出的水把睫毛沾成一束束的。

黃澄一度發現內心充滿各種殘酷的東西。那些可怕的念頭讓腦海中的人事物無法維持成一個整體。之後，她拿到很多劇本，裡面不是好人太好就是壞人太壞，黃澄搖頭說她不會演了。

那個「之後」，是黃茜死之後。死亡把黃澄的記憶切成兩半。那時是九月，黃澄撐著把《吾嫚》拍完了，然後是十月十一月十二月，就跟所有她們生命中一起經歷過的時間一樣。然而，黃茜停止。黃澄就定住了。這次她們玩的是一二三木頭人的遊戲，得等當鬼的轉過頭去。那鬼是黃澄。她看著姊姊不願轉過身，但黃茜懸空的姿勢終究因為撐不住而慢慢變形。然後春天來，夏天到，一年過去後《吾嫚》上映。黃澄之後沒有再整理過頭髮，直到為了宣傳她才把那段宛如悼念長出的白髮段染黑。

秋天來了，公布名單的那天，黃澄點開與黃茜的對話框，停留在那句：

妳要去哪？

她打了幾個字傳出去。幾個小時後，又收回。上面還有一連串收回的紀錄，再也沒有人知道她曾想和姊姊說些什麼。

王蕾差著兩個小助理，像螃蟹走路一樣端著層層包裹的禮服進來。黃澄閉著眼，感覺一陣風移動到她身後，化妝師停下動作。

先去試一下衣服。王蕾語氣緊張。

黃澄一睜開眼就看見鏡子裡兩個小助理一臉哭過的樣子，猜到有人闖了大禍。她起身跟著王蕾進更衣室，助理們像小狗一樣立刻跟上前，卻被王蕾吼了回去。兩人杵在原地，其中一個淚眼汪汪，另一個別過頭去免得自己也哭出來。

王蕾請化妝師進來幫忙，兩人小心翼翼把一套厚重的紅禮服取出。

黃澄被那鮮紅刺激到，不知哪來的興致突然冒出一句，真是一抹蚊子血。

在場沒人有心情跟她開玩笑，更沒有人會好奇這典故從哪來。王蕾連珠炮地說著助理們如何粗心大意毀了原本挑選好的那套全蕾絲手工的禮服，她又如何經歷千辛萬苦臨時請廠商調來這套安全卻霸氣的一字肩超長襬紅禮服。

黃澄一邊試穿，從容打趣地說，至少我就不用餓肚子上場了，只要顧好鎖骨就好。

憋氣。王蕾說。她和化妝師聯手把後背的拉鍊拉上，黃澄的胸口被擠出一條非常含蓄的小溝。那是女體的人造摺痕，在慾望與妥協間偽裝成不經意的存在。

三人對著鏡子沉默看了一晌，沒人提議該把溝擠得更深一點。她們的嘴都吐不出「事業線」這種帶有女性歧視的字眼。

呼，有點憋。黃澄說。

那還是先餓著肚子吧。王蕾說。

化妝師說，脖子會不會太空？

已經聯絡珠寶商，馬上就會送過來了。王蕾依然歪著頭端詳著鏡子裡的黃澄，持續思索。

黃澄從沒想過自己竟然可以駕馭紅色。紅色一直讓她想到黃茜，因為記憶中那張斗大的婚紗照的黃茜就是紅色的。此刻鏡子中的自己，隱約透出了一股奇妙不帶殺傷力的魅惑，活像被拔了刺的紅玫瑰，成了一朵變種的紅花。

好久沒穿高跟鞋了，我希望不會摔死。黃澄扶著王蕾套上鏤空鑲鑽的高跟鞋，一下比她高了半顆頭。

王蕾說，裙襬實在太長了，要不要換雙更高一點的？

黃澄抓著裙子試著走了幾步。笑說，再高徐滄宇就要抗議了。

王蕾只是認同地點點頭，還是笑不出來。最緊張的就是她了。

要不要跟滄宇說妳換衣服了？化妝師問。

黃澄說，當作驚喜吧。

50／

黃澄聽見自己的名字。淡定地起身，高跟鞋踩到裙襬拐了一下。

徐滄宇在一旁毫不猶豫蹲下，雙手幫她拉順裙襬，再起身擁抱黃澄。他靠在她耳邊悄聲地說，**妳做到了**。

黃澄笑，輕聲道謝。

這一刻，電視機前的許多女性觀眾發出了幸福的驚嘆。

從座位走上臺的那段路，黃澄聽不見任何聲音。她曾用各種狂喜與激動，塞滿這她幻想過無數次的金馬獎頒獎典禮。而事實是，她每踏出一步，呼吸便緩和一拍。所有思緒從腦袋抽空，剩下幾幅快速翻動的畫面，裡面熟悉的臉龐正一一對她燦笑。

黃澄提起裙襬，小心踩上舞臺的階梯，掌聲一直持續到她接過獎盃才停下來。她往臺下掃視了一遍，像在尋找著某個應該坐在那裡的人。黃澄微微彎身靠近麥克風，開始說話。那段事先準備好的講稿，已被拋在腦袋的某個角落。在以後漫長的人生裡，一些日常片刻中，她能像忘不掉的獨白一樣悄悄背誦出幾句感言，然後打從心裡讚許自己，能把領獎當成一次「入戲」，而非生命中望穿秋水的里程碑，是再正確不過的事了。

黃澄想像自己是個登山者，站在山頭回望過去的死蔭幽谷，內心正微微顫抖著。她明白是因為不斷失敗，才能抵達這裡。失去，同時獲得，無法計量。黃澄沒有優雅地流下引以為傲的淚珠，選擇用最平靜嚴肅的聲音表達對表演藝術的尊重與感謝，最後，**獻給在天上的姊姊**。這一段簡短真摯的感言在當晚的社群媒體被人大量轉載，直到隔天都還能見到。但過兩三天後，剩下的都是她與徐滄宇的緋聞。

黃澄說完感言，往後退一步，一隻手按在胸口那條小溝上，像舞臺劇謝幕一樣鞠躬。但禮服與高跟鞋讓她只能微微壓低十五度左右。掌聲再度響起，像在催促她下臺。她被引領走入後臺，遞回獎座給工作人員，許多不認識的面孔禮貌地向她道賀。王蕾是在場最興奮的人，她讓黃澄勾著手穿越人群，先補妝，再進行媒體聯訪。

記者問的第一個問題是，演了十幾年的戲才得到最佳新人獎是什麼感覺？之後的問題全圍繞在徐滄宇身上。滄宇剛剛跟妳說了什麼？滄宇平常就是這麼貼心的紳士嗎？滄宇沒有入圍妳怎麼安慰他？等等會一起跟滄宇去慶功嗎？當他們發現再也問不出更新的東西後，草草拍幾張照片就結束了。黃澄還天真地以為，至少會有一個人願意聽她談到黃茜。

回到典禮現場，黃澄一坐下，徐滄宇就靠向她的耳朵旁小聲地說，妳怎麼那麼鎮定？太令我失望了。

為什麼？

應該要哭一下啊。

我以為我會哭。但突然很冷靜，完全不記得剛剛講了什麼。

要聽真話嗎？徐滄宇說，黃澄故意斜眼瞪他。

中規中矩，除了最後說獻給姊姊，我有被感動到。

這句話非常真摯，就像《吾嫂》後來的拍攝，若沒有徐滄宇的鼓勵她一定撐不下去。

那你有哭嗎？黃澄調侃他。

假裝拭淚，因為怕攝影機會拍到我。黃澄被逗笑了。

剛剛記者都在問你，我猜明天的照片一定是你幫我拉裙襬的那張。

我是不是很聰明？

兩人一邊咬著耳朵交談，不時低頭微笑，鏡頭也總是抓到這些能解讀成情意的畫面。他倆早已不在意，因為徐滄宇透過黃澄建立起一種完美男友的形象，黃澄則是學乖，不多做反抗，那是一種王蕾稱為機伶的東西。她的確是認清每一個作品都有額外附加的代價，以《吾嫂》來說，與徐滄宇的「假戀」還真是微不足道。

典禮結束後，周老闆安排了慶功宴在私人會所。黃澄和徐滄宇暢快地換下禮服，感覺全身的骨頭都在尖叫。抵達會所的時候已過了午夜，經歷完典禮高壓的氣氛，黃澄的精神像夜空的星星一般渙散開來。她是今天的主角，王蕾說無論如何不能在周老闆離開前走，並且遞給她一杯摻了九成水的威士忌。黃澄喝得慢，一有空檔就拿起手機，許多祝賀的訊息不斷傳來，她一個都沒回覆，只是下意識滑著，不時打開家裡群組的對話框，那是黃茜唯一還在的地方。

最後一封訊息停在十一點多，媽媽說小濡撐不到看黃澄領獎就睡著了，附帶一張小濡歪倒在沙發的照片。徐滄宇端來一盤滷味，黃澄立刻收起手機感到一陣飢餓，兩人悶著頭吃了起來。

妳準備好了嗎？徐滄宇問。

什麼？

重新拍戲。

黃澄使勁嚼著滿嘴的豆乾。

剛剛我在臺上發現一件事。其實我們演員啊，看著觀眾的時間，比他們看著我們的時間還要長太多了。她說完才用力把嘴裡的東西給吞了下去。

現在得了獎，更多人要來看妳了。

黃澄定睛看著他，用她最熟練的表情，一副不贊同，卻有著一絲女性的溫柔無害。

她說，你真的覺得拿了獎，一切就會不一樣嗎？

徐滄宇沒回答，望著眼前的滷味拼盤像在思考要夾海帶還是豬頭皮。他放下了筷子。

下次換我得獎時再告訴妳。

他的語氣中沒有任何嫉妒或調侃，非常誠懇，就像當年被黃澄打巴掌時鼓勵她的那種語氣。

黃澄很想告訴他，幸福、榮耀、收穫，全都是在他們還沒領略前就被埋下的一種形象，一個畫面或一種感覺。讓人們以為就是「那裡」了，沒有別的地方比那裡更有理由該到達。

但是有一天，你到了。卻突然不確定是不是「這裡」，因為眼前所及與一路上埋下的那些東西不太一樣。最後，你會發現這種落差讓你感到雙手空空，卻再也不想抓住什麼。黃澄知道徐滄宇會懂，即使不是現在，以後也會。她不需多說什麼。

一些人開始陸陸續續離開，徐滄宇問黃澄什麼時候要走，他們可以一起。黃澄看著王蕾還在陪周老闆聊天，她聳聳肩說再過一下吧。徐滄宇遞給她菸，黃澄想抽卻還是拒絕了。她也不願陪他，不想沾得一身菸味。徐滄宇一個人起身去抽菸，很久都沒有回來。

時間已過凌晨三點。

黃澄去廁所把花成一團的妝卸了。通常這個時間，她都快醒了。在那「之後」，黃澄的睡眠變得很輕，每天都在四五點的時候醒來。那時光裡有含蓄的涼爽，與灰色微亮。

她放下馬桶蓋，靠坐在上面，看著對外窗的天空還是一片漆黑。好像就這樣睡著了一段時間。重新再睜開眼時，外面的人聲小到聽不見了。黃澄走出去一看，現場杯盤狼藉，只剩王蕾和幾位工作人員。

王蕾說徐滄宇一直在找她，剛剛才走。外面等著的記者看到他單獨離開也應該都散了。黃澄點點頭，像是夢遊起身的孩子把睡前發生的一切全忘了。她不敢相信得了獎後的自己，竟然在馬桶上睡著。

一上計程車，黃澄猶豫了一下沒說自己的租屋處，則是報了老家的地址。天光微亮，小鳥開始叫。她靠著車窗，看著路邊清掃的人，覺得自己像那些被掃起的落葉一樣又乾又輕。

她掏出鑰匙進門，躡手躡腳徹底洗完澡後，不敢開吹風機吹頭，只好拚命用毛巾擦乾。她走向臥室輕輕推開房門，那最早是她們姊妹倆的房間。兩張一左一右靠牆的單人床，黃茜搬走後，右邊的床變成黃澄堆衣服的地方。之後黃澄也搬出去，媽媽把整個房間維持原樣，直到一年多前黃茜回來。她銀色的行李箱一直放在角落，書桌上還有她讀到一半的一本里爾克詩集。

小濡睡在黃澄的舊床上，黃澄則在黃茜以前的床上側身躺下，面朝沉睡中的小濡。

她閉上眼，一種扎實落地的感覺進入身體。她感到自己完整存在於這個從小長大的房間裡，而非任何一個過去的時空或某個殘餘的夢境中。她似乎聞到了黃茜的氣息。黃茜身上從來沒有特殊的香味，但那股氣息總讓小時候的黃澄感到安全。之後，那氣息的記憶成了一種壓抑，塞滿了原始深沉的悲痛，直到她再也記不清楚那究竟是一股什麼樣的味道。她始終無法相信黃茜已經不在這個世界，只剩一堆裝在罐子的灰燼。卻又得相信那些灰，就是曾錯誤發著金子與軟子的那個黃茜。

妳看到了嗎？我得獎了。她在心裡呢喃著。

天全亮。再過一下陽光將灑進房間，慢慢爬上床緣。小濡會睜開眼，迎接她生命中依然新奇的一天。黃澄那時還不會醒，在迷濛中聞到鑽進她身旁的氣息。她能辨別那不像黃茜，而是一種專屬小女孩的乳甜香，宛如綁在手腕的一條線，輕輕將她牽回這個世界。

51／

農曆年前的臺北，黃澄站在便利商店門口猶豫不決，太陽光灑在成箱堆疊的禮品上，路人們也跟著好奇看她到底在看什麼。

她拿起一盒巨型草莓口味的Pocky，小濡喜歡草莓，所有粉紅色的東西都會引起她的注意。但腦袋瞬間響起黃茜的聲音——不要給她吃零食。黃澄心裡回嘴，過年嘛。隨即她又心虛地說，是真的發出聲音——確實每天都在吃。可是最終她還是拿去結帳了。一向是表面順從，底下叛逆。反正她會把Pocky藏在衣櫃裡，等到需要獎勵的時候再拿給小濡。黃澄常常像這樣聽見黃茜的聲音，她甚至覺得自己是故意做一些事，只為了聽見黃茜。

到了約定的咖啡廳，在東區舊公寓的二樓。

她爬上樓梯，推開門，放眼望去幾乎都客滿了，只剩大門旁的吧檯區還有一個空位。每個人都埋頭使用著電腦，只有鍵盤敲打的聲音。服務生臭著臉說，只剩吸菸區喔。黃澄說沒關係。她被引領到陽臺處的一張雙人桌。一坐下就感覺到座椅還留著餘溫。

正打算起身換到對面的位子時，一隻黃金獵犬湊到她的腳邊，用濕濕的鼻子聞她的腳踝，吐著舌頭大力甩著尾巴。不知道的人一定以為黃澄是牠的主人。黃澄原本板著的臉滲出了笑意。憐愛地摸著牠的頭，張望著究竟是誰的狗。

一個短髮高䠷的女子走了進來，黃澄忍不住注視了她一會兒。女子像從夏天走來的人，一月天穿了短褲短袖，雙腿又直又長，五官立體有些像混血兒。不只黃澄看她，咖啡廳所有的人大概都抬起頭來了。短髮女子張望了陽臺，最後入座吧檯唯一的空位。黃澄看見另一個戴著墨鏡大捲髮的女人，站在門口講電話，立刻認出了林小姐。

最後一次見到林小姐，是在黃茜的葬禮上。陽光似乎還留在她身上不肯走，那小麥色的皮膚曬得更黑了。她往店裡瞧，跟黃澄對上眼，打了個手勢請她稍等一下。

黃澄繼續撫摸著大狗的頭，每摸一下，大狗就瞇著眼往上頂，十分享受黃澄的觸碰。儘管再喜歡，黃澄提醒自己一輩子都別想養黃金獵犬，因為牠們的壽命實在太短了。大狗坐定，面朝著大門。

林小姐一到，隨手把太陽眼鏡架在頭頂上，露出之前在醫院、葬禮不方便展現的一排皓齒。配上紅唇膏，她的笑容像朵花。那是黃澄小時候曾羨慕過的東西。她猜想林小姐不會記得小時候豆花店的事，那不過是她與父親眾多平凡午後的某一日。卻改變了她們姊妹倆。生命中從來沒有真正的微不足道。

沒想到這麼多人。她說。

事故發生後，黃澄才得知林叔叔是癌末的病患。所以那天才會是黃茜開著林的車。黃茜很少在臺灣開車，不熟山路，一場意外就這樣發生。但這些資訊對黃澄來說從來沒有太大的意義。因為不知該從何談起悲劇，大家只好把所有的關注放在收拾的人身上，黃澄首當其衝。相較於母親與先生，妹妹是最沒有資格沉溺悲傷的那個。

大狗挪動身體，趴在林小姐的腳邊。

她說，Jazz竟然一進門就往妳走去，我真的覺得我爸養了一隻神犬。

Jazz。黃澄重複了大狗的名字，Jazz尾巴在地上拍了兩下回應她。

是妳爸的狗？

我媽一個人照顧不來，我就接過來了。

寒暄完後兩人的表情顯得有些僵硬。Jazz抬起頭，豎起耳朵。林小姐拍拍牠。

妳喜歡吃冰淇淋嗎？林小姐問。

喜歡。

咖啡也喝吧？我推薦這家Affogato，冰淇淋是他們自己做的。

黃澄說好。林小姐招來那位臭臉服務生點餐，然後跟Jazz說等著，她得去一趟廁所。

Jazz望著主人的背影，發出微微的低鳴。

要不是因為這隻狗，黃澄已經想抓著包包衝出去。她後悔了，根本不知道要問她什麼。對林叔叔她不好奇，只想知道關於黃茜的事。可是實在無法想像這陌生的女人會比她多知道些什麼。又或者，她其實無法接受會有這種可能。黃澄蹲到地上摸狗。Jazz友善地望著她讓一切平靜下來。臭臉服務生端來一盤水給Jazz喝。

直到餐點來，林小姐才回座。她看起來跟剛才有點不一樣，整個人放鬆許多。林小姐用一種奇怪的手勢捏住湯匙，挖了一口最上方沒有浸到咖啡的冰淇淋，含入口中。

這一口最好吃。她說。

黃澄側挖了一口冰，配著咖啡吃下去。林小姐看了她一眼，眼神帶著批判，似乎在埋怨黃澄沒跟著她示範的方式享用。她用食指挖了一口冰伸到桌下，Jazz用舌頭舔，一邊搖著尾巴。

她對Jazz說，只能吃一點點，不然我們都會肚子痛。Jazz好像聽懂了，乖乖趴下。林小姐開始用湯匙背，把整顆冰淇淋壓入咖啡中，全部攪和均勻後放下湯匙，喝了一口水。

接下來就可以慢慢享用，冰淇淋不夠還可以再加。她說。

妳好像真的很喜歡吃冰淇淋。黃澄覺得簡直在觀賞一場吃冰淇淋秀。

沒有冰淇淋我會死。她說完自己乾笑了兩聲。那個笑聲，讓黃澄也尷尬地笑了。

我小時候只有跟著林叔叔，才能吃到好吃的冰淇淋。

我爸？

他們見面的時候會帶著我當電燈泡，然後再用冰淇淋堵上我的嘴。

很像他的作風。我爸大概以為全世界的女生都喜歡吃冰淇淋吧。

黃澄喝了一口水。臭臉服務生立刻來為她添滿水杯。

妳為什麼會想來我姊的葬禮？黃澄問。

林小姐拿起湯匙攪拌那杯看起來像奶昔的東西，時不時把湯匙放到嘴邊冰自己的嘴唇。

我猜，我爸會希望我去。她仔細看著黃澄的眼睛說，雖然他們最後都——嗯，我的意思是，**在一起了**。

她的表情有些不好意思，那讓黃澄不太舒服。

畢竟我爸已經生病好一段時間，也快七十歲了，但黃茜——

她打斷了自己。黃澄依然盯著她的眼睛。

我知道妳們姊妹感情很好。我從小就很想要一個可以交換祕密的人，雖然現在也不是祕密了。可是我總覺得，妳或許也會想跟我聊聊。沒想到過了一年多，妳才約我。

妳一直都知道我？

我爸曾問過我，願不願意和一個同年紀的小女生一起生活。應該就是指妳吧。我想都沒想就說好。我是獨生女，從小就很羨慕有兄弟姊妹的人。

那就是她和黃茜頭髮被剪掉的時候。黃澄可從來沒想過，姊姊竟然打算帶著她共組家庭。她不確定那是為了要報復媽媽，還是黃茜真的把自己當成了母親。

妳結婚了嗎？林小姐問。

沒有。

妳也是屬虎的對吧，幾月？

五月。

我是十一月。如果那時他們結婚，我該叫妳姊姊還是阿姨？

黃澄聽了差點笑出來，儘管她知道對方沒有任何諷刺的意思，她還是覺得這問題特別可笑。黃澄忍不住想著如果當年黃茜沒墮胎，黃茜就不會死，小康也不會出現，然後就沒有Ten，那表示小濡也不會在了。像一件襯衫從第一顆釦子就扣錯了卻到最後才發現。她的心突然被狠狠扯了一下。

林小姐說，我媽曾說生到屬虎的小孩會讓夫妻不幸福。雖然她應該在開玩笑，況且他們根本就不相愛，但我還是聽進去了。我們家就是那種一旦要商量人生大事，全都怒氣沖沖的。我一直覺得自己要對爸媽離婚負責任。誒，妳的冰都化掉了。

黃澄剛剛只吃了一口就再也沒碰過眼前那杯——到底該說是飲料還是甜點的東西。她拿起湯匙，一口接著一口往嘴裡放，又甜又苦。她和臭臉服務生叫了一杯熱美式，林小姐加了一球冰淇淋，又是先挖給Jazz舔。

妳見過我姊吧？黃澄問。

林小姐說她們只見過一次。不知道是誰的主意，他們帶她去看了一個戶外的表演。那種給小朋友看的戲。她記得有一顆超大的球從臺上滾到臺下，觀眾全都舉起手去推那顆球。個子矮的小朋友手短搆不到，就被爸爸舉起，有些整張臉還撞上那顆大氣球。林小姐記得自己坐在爸爸肩上，但站的位置很偏，球一直都不過來。黃茜還特別跑到中間把球推過來讓她碰。那是一個過度歡樂的現場，所有人都在笑。

黃澄聽著聽著，想起黃茜也帶她去看過那部兒童劇。印象很深是因為她也想碰那顆球，但始終都沒有碰到。她們的位置很中間，但黃茜抱不動她。

林小姐記得他們看完戲就去吃冰淇淋，她可以自己選兩種口味。她選了巧克力和香草，吃的時候很努力不要讓口味混在一起，卻突然發現自己的爸爸和這陌生的女人竟然在分享同一支冰淇淋，兩人你一口，我一口。她不敢看他們，又忍不住想看，因為她從來沒見過爸爸臉上那種快樂的神情。最後她的冰淇淋融了一手。

他們好殘忍。黃澄苦笑說，心裡一陣酸。

Jazz突然搖起尾巴，那位短髮女子已走進陽臺，用英文禮貌地打斷她們，Mind if I smoke?

黃澄看到女子手上拿了一根捲好的菸，菸草有些突出。她沒說話，畢竟狗不是她的。林小姐點點頭。女子說了一聲Thanks，站到陽臺斜對角的角落處，每一口煙都往外吐去。只是風向還是把煙吹回來，一股熟悉淡淡的薄荷味。黃澄心裡起了一陣漣漪。

林小姐玩起湯匙，吃進一口。分神看了一下窗外，又把目光移回來。

妳覺得，他們會不會是殉情？

黃澄瞪大眼睛看著她。

我爸走後，我一直在拉肚子。一個朋友帶我去做了催眠治療。

黃澄忍不住皺起眉頭來，這是她非常認真時的表情。但林小姐不知道，以為她覺得自己在胡說八道。

總之我拉肚子的問題，像是我渴望**流失掉自己**。我爸一直對於那被拿掉的孩子有非常深的牽掛與愧疚，或許這就是造成他生病或出事——

我姊不可能去自殺。黃澄打斷她，聲音有些激動。短髮女子往她們看了一眼。

黃澄有一種被侵犯的感覺，但話一出口又有一個聲音反問自己，那麼有把握嗎？Jazz感覺到了什麼，坐起身緊張地對她們打了一個哈欠。

林小姐摸摸牠的頭，說，我一直有一種感覺，我爸見了妳姊後，大概很快就會走了。黃茜是他最深的牽掛。

兩人沉默了一下。

對不起，我不應該那樣說。很抱歉。林小姐一說完眼淚就在眼眶裡顫著。

黃澄心想拜託千萬別哭。這一年多，黃澄把自己流眼淚的時間全拿去安慰別人了，配額用盡，就算有剩，她也該留給自己。

兩人都沒有再說話。短髮女子把菸蒂留在陽臺邊緣快滿出來的菸灰缸，歪歪倒在裡面，上面留著淡橘色的口紅印。她在陽臺站了一下才進去。黃澄喝光水杯，臭臉服務生很勤勞地來回幫她倒水。

她突然打從心底感謝這位服務生，因為他比任何人都關心她的缺乏與需求。黃澄感到下腹漲了起來，又無法立刻丟下一個眼淚還沒擦乾的人。她憋著尿，腦中越來越亂，這裡除了狗沒有任何能讓她好過一點的東西。

過了一晌，黃澄打破沉默問，見我姊那次，妳幾歲？

大概五、六歲吧。

年紀那麼小發生的事，妳能記得那麼清楚？

如果妳看到自己的爸爸不像爸爸，妳一定不會忘記。

黃澄幾乎沒有爸爸的記憶，但此刻不用再開啟另一番談話了。

她思索的是儘管大家都說小濡年紀小，長大就會過去了。但小濡一定會記得黃茜。黃澄該如何讓小濡了解，她以為失去的媽媽，是一個很愛她的阿姨，而總是讓她偷吃零食的阿姨才是她的媽媽。那小康又是她的**誰**？

悲劇或災難發生的原因從來就不是戲劇感興趣的部分，觀眾要看的是角色如何滿負傷痕繼續活著。黃澄一鼓作氣把剩下的咖啡喝掉，眼神不自覺地往短髮女子的方向望去。

有個身影站在女子身旁，一隻手搭著她的肩。黃澄立刻別過頭去。即使只有一眼，黃澄仍非常肯定，這次不可能看錯的。儘管這幾年她不知道看錯了多少次。

林小姐也把剩下融化的冰淇淋拿起來喝掉，眼淚已經吸收回去，她突然說，**他們**也很難過。

誰？

死去的人。她瞪著遠處，彷彿在那裡瞥見某種與黃澄完全無關的東西。

我們雖然失去了他們，但他們失去了我們所有人。每次這樣想，我就不那麼傷心了。林小姐笑，原本閉著眼打盹的Jazz坐起身來。她的紅唇圍著一排漂亮的牙齒，一部分的唇膏被吃掉了，這朵被硬生生剝掉幾片花瓣的笑容，依然能激起黃澄如兒時那股羨慕的情緒。只是這次她羨慕的是別人的淚，可以說乾就乾。

林小姐起身去結帳。黃澄坐著不動，視線刻意盯著猛搖尾巴的Jazz，試圖再次提醒自己這輩子別想養一隻這樣的大狗，她會一直失去，直到生命的最後一刻。黃澄知道，那身影看到這隻狗後，一定會看到她。

她微微抬起視線，此刻的Ten正背靠著吧檯邊，面向陽臺。短髮女子在他耳朵旁說話，臉蛋燦亮亮的。黃澄知道他沒有仔細在聽，因為他也正望著她。

林小姐叫了一聲Jazz。大狗快步走過去，尾巴甩過所有經過的客人。

黃澄起身走向大門，如果陽臺有個逃生梯就好。她逃不掉，必須經過他，才能出去。日後當她回想起這一幕，甚至不懂為什麼自己想逃。

短髮女子一發現她們離開了，跟服務生比了個手勢表達想換到陽臺的位置。

黃澄跟在Jazz後面，假裝那是她的狗。在與Ten錯身時，她原本以為自己會主動停下來說聲嗨，或是因為被叫住而不得不停下。然而停下她的，卻是林小姐的話——

對了，恭喜妳得獎。

黃澄說謝謝。聽起來卻不像是對林小姐說的。她想Ten應該有聽到吧，他可能也投以某種肯定的目光，讓她明白，無論如何一切都值得。

黃澄忍不住看向Ten，他剛好舉著Espresso的咖啡杯，黃澄就把那當作是一個舉杯祝賀的動作。她看見他無名指上的戒環，原來他改喝濃縮咖啡了。

她們步出門口，下樓梯的時候，一個男聲叫住了她們。

小姐，妳們的東西忘了。臭臉服務生說。

是那盒巨大的草莓Pocky。

黃澄接過，道謝。才一層樓，她覺得像走了二十幾層的樓梯。她們道別，從此不會再見面。

黃澄完全沒在意自己看起來如何，想的是Ten看起來很好。他還是穿著素色的T-shirt，頂著乾淨的寸頭，眼底是萬里驕陽。日後，她常讓自己的記憶在這重逢的畫面裡多停留一晌，渾然不自覺地抛下一抹寓意深長的微笑。

半個小時後，黃澄會拿起手機。三小時後，她再拿起手機。一天，兩天，一週後，直到小濡和她一起把那盒Pocky都吃光了，她也沒有收到Ten的訊息。

失望嗎？多少有吧，但黃澄更加驕傲自己愛過這樣的一個人。

52

男子站在黃澄面前，對她伸手。

她慢慢往後退，護著身後的另一個人。黃澄明確感到前方在壓迫，後方在恐懼。她想走，甚至有一股逃跑的衝動，她瞪著那伸手的人，儘管那人眼裡滿是柔情，還是令她恐懼想要遠離。她抓起後方拉她衣服的手。那手幾乎是燙的。她牽著他又往後退幾步，直到碰到牆壁不能再退。男子垂下雙手，站在原地哀傷地望著他們。

治療師終止了這場**排列**。

黃澄鬆開滿是汗的那隻手，發現自己的心臟正快速地跳動著。

她無法解釋這種感覺。這不是在演戲，卻比入戲的感覺更深刻。黃澄剛才「代表」了一位個案的母親，後方那位代表個案本人。讓她感到強大壓迫的則是個案父親的代表。當她答應成為代表一站上排列的空間，身體自然產生一股動力需要反應出來。不是起乩，儘管每個代表都明顯被某種能量穿透過去，但他們都還是清楚擁有自己的意識。

黃澄不知道這個家庭的故事，甚至不認識個案。這排列明顯看見家族裡存在的暴烈之氣，而身在其中的她滿是架空的無助。

治療師與個案交談片刻後，重整現場。他示意黃澄，黃澄深吸一口氣起身，準備觀看自己的家族排列。

她告訴治療師，家裡成員有媽媽和姊姊。爸爸在她六歲的時候離開，再也沒有聯絡。姊姊一年多前死於一場交通事故，讓她非常痛苦。

治療師請她先在腦中冥想兩則生命中的感動。一個要發生在小時候。一個是最近。

黃澄想到小時候在公園追麻雀的畫面。黃茜教她，那是麻雀。黃澄說，小鳥。黃茜說，是小鳥，也是麻雀。但黃澄沒有跟著說，很堅持地叫小鳥小鳥小鳥。因為她發不出「雀」的那個音。但黃茜依然不厭其煩重複給她聽，每次看到麻雀，就說那是麻雀，麻，雀。說得很慢，很清楚。黃澄說不出來，乾脆連小鳥也不說了。直到有一天，黃澄說出麻雀，儘管那聽起來像「麻切」，黃茜沒有露出那種大驚小怪「好不容易」的表情，只是淡淡應和著說了一聲，對，麻雀。

冥想結束。

治療師請黃澄挑選現場兩位學員，各自「代表」她自己與黃茜。
兩位代表一開始面對面站著。姊姊慢慢轉身背對妹妹。
治療師又找了一位學員代表她們的媽媽。
媽媽一上去，姊妹之間的距離立刻拉開，三人呈現一個大三角形。
姊姊轉過身來，既不面對妹妹，也不看媽媽，而是望著遠方。
妹妹想向姊姊靠近但猶豫著。
治療師請代表們簡短陳述當下的感覺。

姊姊：我感到憤怒，同時夾雜一點悲傷。
媽媽：我沒特別感覺，不想動想坐下。

妹妹代表突然蹲了下來，沒有說話。
治療師請黃澄找一位學員代替爸爸。
三角形開始變化。
爸爸立刻迎向姊姊，姊姊不斷把他推開。
妹妹走到姊姊身後，也不斷地被往後推。

姊姊在拉大爸爸與姊妹倆之間的距離。

爸爸停止嘗試，只是望著姊姊。

媽媽走到爸爸的身後。妹妹繞到兩人身旁。

姊姊一個人停留在原地望向那三人，像被其他人排除在外。

治療師這時轉過頭看著身邊的黃澄，她的專注完全停留在姊姊的代表身上。

治療師對黃澄說，當某個人過世時，生者會從死者身上取得某些東西，通常都是比較負面的。妳覺得該怎麼辦？

黃澄說，我不知道。

治療師點頭，直接挑了一位學員進入四人的排列場。

這代表一上去就站在正中間，姊姊立刻把視線投在他身上。

媽媽上前，阻擋著那視線，並使盡全力把那人推到邊界。

那人被推著，沒有反抗，姊姊也只是原地不動望著他。

治療師問，妳看得出來這個人代表著誰嗎？

黃澄說，是林叔叔，我姊的前男友。他也死在那場車禍裡。

治療師遲疑了一下，說，家族裡的每個成員都會有自己的位置，我相信妳的家族有一些被遺忘或是刻意被排除在外的人，我們需要找回這些人。

黃澄起身，步伐卻有些搖晃。她猶豫了一下，最後選了「兩個人」進入排列——一個代表黃茜拿掉的孩子，一個代表小濡。

治療師沒有做出任何反應，只是靜靜觀看。

接下來發生的事，成為黃澄一輩子最難以理解卻撼動的畫面。

黃茜的孩子上去，走到姊姊身後輕輕拉起她的手。

小濡的代表毫不猶豫地走向妹妹，距離幾步後卻停下來，視線看著地板，偶爾瞥看黃茜與小孩那一方。

過了一下，妹妹走上前緊緊牽起小濡的手。

治療師詢問代表們的感覺。

小濡：我有點怕。儘管她牽我，我怕她會不小心放掉。

妹妹：我感到力量。

一旁觀看的黃澄紅了眼眶。

兩個孩子們不可思議靠向自己的生母，小濡甚至能感覺到黃澄的讓渡與離開。黃澄心裡湧上一股複雜的感動和愧疚。

爸爸的代表不知何時已退到邊緣。
媽媽依然阻擋著林靠近所有人，她緊緊拽著他的手腕。
小濡的代表哭了起來。她一哭，遠方的姊姊也開始哭。
姊姊身邊的孩子摸著媽媽的背，甚至試著用雙臂摟著她。
治療師對黃澄說，現在的畫面有些混亂，但我們會相信所有浮現的東西。目前看來得先處理那個被媽媽阻擋的人。治療師領著黃澄走到林的身旁，詢問他的感受。

林：我想過去。（他指向姊姊的方向）
媽媽：不可以。（她雙手拽著他）

黃澄對治療師說，他是孩子的爸爸。
治療師請媽媽放手，把林帶到黃茜與孩子身旁。
林牽起黃茜的手。
孩子放開黃茜，往後退了一步。
治療師問孩子什麼感覺。

孩子：有點困惑。我想與他們保持距離。

治療師問孩子對爸爸有什麼感覺。

孩子：好奇。

治療師問，姊姊有什麼感覺？

姊姊：我快站不住了。

她一說完又開始哭，孩子站在旁邊一步的距離也開始流淚。
林依然牽著黃茜，呆呆望著哭泣的他們。
治療師問林什麼感覺？

林：我被身後某個東西拉住。有個龐大的東西圍住我。

治療師點點頭，把媽媽的代表帶過來，讓她面對眼前的排列。
媽媽把兩隻手搭在黃茜的肩膀上，林鬆開手。
姊姊向媽媽慢慢靠近，哭得越來越大聲。
最後媽媽把姊姊抱在懷裡。
小孩已退到更後面去。
治療師說，我看到這裡不止一個家庭的力量混在一起。
黃澄說，這男人有自己的家庭。
治療師說，我們得把這問題留給他們了。今天要處理的是妳與姊姊的死亡，妳同意嗎？
黃澄點頭。
治療師走向妹妹，問她對姊姊這邊發生的事有什麼感覺。

妹妹：焦慮，非常不安。

治療師把林帶離開。
當林退出排列後，姊姊慢慢不哭了，然後蹲在地上。
媽媽也蹲下，摟著姊姊的肩膀。

治療師領著黃澄本人站到媽媽與姊姊身邊。
治療師對孩子說，請躺下。
黃澄看著這些移動，心裡的焦慮奇蹟似地跟著褪去。
她專注凝視蹲在地上的姊姊。
治療師請姊姊躺在孩子的身邊。
姊姊躺下。
她將孩子的頭拉向自己，輕輕撫摸著。
孩子轉身面對她。兩人相擁很長一段時間。
媽媽依然蹲在一旁，摸著姊姊的手。
治療師問，你們感覺如何？

孩子：非常放鬆，我幾乎快睡著了。
姊姊：剛剛的一切都過去了，我現在舒服多了。
媽媽：我也想躺下。想說對不起。對不起。

黃澄看著眼前的景象，一股巨大的悲痛從肚子中心湧了上來。

她的眼淚開始一直掉，激烈地抽噎了起來。

治療師請她試著張開嘴巴安靜地呼吸。

現在清楚告訴我妳看到什麼畫面？

姊姊和她的孩子都死了。黃澄口齒不清地說。

治療師輕扶著抽噎的黃澄。

過了好久，她的呼吸才緩和下來。

治療師說，妳並沒有經歷一段真正的哀悼。我希望妳記得這個畫面，然後現在，請妳重複我的話。

黃澄點頭，幾滴眼淚被甩在地上。

治療師說，請對姊姊說：「妳是我的姊姊，我還在這。」

黃澄一張嘴卻無法說話，雙手握拳死命地搖頭。她不會說，不願意說，她還沒有準備好。

治療師又等了一晌，然後把蹲在外圍小濡的代表帶到黃澄身邊。

小濡有些猶豫，小心地牽起黃澄的手。

治療師請媽媽站起來牽起黃澄的另一隻手。

當黃澄雙手都被握著，她明確感覺到肚子那巨大的傷痛如一顆正被洩氣的球一般非常緩慢地縮小。

她們就這樣牽著，不知過了多久。

治療師說，現在對姊姊說：「我將與妳分離。」

黃澄說，**我將與妳分離**。

「一小段時間。」

黃澄說，**一小段時間**。

「我會繼續創造出美好的事物。」

黃澄說，**我會繼續創造出美好的事物**。

當她說完一遍，又重複了一次。像是把那洩了氣的球擠到什麼都不剩。她兩隻手被握得緊緊的，能重新呼吸了。

治療師說，現在請妳牽著女兒走到父親身邊。

黃澄鬆開媽媽的手，牽著小濡過去。

可是一面對著父親時，一股微弱的躁動又開始，小濡雙手緊張地抓著黃澄的手臂。

父親只是看著黃澄。

治療師對他說，你需要跟她說些什麼。

父親：我不知道該說什麼。

治療師說，告訴她「我很抱歉，但妳們都是我的女兒。」

父親：我很抱歉，但妳們都是我的女兒。

黃澄感到一股無邊無際的痛，像水一樣流過她全身。

治療師對黃澄說，告訴爸爸：「我接受你是我的父親。這是我的女兒。」

黃澄說，**我接受你是我的父親。這是，我的女兒。**

父親對著她笑。

儘管黃澄完全不認識眼前這個人，她忍不住上前抱住他。

痛，從腳底慢慢離開她的身體。

她緩緩鬆開對方，忍不住說了一聲，**謝謝**。

治療師重新整理排列，將媽媽放回爸爸身邊。

一家人圍繞在躺著的姊姊與孩子。

黃澄依然牽著小濡。

治療師問，妳現在感覺如何？

黃澄說，有一種從跨年現場回到家的感覺。

比喻會把妳帶開當下，試著具體形容看看。
感覺很輕。剛才很亂，許多人的臉都被擋住，我看不見他們。現在好多了。
治療師問小濡的代表有什麼感覺。

小濡：其實我很想走到每個人身邊。但我不敢，只能待在她旁邊。

治療師對黃澄說，這小孩的身上有很多恐懼。
他又問小濡，待在媽媽身邊是舒服的嗎？

小濡：不能算舒服，但我想在這裡。

好，我們結束這節的排列，大家放鬆一下。
黃澄嘆了一口大氣，癱在地上。

她閉上眼睛，把所有的家人全部想過一輪，儘管有些輪廓不太清楚被蒙上一層厚灰，但她好像可以用手撥開了。黃茜與孩子躺在地上相擁的畫面，牢牢鎖進了她的腦海中。她沒能見到所謂的「最後一面」，總是幻想著與黃茜在最後一次的談話裡，能與彼此再多說點什麼。

黃澄感覺有人走到身旁坐下，可是她還不想睜開眼睛。

治療師問，有幫助到妳嗎？

黃澄睜開眼望著治療師，像重新發現了他。過了一晌才吐出，有。

治療師說，妳必須把姊姊的命運交還給她，然後轉身離去。

黃澄眼裡重新積起水氣。

重點不是要擁有愛，而是打從心裡承認它。當妳單純承認了對孩子的愛，妳就有力量。有注意到妳姊姊從頭到尾幾乎沒有移動過嗎？

黃澄點頭。

她是家族裡力量最強的。她身上壓抑著一種愧疚，或是在拒絕一種愧疚。姊姊承接了母親生命的動力，像在說**讓我來吧**，無論那是埋怨憤恨，或是痛愛、思念、想死都有可能。

我該去跟我媽談談嗎？黃澄問。

如果妳覺得那會幫助到妳的話。

我不知道。

那就先不要。

我姊真的很在意那次墮胎。

孩子的犧牲會帶來感動人的力量，有時我們甚至會看到孩子為了成全母親而犧牲自己，這是系統中一種很典型的毀滅式幻想。之後有人可能會接續強化那份罪惡與愧疚感，就會看到用**疾病**甚至是**意外**來贖罪。外部的一切都是投射。

黃澄問，那照你的意思，車禍可能是潛意識的自殺，墮胎也不算自己的決定？

治療師耐心地對她解釋，家族排列的重點不是要討論事件為什麼發生，或是歸咎誰對誰錯。而是要讓每個人歸回自己的位置，放掉各種深度無意識的「認同」行為。讓別人的人生結局歸屬於他們自己，不做任何干涉。替別人承擔本身就是一種自負剝削的行為，有人甚至誤以為那是愛。不過死亡讓他們回歸一種平靜。死亡是一種完成。

他說，現在妳接受了姊姊的離開，接下來最重要的是妳與女兒這邊的系統。孩子為了跟母親做出連結，會有一種天真盲目的愛，甘願介入另一個成員的命運來拯救心愛的人。但這麼做沒有人會得到救贖，問題只會繼續往下一代推。在妳的家族，女兒都在為母親承接，父親的位置都被刻意排除或遺忘。妳的女兒也正在面臨類似的問題，而且情況恐怕更複雜。

黃澄垂下眼睛，治療師點出了她一直無法處理的部分。

她問，難道一定要家庭完整才能幸福嗎？

治療師問，所謂的**完整**是什麼？

也許是每個人都有自己的位置吧。

我會說，是每個人都回到自己的位置，才能清楚看見彼此。妳可以把家族系統想成一套巨大的劇本，每一個人都是主角，同時也不止一種角色，上面有該說的臺詞與情節路徑。只要有一個人搶了別人的角色，這個系統就開始亂掉。

這是一種宿命論嗎？黃澄打從心裡不喜歡這個比喻，可是這跟她相信角色自己會找演員其實是相似的概念。

我不會定義它，因為我們在意識層知道的非常有限。

她想起自己做過的一個惡夢，在夢裡照鏡子時她完全看不見自己，只能摸得到身體，沒有任何方法能看見自己的臉。那比沒背好臺詞就上臺表演的夢更可怕。

黃澄赫然發現一件事——原本一心一意要處理對黃茜的死亡，卻排出了以黃茜為首的系統。她在那系統的能量連女二都談不上。她始終是黃茜人生的觀眾，一個家族的旁觀者。

一直以來她是透過黃茜的存在來確認自己。所以她看似不需要朋友，不需要愛情，連孩子都可以給她。她所追逐的演藝事業，不過是為了得到「承認」。她看不見自己，所以唯有讓所有人承認她，「黃澄」才得以存在。

想到這，她竟然笑了起來。

笑容很澀，有些突兀，好像她第一次發現笑這件事。她得想辦法走回自己的位置，儘管地上沒有馬克標記，沒有燈光一片漆黑，但同時也沒有任何人能夠取代她。

53

小濡睜開眼睛。

她看見天空，然後是一朵雲。最後是黃澄的臉。

她們躺在公園大樹下的草地邊上，小濡學黃澄蹺著一隻腿，樣子很滑稽。黃澄遞上水壺，讓小濡把最後一口水喝掉，再拿出防曬乳，塗在她的手臂上。小濡有些不情願，因為覺得癢，用小手掌輕輕拍打著自己。

那是黃茜教過她的方法。異位性皮膚炎總讓她的手臂白花花的，班上的小朋友有些不願意跟她坐在一起。但她沒有告訴任何人。

前方溜滑梯又多了幾個小朋友，玩成一片。小濡靜靜望著他們。

黃澄說，想去玩嗎？

小濡看看她，又看看小朋友們。

黃澄說，去啊。

小濡跑了過去。

大樹下的午後，日光從樹葉的間隙灑落，睏倦酣足的空氣緩緩流動。黃澄拿出劇本，翻了幾頁後再次躺下。她閉著眼，冥想起黃茜留下的那本里爾克詩集裡，一段被鉛筆註記的詩：

我圍繞著神以及古塔打轉，
以我古老的方式繞行了千百年。
但我仍不知我是一隻隼鷹，一個風暴，
還是一支偉大的歌。

黃澄冥想著這個畫面，輕輕搖晃著膝蓋，感覺光線隨著風，忽明忽暗。

聽說人死之後會變成光。那麼她想自己的光一定不如黃茜的奪目，無法穿透雲層或是厚重的窗簾。卻能流竄在樹葉的間隙、門縫、或從指間爬瀉出來。帶一點玫瑰金的溫和。

演員的她不能沒有光。如同畫家對光的追逐、等待，心心念念永無厭倦。還要懂得分辨光的種類——晨光還是暮光，暗啞的，寧靜的，或耀眼穿透的。前者充滿期盼，後者充滿祝福。

最近走在路上開始有人會認出黃澄的臉。

他們會問，妳是演員嗎？卻叫不出她的名字。偶爾還有這樣問的人——妳是那個明星嗎？黃澄總是想回，哪個？卻只搖搖頭說自己跟某位演員長得很像。

這種拒絕，不是在為半紅不紅的尷尬狀態解套，而是禮貌撥開需要滿足別人好奇心的義務。只有在極少數的狀況下，她會承認自己。就是當對方直接說出，**請問妳是黃澄嗎？**她會害羞地點點頭。

沒人該否認自己的名字。

演員、明星、藝人，不過是一種有形容詞色彩的名詞。黃澄把這些想得更中性，單純視為一種「角色」。她學會「做自己」正確的方式，不單只是不在乎別人的眼光，更要懂得不用做給別人看。於是她登出（而非刪除，她何必要刪除自己的過去呢？）所有的社群帳號，與社會主動劃清距離。

又一道光直直灑在臉上。

黃澄用力閉著眼睛。光進入身體，會成為熱能。天氣好的下午，她就帶小濡來吸收光。相信這種熱，會給她們力量。

小康從遠方往公園走來，他停下腳步，凝望，再繼續走，又一次停下腳步。眼尖的小濡看見他了。

爸爸——

她甩下才剛混熟的小夥伴，奔去。黃澄轉頭，向遠方揮揮手。

小康緊緊抱住小濡，好像她就要飛走了一樣。他看起來像那些精疲力竭剛從某個地方全身而退的士兵。他與黃澄的相處極為小心翼翼，兩個綁著繃帶的人，會害怕碰觸到彼此受傷的肢體。

小康嘗試把小濡帶回美國，甚至想說服黃澄一起。黃澄用小濡需要安定下來為理由，說暫時還不行。葬禮過後小康待了一陣子不得已得回去。他一走，小濡很傷心，好幾天都不說話。

這六歲的小女孩已經試著理解所有不該理解的事，為什麼再也看不到媽媽？為什麼不能跟爸爸坐飛機回美國？為什麼每天都是阿姨陪著她？黃澄試著回答她所有的問題，儘管每次說完都覺得自己答得不夠好。她也讓小濡盡情表達對黃茜與小康的想念。隨著朝夕相處，小濡漸漸懂得依賴她，開始上學後她內心那深刻無法消化的情緒，稍稍有轉移的跡象。

黃澄認真思考過，或許陪著小濡去美國，會是一個讓孩子稍微舒服的選擇。小濡只需要消化黃茜不在這件事，她還有一個爸爸在身邊，並且終究慢慢得接受黃澄這個母親。至於黃澄與小康的關係，等她長大後自然會理解。於是與過去幾乎一樣的抉擇時刻再次出現了——為了小濡去美國，黃澄就得放棄演藝事業。

在這環境裡，只要做出一個明確的決定——繼續演，或是不演——都是一場作繭自縛的遊戲，輸贏都是輸。因為這決定「大過於她」。儘管陪著小濡而不接工作，大家當她是放棄了。但黃澄只是暫停，暫時失去那股好不容易建立起來的信心，能夠完全把自己交出去還拿得回來的力量。她不清楚這次的丟失要如何重建，但無論如何她不會說放棄。人無法拋棄沒有徹底經歷過的東西。演員這條路，永遠都在開始。即便她成熟了，再也不會如一塊肥皂每經歷一次就被搓掉一點。但「徹底經歷」得要她說了才算。

她與小康曾有過一次深刻的對話。她解釋這些想法給小康聽，小康似懂非懂。他說話的時候連身體也繃得緊緊的，但並不令人感到彆扭，只是出於一種習慣性的壓抑。他這種自我意識有時令黃澄感到心疼。小康的個性就是不會強求任何事。

黃澄感謝他的體諒，不把話說死，或許小濡長大後讓她自己決定。小康也說，自己回不來就兩邊多跑幾趟。說完他頭一低，被一股委屈襲擊，內心突然潮濕了起來。他露出黃澄從未見過的一種受傷的表情。那似乎比對黃茜的死，更要傷痛。

我這樣做，很殘忍嗎？黃澄問。

小康搖頭說，小濡是妳的。

黃澄的心臟彷彿被熱水燙了一下。

過了一下他突然問，妳能想像黃茜非常嫉妒的樣子嗎？

黃澄有些不解地搖頭。思考著這句話真正想表達的意思是什麼。

後來幾年她總是表現出充滿嫉妒的樣子，以至於有一天我懷疑她其實只是想甩掉我。

她嫉妒什麼？

一切。

那的確很難想像。

我一直有種被需要的錯覺，卻好像永遠都無法滿足她。小濡像是她的一個救星。有了小濡之後，她們形影不離。我們再也沒有睡在一起過。而那些嫉妒突然全都消失了，黃茜完全像變了一個人。

兩人沉默片刻，黃澄不確定小康知道多少黃茜的過去。但她堅守著一份對亡者的尊重，無法擅作主張說出黃茜可能沒有告知的部分。至少目前是這樣，對彼此也是種寬容。

黃澄說，她就只是變成了一個**媽媽**。

當時小康一聽，整個人呆住了。好像黃澄莫名其妙說了一句他聽不懂的外語。他不知道為什麼突然看起了自己的手，像在確認不是在做夢。黃澄跟著看，發現他一直戴著婚戒。

就這麼簡單？小康說。

黃澄沒有回話，只是看著他。

小康笑了起來。那笑有些無法收拾。黃澄也產生一股笑意，陪著一起。

別人恐怕以為他們是兩個在為兒時蠢事笑歪的親密好友。只有他們自己知道，那是徹底放下對一個人的執著，釋然而開懷的笑。那一刻，讓他們前所未有地親密，超越伴侶之情、愛情，甚至親情。

小濡在小康身上滾來滾去撒著嬌，把鞋子都踢掉了。黃澄乾脆把鞋子收在一旁，讓她赤著腳跑回溜滑梯玩。那裡換了另一批小朋友，而小濡還是很快就打成一片。

黃澄在二十幾歲時曾幻想過自己會愛上小康。那是因為黃茜愛他，她想分享黃茜一切的感受。以一個女人的角度，小康確實是一個值得愛的男人。然而黃澄現在明白，如果她真的能愛上小康，是因為自己太愛黃茜，願意承接她所有的未完成。小康像一本重點都被劃線的書。如果她仔細讀下去，劃的重點絕對會不一樣的。但黃澄現在看重的是，小濡至少能從他身上得到關於「父愛」的東西。她知道這個父親的替身將會全力以赴，到沒有觀眾能辨識出來的程度。

小康拿起草地上那本劇本，在黃澄身邊坐下。

是新戲嗎？

下週開始排練。我終於等到這種劇本了。

怎麼說？

我不用假裝年輕，能夠看起來像自己原本的年紀。有機會遇到一個超過三十五歲以上重要的女性角色，是非常困難的事。

什麼樣的角色？

一個單親媽媽。

小康隨手翻了一下劇本，看見許多筆記在上面。

感覺戲分很重。

媽媽的戲分，很難不重。

兩人回應著彼此笑容中自然流露出來的理解。黃澄把劇本收回包包裡。

孩子們玩起了躲貓貓。他們看見小濡猜拳猜輸了，當鬼。小小的身影蹲在地上開始數數。公園沒什麼遮蔽處，小朋友躲在自以為看不見的地方。一些孩子已經懂得，你看不見我我就看不見你。另一些孩子，選擇敵明我暗依然看得到鬼的地方。他們相信自己閃躲的反應。黃茜是前者，黃澄是後者。

1、2、3、4、5、6、7、8、10——小濡數數。

她忘了數九。小康說。

對，而且她只會數到二十。黃澄說。

15、16、17、18、20——小濡站起來左右張望，一眼就看到背後躲著的小男孩。

你看。

為什麼沒有九？小康問。

我也不知道。她總會跳過這個數字。

但她認得九嗎？

會認，大概只是發不出九這個音。再過一陣子，九就會出來的。我每天都會數一遍給她聽。

只數到二十？

我會數到一百，但她還沒有耐性數超過二十。

數字太大，對她沒有意義。

是啊。

他們相視了一段時間，溫柔地風雨不透。

小康先解開視線，望向遠方。黃澄看了他一晌，也轉向同個視線。

她的眼前是一片遼闊的天空。然後是白雲。是夕陽。

她想起那就是林叔叔口中說的茜色。再來視野出現了樹冠，路燈亮起，車聲鼎沸。才是一片再次開展的天空，有微風，有孩子歡樂的嬉笑。

一個赤著腳的小女孩，逆著光，向他們跑來。

獻給

曾熱愛過表演的人

後記

一片海

以我的身高來說，我的腳偏小。

剛開始當模特兒那幾年，我會借媽媽的鞋來穿。我比媽媽高，腳卻比她小半號，加個鞋墊能撐著用。一直記得媽媽曾說過，因為自己小時候喜歡打赤腳，所以腳長得太大了。當時這句話聽起來，暗指腳大雖然不算缺陷，但女生腳小一點似乎會更好。此刻回想起這段對話，當然明白背後代表的總總道理，可以大書特書一篇纏足心結。但此刻我想講的，是那種所謂「應該的好」。

如果那些「應該的好」是一片海，《女二》就是在那片海裡航行的故事。我不確定自己能完成一本長篇小說，就像當我二十歲站在鏡頭前同手同腳時，也不確定自己能演戲。從二〇一五年出版第一本書後開始擁有雙重身分，我卻一直都把「演員」的頭銜，放在「作者」之前。

這樣的動機很明確：我怕別人以為我不演戲了。更精準地說，我怕別人知道其實沒什麼人找我演戲。我在這樣的恐懼裡，投注加倍精力在文字上。說真的，那是一個很美好的起點，因為我只是單純想寫出一些自己想「演」的故事。搭建一個小舞臺，讓自己有臺詞有角色，無關任何文學價值的追求與認同。我發現透過文字，更多人認識了我。當他們見到我時，我會說自己是個演員。我寫作，是為了演戲。

這樣的情況，在越寫越多之後慢慢產生變化。我依然憑著演員的直覺，拚了命地大量閱讀，無間歇地創作著。我很開心找到一種對付「等待」（演員的宿命）的方法，洋洋得意以為這樣邊寫邊演就能永遠撐下去。可是沒過幾年，我發現自己陷入另一種弔詭的懷疑心態：文字工作明顯正向的回饋，是老天爺在暗示我該放棄演戲嗎？

會有這種想法，當然是源自於過去演藝工作的總總幻滅與失落，更何況最初會踏上表演這條路，本身就帶著些許任性與賭氣的雜質。我不想放棄，因為那感覺是被淘汰。有時卻又打從心裡感謝總總不順遂，把我推向可以寫作的自己。我在文字與演戲的三角關係中，拉扯了好些年，直到一個念頭在心底悄悄萌生——我要寫一個關於女演員的長篇小說。不太勵志，帶點哀傷，必定充滿現實。

有一天，我看到一個真人故事，關於一位失去太太的男人，中年後娶了自己的小姨子。故事細節忘了，但其中某種情感細節打動了我。因此開始寫《女二》時，可說是先有了一個結局的大概方向（儘管後來推翻了）。但是關於一個「女演員的結局」，我始終沒有答案。她們的結局都好無聊——繼續演戲，嫁給舞臺，孤獨終老；不然就是不演了，銷聲匿跡，嫁入豪門，成為母親。還有一種是文學處理方式，演員成為作者，寫出自己的故事。無論哪一種我都不滿意，氣嘟嘟地想著，難道我們就只能這樣嗎？

得知《女二》拿到臺北文學獎年金首獎的那一刻，我跪在床上痛哭。

那不是喜極而泣，是真的發痛。相信心理學裡一定可以提供一種解釋，也相信一定有讀者能理解那種「bittersweet」。我非常喜愛這個故事，但裡面有許多執著與堅持的表述，我擔心對不理解表演的人來說太過生硬。更何況我的內心深處，非常懼怕她的命運會像我再熟悉不過的那些幻滅。我第一次試鏡時剛滿二十歲，到現在即將踏入四十，也正是故事裡黃澄的年歲。彷彿這二十年所見所驗的一切，就是為了讓我寫出《女二》。

黃澄一直在尋找自己作品的方法，《女二》是我的方式。

我終究創造出了讓自己滿意的收尾。黃澄，一個令我欽佩的女人。她在情感上的選擇讓我望塵莫及。然而相較於情感線，故事裡與我本人連結最深的，是她在表演路上的碰撞與反思。書寫的過程中，我反覆重新翻閱幾本對我影響很深的表演書籍：《演員與標靶》、《詩意的身體》、《The Invisible Actor》等。並在最後一里路，透過好幾本德國心理學家海靈格（Bert Hellinger）絕版的書籍，探索「家族排列」的奧義。隨著黃澄慢慢釐清自己的順位，我也一步步找回自己的位置。

因為表演，我學會寫作。在寫作裡，我放下自我，重新學會表演。

從來都不需要二選一。寫作這條路上，我的老師就是那些優秀的作者與作品。在表演這條路上，得感謝臺上臺下，鏡頭前後相遇過的所有人。那些我們曾一起做的決定，無論當下是正確或錯誤，等時間過去，都將走出一片風景。

最後，我要特別感謝我的先生，是他願意在睡前聽我說話，想出「女二」這兩個字。他一直在教我，相信是永恆的進行式。有他相伴後，我的腳在這幾年很神奇地長大了半號，這樣跟我媽的腳應該是一樣大，不過我再也不需要跟任何人借鞋子了。

唯一沒變的，這世界仍然存在著很多「應該的好」。慶幸的是，我不那麼在意了。而那艘小船，依然默默航行著。

九雲

二〇二三・一・一

國家圖書館出版品預行編目 (CIP) 資料

女二 / 鄧九雲作 . -- 臺北市 : 三采文化股份有限公司 ,
2023.02
面 ; 公分 . -- (Write on ; 6)

ISBN 978-986-342-804-6(平裝)

863.57 111020384

suncolor
三采文化集團

Write On 06

女二

作者｜ 鄧九雲
編輯二部 總編輯｜鄭微宣 特約主編｜林達陽 責任編輯｜藍勻廷 校對｜黃薇霓
美術主編｜ 藍秀婷 封面插畫｜朱理安 封面設計｜方曉君 內頁設計｜ 魏子琪

發行人｜ 張輝明 總編輯長｜ 曾雅青 發行所｜ 三采文化股份有限公司
地址｜ 台北市內湖區瑞光路 513 巷 33 號 8 樓
傳訊｜ TEL:8797-1234 FAX:8797-1688 網址｜ www.suncolor.com.tw
郵政劃撥｜ 帳號：14319060 戶名：三采文化股份有限公司
初版發行｜ 2023 年 2 月 24 日 定價｜ NT$450
6 刷｜ 2024 年 1 月 5 日